Sylter Glücksregen

Die beste Entscheidung meines Lebens

Andrea Froh

ISBN: 9798642747209

Umschlaggestaltung: Konstantin

Umschlagmotiv: Bilder von Klarinette71,
huoadg5888 auf Pixabay

Hinweise und Anregungen an: andrea.froh@gmx.de

www.andreafroh.de

Es ist nie zu spät, zu starten und es ist nie zu spät, glücklich zu sein.

«Ich wusste doch, dass er nichts für dich ist! Ich hatte immer das Gefühl, dass er sein Auto mehr liebt als dich», stellte meine Mutter mit Genugtuung fest und polierte konzentriert ein Glas, das sie vor ein paar Jahren als Senfglas gekauft hatte und das seitdem als Trinkglas diente. Das war gelebte Nachhaltigkeit! Mutter hauchte das Trinkgefäß an und tat so, als wäre es teures Kristall.

Mein Kopf, der mit traurigen Gedanken vollgestopft war, lag auf meinen geballten Fäusten und meine tränenerfüllten Augen starrten in den kleinen Vorgarten, der in den Wintermonaten äußerst trist ausschaute.

«Du bist noch jung, aber dein Äußeres … du musst mal mehr aus dir machen, sonst werden die Männer ... Wenn du ein bisschen abspeckst und …»

Es dauerte ein paar Sekunden bis ich realisierte, was Mutter für unsensible Worte von sich gab. Ich riss meine Augen auf, bäumte mich auf und starrte die Frau, die mir vor 29 Jahren das

Leben geschenkt hatte, entgeistert an.

Mutter drückte mir das dämliche Senfglas in die Hand, aus dem Vater täglich seine Vollmilch trank. Zur Krönung kniff sie mir auch noch aufmunternd in das zarte, speckige Wangenfleisch, was mich zum Kochen brachte.

«Ich muss jetzt zum Sport, damit ich nicht so werde wie du. Du kannst ja den Rest abtrocknen.»

Ich stampfte mit dem rechten Fuß wütig auf die harten Fliesen, sodass meine Ferse schmerzte und ich einen spitzen Wutschrei von mir gab; setzte mich auf den verblichenen, gelben Kunststoffstuhl und betrachtete mir die alte Küche, in der sich seit vierzig Jahren nichts verändert hatte. Warum konnten meine Eltern sich nicht endlich mal eine moderne, schicke Küche kaufen? Diese gelben Fronten, die noch tadellos aussahen, konnte ich einfach nicht mehr sehen!

Obwohl ich böse auf meine Mutter war, die ziemlich direkt sein konnte, trocknete ich brav den großen Geschirr Berg ab und warf nach getaner Arbeit das klatschnasse Handtuch auf die Eckbank, auf der ich vor langer Zeit jeden Nachmittag unkonzentriert meine Hausaufgaben erledigt hatte.

Vater saß mit einem dicken Buch auf einem Sessel, den er zu seinem 70. Geburtstag von uns geschenkt bekommen hatte. Er war nicht begeistert gewesen als wir ihn mit verbundenen Augen in den Multifunktionsstuhl gesetzt hatten. «Der ist doch was für alte Leute», hatte er abfällig bemerkt und ein enttäuschtes Gesicht gezogen. Über eine Stange Zigaretten hätte er sich vermutlich mehr gefreut. Doch nach einigen Wochen hatte er sich an den Sessel gewöhnt und wusste seine Vorzüge zu schätzen.

Vater bemerkte mich nicht und ich hüstelte kräftig als ich ins Wohnzimmer trat. Zwischen seinen Lippen klemmte eine Zigarette, die ausgeraucht war.

«Ich geh jetzt!», informierte ich ihn laut und verfolgte den bläulichen Rauch, der an die Decke stieg, die einen Grauschleier trug. Der Geruch in der Wohnung erinnerte mich an eine Kneipe, der auch durch die vier Duftlampen nicht besser wurde.

Da Vater schlecht hörte, wiederholte ich den Satz so laut, dass er aufschreckte und mich ansah als wäre ich ein maskierter Einbrecher. Ich drückte ihm einen Kuss auf die Stirn und stellte den schweren, gläsernen Aschenbecher auf seinen linken Oberschenkel. «Papa, pass auf, dass du mit der Zigarette nicht wieder einschläfst, sonst habt ihr bald kein Heim mehr. Bei mir könnt ihr nicht wohnen.»

«Ja, ja. Warum ist dein … Ludwig denn heute nicht mitgekommen?» Vater drückte die, bis zum äußersten Ende gerauchte, Zigarette aus und schlug das dicke Buch zu.

«Leon!», korrigierte ich ihn und rollte mit den Augen. Er tat so, als hätte ich jeden Monat einen neuen Mann, sodass man mit den Namen durch den Tüdel kam. Ich nahm ihm den vollen Aschenbecher aus der Hand. «Wir haben uns getrennt.»

«Was? Warum das denn? Deine Mutter und ich haben uns schon auf eine baldige Hochzeit gefreut und dachten, dass du … dein Bauch ist in letzter Zeit so dick und wir … »

«Tut mir leid, ich bin nur dick und nicht schwanger! Leon und ich passten nicht zusammen. Es ist alles gut. Ich bin nicht unglücklich über unsere Trennung», erklärte ich in groben Zügen, die nicht ganz der Wahrheit entsprachen, denn ich war sehr wohl unglücklich! Sehr sogar! Aber das musste ich Vater nicht auf die Nase binden, da es genügte, wenn ich litt.

«Ich komme am Sonntag zum Kaffee. Mach es gut, Papa und rauche nicht so viel!»

«Haben Sie das Buch von der … jetzt komme ich nicht auf den Namen. Ist ein Bestseller … », stammelte die junge Frau, die rote Pausbacken hatte und einen dunklen Mantel trug, unter dem sie einige Pfunde versteckte. Sie legte ihre linke, fleischige Hand auf den Tresen und flüsterte, als wenn sie etwas Unanständiges kaufen wollte: «Es soll die ultimative Abnehm Fibel sein.»

«Meinen Sie das Buch «Morgen bin ich schlank und schön» von Susanna Dürr?», fragte ich laut und bemerkte, dass ein älterer Herr, der hinter der jungen Frau stand, spitze Ohren bekam. Er trug einen ballonartigen Bauch vor sich her und war vielleicht auch an dem Buch interessiert, das ich ihm aus gesundheitlichen Gründen nahelegen sollte.

«Ja, genau, das meine ich.»

Ich verließ die Kasse und holte den Bestseller, von dem wir bereits einige Hundert verkauft hatten, von dem Verkaufstisch, an dem sich die Leute drängelten.

«Soll ich das Buch als Geschenk verpacken?», erkundigte ich mich gespielt freundlich und kassierte, während die Frau wild mit dem Kopf schüttelte, sodass ihr Wangenfleisch wackelte.

Ich hatte mir Frau Dürrs Buch ebenfalls gekauft, aber es bisher noch nicht angerührt, da ich nach dem plötzlichen Beziehungsaus derart frustriert gewesen bin, dass ich meinen Kummer mit ungesunden Lebensmitteln betäuben musste. Doch die Gewichtszunahme verschreckte mich noch mehr, sodass ich in einen Teufelskreis geriet, aus dem ich nicht herauskam. Innerhalb von drei Wochen hatte ich fünf Kilo zugenommen. Jeden Tag schwor ich mir, in ein paar Tagen mit einer Diät zu beginnen, aber kaufte weiterhin beträchtliche Mengen an Schokolade und ungesundem Zeug, das mich abends, wenn ich alleine auf dem Sofa weinte, ein wenig tröstete und von meinem Kummer ablenkte.

Mit verheulten Augen betrachtete ich mir Leons Foto, auf dem er ziemlich unnatürlich vor dem beleuchteten Eifelturm lächelte. Drei Kinder, ein Reihenhaus am Stadtrand und eine baldige Hochzeit hatte ich mir mit ihm vorgestellt; hatte mir so sehr gewünscht, vor meinem dreißigsten Geburtstag unter der Haube zu sein, zumal meine Eltern mich jedes zweite Wochenende, wenn ich sie ohne Leon zum Kaffeetrinken besuchte, fragten, ob wir schon Ringe gekauft hätten.

Es ist ein kalter, ungemütlicher Tag gewesen, an dem ich mit schmerzenden Füßen und leichten Kopfschmerzen von der Arbeit nach Hause gekommen bin. Leon hatte kerzengerade und mit einer ernsten Miene wie eine Schaufensterpuppe auf dem

Sofa gesessen. Seine Hände lagen wie zum Gebet im Schoß und er hatte uns noch keine Pizza in den Ofen geschoben. Neben ihm standen ein Koffer und eine Reisetasche. Wollte er spontan mit mir verreisen, dachte ich im ersten Moment freudig über seine Spontanität, die neu war. Sein starrer Gesichtsausdruck ließ jedoch nichts Gutes erahnen. Ich warf meinen Mantel auf die Kommode, was ich sonst nie tat, und spürte, dass in den nächsten Sekunden ein Hammer auf mich niedergehen würde. Leons unsicherer Blick, sein betretenes Schweigen und das Gepäck signalisierten mir nach wenigen Sekunden des Nachdenkens, dass er mich verlassen wollte. Ich spürte weder meine schmerzenden Füße, die er mir an manchen Abenden etwas ungeschickt massiert hatte, noch den Hunger, der mich auf dem Heimweg wie ein brutaler Räuber überfallen hatte. Wortlos, und wie in einem dichten Nebel, der mich betäubte, ließ ich mich auf unseren neuen Sessel plumpsen und wartete auf eine triftige Begründung, die erst nach einem verlegenen Räuspern zaghaft folgte. «Viola, ich … es tut mir leid. Ich brauche eine Auszeit … » Dann folgten das übliche Blabla und die Info, dass keine andere Frau im Spiel wäre. Ich hörte seinen schlecht formulierten, holprigen Sätzen nicht weiter zu und versuchte, Tränen zu unterdrücken, die hinter meinen Augäpfeln lauerten. Obwohl sich hundert Fragen und hundert Schimpfworte in meinem Kopf ansammelten und ich Leon beinahe angebettelt hätte, mich nicht zu verlassen, da ich doch unbedingt noch vor meinem nächsten Geburtstag heiraten wollte, bekam ich keinen Ton heraus.

In den letzten Monaten hatten wir uns ab und zu gestritten, da wir eigentlich gar nicht zusammenpassten, aber ich hatte mir immerzu eingeredet, dass sich Gegensätze anziehen und man sich auf Dauer arrangieren kann, aber offenbar war das nicht der Fall. Trotz der Meinungsverschiedenheiten verbrachten wir in unseren zwei gemeinsamen Jahren ein paar nette Stunden zusammen, die mich zufrieden gestellt hatten und die ich unter einer guten, wenn auch nicht glücklichen, Lebenszeit abspeichern wollte.

«Viola, du bist eine tolle Frau und es war schön mit dir … », versuchte Leon sich, nicht gerade originell, zu erklären; stand auf, griff nach meiner Hand, an der ein schlichter Goldring steckte, den er mir am - vermutlich letzten gemeinsamen - Heiligen Abend geschenkt hatte. Als ich das schlichte Schmuckstück damals ausgepackt hatte, hatte ich im ersten Moment mit pochendem Herzen und voller Glück gedacht, dass Leon mir einen Heiratsantrag machen würde, aber da hatte ich mich gründlich geirrt, denn er hielt nicht um meine Hand an. Enttäuscht hatte ich nach der Bescherung eine halbe Gans und vier Knödel verdrückt, die mir in der Nacht schwer im Magen gelegen hatte

Ehe er mich zum Trost spenden, berühren konnte, schoss ich wie eine Rakete aus dem Sessel und flüchtete, ohne Mantel und ohne Haustürschlüssel, aus der Wohnung auf die Straße, auf der reges Treiben herrschte. Weder spürte ich den eiskalten Ostwind, der an meiner dünnen Bluse zerrte, noch die Blicke der Passanten, die mich ansahen als wäre ich aus der Psychiatrie geflohen. Das war ein ziemlich theatralischer Abgang gewesen, der dazu dienen sollte, Leon zu zeigen, wie sehr er mich verletzt hatte. Ihn anzuschreien oder Geschirr nach ihm zu werfen, war mir zu abgedroschen erschienen, zumal mir das Geschirr meiner Oma heilig war. Bibbernd setzte ich mich auf die kalte Bank an der Bushaltestelle und versuchte, mich mit meinen Armen zu wärmen, die ich um meinen Körper schlang. Ich flüchtete zu meiner jüngeren Schwester, die in einer noblen Gegend wohnte und mit einer Bilderbuchfamilie gesegnet war, die ich auch gerne gehabt hätte.

Während ich zitterte wie ein zartes Bäumchen im Wind und nicht aufhören konnte, dem Mann nachzuweinen, der vermutlich bereits, ohne unserer Beziehung nachzutrauern, bei einem Freund oder einer anderen Frau Unterschlupf suchte, wartete ich vor dem verschlossenen, eisernen Tor, das durch eine bewegliche Kamera überwacht wurde, auf Einlass. «Wer ist da?», hörte ich Vanessas Stimme, die lieblich und melodisch klang wie der Gesang eines Vögelchens.

«Ich bin es! Viola», sagte ich halbwegs gefasst.

Mit steifen, kalten Fingern wischte ich mir durchs feuchte Gesicht. Durch die frostige Temperatur war mein Körper ausgekühlt, sodass ich mich nach einem heißen Bad sehnte.

«Wie siehst du denn aus? Was ist passiert?», empfing mich meine Schwester überrascht und holte mir sofort Puschen, da man ihre Puppenstube nicht mit Straßenschuhen kontaminieren durfte. Javier und Jamie, das drollige Zwillingspärchen, kam neugierig in den Flur gelaufen und hielt sich an Mutters Rockzipfel fest, da sie ihre zitternde, verweinte Tante wohl nicht erkannten.

Da meine Lippen bebten, ich geschafft vom Tagwerk war und ich keinen klaren Gedanken mehr hinbekam, brachte ich keine verständlichen Worte heraus.

«Du bist ja total durchgefroren! Warum hast du keine Jacke an?», wollte Vanessa wissen und sah mich an als hätte ich einen Steckschuss im Kopf sitzen.

«Ich lasse dir sofort ein Bad ein und koche dir einen Ingwer Tee.» Mit den Kleinen im Schlepptau ging sie schnellen Schrittes in die obere Etage und ließ mich im Flur stehen, obwohl ich mich nach einer warmen Umarmung und tröstenden Worten sehnte. Ich folgte ihr mit hängendem Köpfchen und rutschte, mit den viel zu großen Puschen, auf der Treppe aus, sodass ich auf die Stufen fiel, aber den Schmerz in den Knien nicht spürte, da die innere Pein überwog.

Im Badezimmer war es herrlich warm und es duftete nach Seife und Parfum. Die zweijährigen Jungs holten ihre Badeenten aus den Kinderzimmern, die auch quietschen konnten, was sie mir, begleitet von einem lustigen Kichern, demonstrierten. Die beiden brachten mich zum Lachen, obwohl ich am Boden zerstört war. Als sie die Entchen zu Wasser lassen wollten, sagte die Mutter energisch: «Nein! Die beiden baden jetzt nicht! Ihr geht mal in eure Zimmer.»

Vanessa holte zwei flauschige, weiße Handtücher aus dem Schrank und steckte einen Finger in die vollgelaufene Wanne, die einen hohen Schaumberg trug.

«Du badest erstmal in Ruhe und ich koche dir eine Suppe und einen Tee.»

«Danke!», brachte ich gerührt über die Lippen und schloss die Badezimmertür. Im warmen Wasser fühlte ich mich sofort besser, aber als ich die Augen schloss, sah ich Leon vor mir und seine letzten Worte hallten in meinem schmerzenden Kopf und hörten nicht auf zu verstummen. Erneut musste ich weinen. Nach zwanzig Minuten vernahm ich ein leises Klopfen. «Alles OK, Viola?»

«Ja, ich komme gleich.»

«Ich lege dir frische Sachen vor die Tür.»

Vanessas Pullover war mir definitiv zu klein und auch die Leggins drückte am Bauch. Ich saß vor der dampfenden Kürbissuppe, die meine Schwester schnell gezaubert hatte und starrte in die gelbe Flüssigkeit.

«Und was ist passiert?», wollte sie wissen und sah mich forschend an.

«Leon hat mich verlassen.»

«Oh, das tut mir leid.» Meine Schwester griff nach meiner Hand und drückte sie kurz.

«Ich war so geschockt, dass ich einfach weggelaufen bin. Das war ziemlich dämlich, ohne Jacke bei der Kälte … », erklärte ich ihr schluchzend und löffelte rasch die heiße Suppe, in der viel Ingwer und Chili steckte, sodass mir schnell warm wurde.

«Du kannst erstmal bei uns bleiben. Jan ist für eine Woche auf Geschäftsreise. Ich freue mich über Gesellschaft und vielleicht kannst du dich mal um die wilden Zwerge kümmern?»

Drei Tage blieb ich im Schoß der sehr lebendigen Familie und sehnte mich nach Ruhe. Um in meine Wohnung, die mir gehörte, zu kommen, musste ich einen Schlüsseldienst beauftragen. Leon hatte das Wenige, das ihm gehörte, mitgenommen; auch seine Zahnbürste, die immer mit in meinem Becher gestanden hatte, war fort. Er hatte keine Spuren hinterlassen, was gut war, denn so erinnerte nichts an meinen Freund. In mir schlummerte die leise Hoffnung, dass er zurückkam, aber je länger ich darüber nachdachte, desto bewusster wurde mir, dass wir kein glückliches Leben geführt hatten und er doch nur ein schlechter Kompromiss gewesen war. Am Ende meiner langen Partner Analyse war ich sogar froh, kein Kind von Leon bekommen zu haben, obwohl ich mir in den letzten Monaten so sehr Kinder gewünscht hatte.

Leon hatte mir ein paar Nachrichten geschrieben, die ich jedoch nicht beantwortete und sofort löschte.

Ich stand kurz vor meinem 30. Geburtstag und hatte weder Mann noch Kind, was mich frustrierte, dennoch versuchte ich, zuversichtlich zu sein und gelangte zu der Erkenntnis, dass ich den Reset-Knopf drücken sollte, um ein neues, ganz anderes Leben zu starten, das weitaus aufregender und schöner sein sollte als mein altes Dasein, das mir im Rückblick verstaubt und langweilig erschien. Da ich mit Sicherheit leider nur ein Leben hatte, musste ich zusehen, meine Tage so zu gestalten, dass ich vor lauter Glücksempfinden das Bedürfnis hatte, Bäume oder fremde Menschen umarmen zu wollen.

Ein beeindruckender Artikel in einer Frauenzeitschrift gab mir den letzten Anstoß zu meinem Lebenswandel. Ich wollte mich nicht nur privat, sondern auch beruflich verändern; jedoch hatte ich noch keine Idee, in welche Richtung es gehen sollte. Ich war voller Zuversicht, dass mir von ganz alleine ein Weg eröffnet werden würde, den ich ohne Bedenken gehen wollte.

Zwar liebte ich es, von Büchern umgeben zu sein, aber das tägliche Stehen im Laden war anstrengend und die Arbeit befriedigte mich nach zehn Jahren nicht mehr. Es war an der Zeit, mich nach einer anderen Tätigkeit umzusehen und nicht weitere dreißig Jahre Bestseller zu verkaufen, die ich alle lesen musste.

Voller Zuversicht wartete ich nicht nur geduldig auf eine Eingebung, sondern überlegte zudem an den langen, einsamen Winterabenden, was ich zukünftig tun könnte, um mein tägliches Glücksempfinden zu maximieren.

Der Bestseller «Morgen bin ich schlank und schön», den ich täglich zahlreich, an meist adipöse Menschen, verkaufte und der bei mir bereits seit einigen Wochen unberührt neben meiner Lieblingsschokolade ruhte, schaute mich an einem stürmischen Abend, an dem ich es mir mit einer Pizza unter meiner Kuscheldecke gemütlich gemacht hatte, herausfordernd an, sodass ich ihn endlich in die Hand nahm.

Genauso wie die hübsche, schlanke Frau auf dem Cover wollte ich auch aussehen! Das Bild motivierte mich. Ich musste an Mutters Worte denken: «Ich muss jetzt zum Sport, damit ich nicht so werde wie du», die mich zwar verletzt aber auch wachgerüttelt hatten.

Nachdem ich die fettige Pizza verdrückt hatte, verschlang ich den Ratgeber zum Nachtisch. Etwas enttäuscht klappte ich das Buch zu, denn wirklich neue Erkenntnisse hatte ich nicht gewonnen. Es gab immer nur einen Weg, um dauerhaft abzunehmen und sein Gewicht zu halten; die Zauberformel heißt Ernährungsumstellung plus Bewegung. Für diese schlichte Information hätte ich den teuren Ratgeber, mit dem sich der Autor eine goldene Nase verdiente, nicht gebraucht. Ein paar Tipps konnte ich aus dem Bestseller mitnehmen, aber die waren wirklich nicht zwanzig Euro wert.

So einen Ratgeber hätte ich auch schreiben können, dann wäre ich Millionärin und würde mir an einem attraktiven, warmen Ort die Sonne auf mein Bäuchlein scheinen lassen. Das war die Idee! Ich könnte auch ein Buch schreiben! Seit meiner Kindheit hatte ich hunderte von Büchern gelesen, hatte unzählige Publikationen in der zweistöckigen Buchhandlung verkauft und wusste daher, was der Masse gefiel. Aber was sollte ich schreiben? Einen blutrünstigen Krimi, eine tragische, herzzerreißende Liebesgeschichte oder eine Fantasy Story, in der schöne Elfen und hässliche, grüne Kobolde vorkommen?

Ich könnte eine Art Tagebuch über mein neues Leben schreiben. Es könnte mich nicht nur dabei motivieren, meine Ernährungsumstellung durchzuhalten, sondern gleichzeitig auch meinen Lesern Mut machen und ihn demonstrieren, dass man sein Leben jederzeit ändern kann, wenn man es wirklich will.

Ich spürte eine neue Leichtigkeit in mir, obwohl ich noch nicht abgenommen hatte. Getrieben von dem Gedanken, dass mein Leben sich von Grund auf ändern wird und mich zu einer glücklichen Frau machen kann, verlor sich die Trauer über meine gescheiterte Beziehung. Ich wollte nicht nur körperlichen Ballast, sondern meinen gesamten Seelenmüll über Bord werfen, um mit leichtem Gewicht über neue Meere zu segeln.

Mit einem Block setzte ich mich grübelnd aufs Sofa und kaute auf dem Kugelschreiber herum. Da ich noch nie ein Buch geschrieben hatte, war ich mir unsicher, wie ich beginnen sollte. Es war nicht einfach, etwas zu verfassen, das die Leser fesselt. Vielleicht war es leichter, auf dem Laptop zu schreiben, auch wenn die alten Meister alles zu Papier gebracht hatten? Ich öffnete mein Schreibprogramm und starrte erwartungsvoll auf den leeren Bildschirm, als wenn ich darauf warten würde, dass sich durch Zauberhand alleine Wörter zu einem schönen Satz zusammenfügen würden. Nach fünf Minuten schrieb ich: Tag 1. Das war alles, was ich an diesem Abend zustande brachte. Frustriert klappte ich den Computer zu und hoffte, dass ich am nächsten Tag kreativer sein würde. Als ich im Bett lag, fiel mir eine Einleitung ein und ich versuchte, meine Gedanken bis zum nächsten Tag zu konservieren.

Voller Zuversicht und mit neuem Antrieb, der aus mir selbst kam, schwebte ich die nächsten Tage durchs Leben, da ich es geschafft hatte, mich selbst zu motivieren, mich anzufeuern, wie einen Ofen, in dem es bisher immer nur gelodert hatte. Ich sah in der Ferne ganz deutlich ein Ziel, das ich unbedingt erreichen wollte. Die Idee, mich in allen Bereichen total zu verändern, hatte sich wie ein Steckschuss in meinem Kopf festgesetzt. Im Nachhinein betrachtet, war es sogar gut gewesen, dass Leon mich verlassen hatte, sonst wäre mein Leben weiterhin dahingeplätschert; zukünftig sollte es zu einem tosenden Wasserfall werden.

Meine ehrgeizigen Pläne behielt ich zunächst für mich, jedoch bemerkten meine Familie und meine Freunde eine Veränderung an mir. «Du strahlst so!» - «Du machst so einen dynamischen Eindruck!» - «Bist du schwanger?» - «Hast du einen neuen Freund?», wurde um mich herum wild spekuliert. Ich war mir sicher, dass man alles erreichen kann, wenn man sich anstrengt und fest an die Sache glaubt.

Um mich selbst zu unterstützen, schrieb ich viele kleine Zettel, die ich in jedem Raum an die Wände klebte. «Ich schaffe das!»- «Ich bin stark!» - «Ich bin einzigartig! »

Während ich weiterhin Bücher verkaufte und mich Kunden ständig nach der erfolgreichen Abnehm Fibel fragten, war ich gedanklich bereits bei meinem eigenen Buch, das vielleicht auch bald auf dem Tisch mit den neuesten Bestsellern lag.

Direkt nach der Arbeit warf ich meine Sachen in die Ecke, holte mir ein Glas Wasser und eine schlanke Möhre oder einen rotbäckigen Apfel, klappte den Laptop auf und tippte wild auf die Tastatur, denn plötzlich purzelten meine Ideen aus dem Kopf, die sich tagsüber angesammelt hatten.

Vorrangig stand bei mir eine gesunde Ernährung im Fokus, auf die ich bis dahin überhaupt nicht geachtet hatte. Leon und ich hatten immer nur das gegessen, was uns schmeckte, was uns im

Supermarkt so verlockend angeschaut hatte. Von nun an ging ich kritisch durch den Supermarkt; nahm jedes Produkt in die Hand und las, mit einer Lupe bewaffnet, die Zutatenlisten auf den Verpackungen, die mich überraschten und entsetzten. Es war erschreckend, was in den Produkten alles steckte! Nie zuvor hatte ich mir die Mühe gemacht, das Kleingedruckte zu lesen. Ich wollte zukünftig keine Zusatzstoffe, keinen Zucker, kein Weißmehl und keine salzige Nahrung mehr zu mir nehmen, daher griff ich ausschließlich zu natürlichen, unveränderten Lebensmitteln in Bioqualität. In beinahe jedem zweiten Produkt war viel zu viel Zucker enthalten, der uns alle dick und krank macht! Wie hatte ich all die Jahre so blind die ungesunden Sachen in mich reinstopfen können, fragte ich mich erstaunt und wunderte mich über meine jahrelange Blindheit und Ignoranz.

Während ich mein frisches Obst und Gemüse aufs Laufband legte, sah ich mit Sorge auf ein kleines Nachbarmädchen, das vor mir mit seinen dicken Beinchen im Einkaufswagensitz zappelte. Es stopfte sich ein Wiener Würstchen in den Mund und lächelte mich mit seinen Pausbäckchen zufrieden an. Das Kind war bereits leicht adipös, ganz zu schweigen von der Mutter, die sicherlich dreißig Kilo an Zusatzgewicht mit sich herumschleppte. Neben ihr kam ich mir richtig schlank vor. Ich hätte meinem Kind eine Banane in die Hand gedrückt und nicht so ein fettes, viel zu salziges Würstchen, in dem Schweinefleisch aus der Massentierhaltung steckte. Plötzlich war ich sensibilisiert was Lebensmittel betraf und achtete akribisch darauf, was in meinen Mund durfte und was nicht.

Ich konnte nicht aufhören, das kleine Wesen mit den dicken Backen anzusehen, da ich mich nach einem eigenen Kind sehnte. Es konnte Jahre dauern, bis ich einen gesundheitsbewussten, lieben Partner finden würde, dachte ich frustriert.

Nachdem die Kleine ihr Würstchen verdrückt hatte, bekam sie von der Kassiererin, die offenbar eine fiebrige Erkältung hatte, einen Lolli geschenkt, den das Mädchen freudestrahlend in sein Mündchen steckte. Hoffentlich putzte die Mutter ihrer Tochter am Abend gründlich die Zähne.

Neuerdings freute ich mich auf das Kochen, was mir bisher nicht viel Spaß bereitet hatte. Lieber hatte ich zu Fertiggerichten oder Brot gegriffen, um meinen Hunger schnell zu bändigen.

Um mich in Stimmung zu bringen, schaltete ich das Radio ein, zündete Kerzen an und legte mir alle Zutaten, die ich für das neue Rezept benötigte, parat. Die karierte Schürze, die Mutter mir zum 18. Geburtstag geschenkt hatte, kam nach zehn Jahren das erste Mal zum Einsatz. Da gerade mein Lieblingslied aus dem kleinen Lautsprecher tönte, drehte ich den Lautstärkeregler nach oben und versuchte, den Refrain mitzusingen, was mir überhaupt nicht gelang. Voller Begeisterung schnippelte ich das frische Gemüse in akkurate Würfel und freute mich auf mein gesundes, kalorienarmes Essen, das auf dem Foto sehr appetitlich ausschaute. Während ich das erste Mal in meinem Leben frischen Kurkuma in feine Scheiben schnitt und sich meine Fingerkuppen dabei in einen leuchtenden Gelbton verfärbten, klingelte das Telefon. Ich drehte die Musik leiser und warf einen Blick aufs Display. Mutter störte!

«Hallo, Mama!», meldete ich mich gut gelaunt und setzte mich auf den wackligen Küchenstuhl, den Leon seit einem halben Jahr reparieren wollte. Als ich damit kippelte, beschloss ich, das alte Ding am nächsten Tag zu entsorgen.

«Störe ich?»

«Nein, … ich koche gerade.»

«Du kochst?», wunderte Mutter sich und lachte etwas verächtlich in den Hörer.

«Ich werde zukünftig mehr auf meine Ernährung achten. Es macht ja auch Spaß, frisch zu kochen und ist zudem gesünder und schmackhafter.»

«Sehr schön, mein Schatz. Sag mal, wir müssen mal mit dir reden. Es geht um das Haus auf Sylt.»

«Was ist damit? Ist dort eingebrochen worden?», fragte ich besorgt und wurde stutzig.

«Nein! Dein Vater und ich … wir wollen es eventuell … verkaufen», offenbarte sie mir in stockenden Worten, da sie wusste, dass ich an dem Haus hing.

«Was! Warum das denn?» Ich betrachtete mir meine gelben Fingerkuppen, die aussahen wie von einem Kettenraucher, und spürte, wie sehr mich diese Nachricht aufwühlte. Unser schönes Haus am Meer, in dem ich so viele, wunderschöne Tage verbracht hatte. Meine Insel, auf der mein Opa mir das Schwimmen beigebracht hatte und auf der ich jeden Winkel und beinahe jedes Reetdachhaus kannte.

«Wir sind kaum noch dort, da es Papa zu kalt und windig ist. Wir würden lieber mehr Zeit auf Mallorca verbringen. Ein Bekannter hat uns ziemlich viel Geld für unser Haus geboten.»

«Das könnt ihr nicht machen! Opa hat das Haus mit seinen eigenen Händen gebaut und hätte es sicherlich nicht gut gefunden, wenn es verkauft wird.»

«Deshalb wollten wir ja mit euch reden. Wir besprechen alles am Sonntag in Ruhe. Deine Schwester kommt auch.»

Ich war völlig aufgewühlt und blieb auf dem wackligen Stuhl ein paar Minuten nachdenklich sitzen. Mir war die Lust am Kochen gründlich vergangen und Appetit hatte ich auch keinen mehr.

Nachdem ich mich etwas beruhigt hatte, nahm ich die Arbeit am Herd wieder auf, aber meine Stimmung war trübe, sodass ich lustlos das Gemüse in der Pfanne bewegte. Brauchten meine Eltern Geld? Wie konnten sie sich von dem schnuckeligen Reetdachhaus, in dem auch sie viele wunderschöne Stunden verbracht hatten, so einfach trennen?

Da ich mich auf mich und meine Ziele fokussieren wollte, deckte ich meinen kleinen Esstisch, legte eine Schallplatte auf und genoss mein Essen, in dem ich die Augen schloss und die Speise lange im Mund behielt, um bewusst zu schmecken. Ich war begeistert von dem würzigen, fleischlosen Gericht, das gar nicht aufwendig gewesen war. Ich schnitt das Rezept aus dem Heft aus und klebte es in ein Büchlein, in dem ich meine neuen Rezepte sammeln wollte. Das Gericht bekam von mir den Namen «Curry Traum» und fünf von fünf Sternen.

Zutaten: eine Möhre, eine Handvoll Brokkoli, eine Zwiebel, fünf frische Champignons, eine Zucchini, eine rote Paprikaschote, eine Knoblauchzehe, frischer Ingwer, frischer Kurkuma, eine milde Chilischote, eine Handvoll Cashewnüsse, eine Dose Kokosmilch, eine kleine Ananas, ein Teelöffel Currypulver, ein Schuss Rapsöl, Salz, Pfeffer, Koriander, Basmatireis. Zuerst die Möhren und den Brokkoli in einer Pfanne mit Deckel ein paar Minuten dünsten, dann die Zwiebel, die Zucchini, den

Knoblauch, Ingwer, Kurkuma, Chilischote und die Kokosmilch hinzufügen und ein paar Minuten bissfest dünsten. Die Ananas, die Cashewnüsse, Rapsöl und die Gewürze hinzugeben und mit Reis servieren.

Nach dem Essen fühlte ich mich nicht so müde wie sonst. Ich war gut gesättigt und verspürte keine Gelüste nach etwas Süßem oder Chips, die ich beinahe jeden Abend gegessen hatte.

Während ich die Küche in Ordnung brachte, musste ich an Leon denken. Vermisste er mich? Würde er sich in mich neu verlieben, wenn ich schlanker und erfolgreicher wäre? An diesem Abend verkroch ich mich nicht mit einem Buch auf dem Sofa, sondern schnappte mir ein Yoga Buch, das ich mir bereits vor fünf Jahren gekauft hatte. Bisher war ich über die Einführung nicht hinausgekommen, da es in meinem alten Leben bequemere Dinge als Sport gegeben hatte. Doch nun sollte Bewegung zu meinem neuen Leben dazugehören wie das tägliche Zähneputzen. Im Schneidersitz setzte ich mich aufs Sofa und las aufmerksam die ersten Seiten. Als ich zur ersten Übung vorgedrungen war, suchte ich meine alte Jogginghose, die grausam ausschaute, da sie total verbeult und die Farbe grässlich war. Aber egal! Mich sah ja niemand. Da ich keine Yogamatte besaß, legte ich eine Decke auf den Boden und versuchte mich an der ersten Figur. Ich wurde ein Baum, was eine schöne Vorstellung war, denn ich liebte diese großen, starken Wunderwerke, die auch im Winter bizarr ausschauen. Ich stellte mich aufrecht hin; hielt die Füße geschlossen und richtete die Wirbelsäule auf. Während des Einatmens verlagerte ich mein Gewicht langsam auf das linke Bein und zog den rechten Fuß möglichst weit am linken Oberschenkel empor, um ihn dort abzustützen. Das rechte Knie versuchte ich so weit nach außen zu ziehen wie es meine Hüfte ohne Ausweichen zuließ. Die Arme streckte ich nach vorne aus und hob sie so weit an bis sich meine Oberarme neben den Ohren befanden. Die Hände legte ich nebeneinander und hielt die Finger geschlossen. Dann atmete ich aus, wobei sich die Schulterblätter entspannt nach hinten legten und nach unten sinken sollten. Ich versuchte, das Gleichgewicht drei Atemzüge lang zu halten. Beim vierten Ausatmen stellte ich den rechten Fuß langsam wieder ab und ließ die Arme sinken. Danach wiederholte ich die Übung mit dem anderen Bein. Ich war sehr konzentriert bei der Sache und spürte, dass mir die Übung guttat. Ich wollte jeden Tag eine weitere Übung lernen und täglich mindestens 30 Minuten Yoga machen und zusätzlich noch laufen oder Rad fahren. Ich verkroch mich mit einem Buch ins Bett und war glücklich, dass ich den ersten Tag gesund gegessen und mit Yoga begonnen hatte. Der erste Schritt in mein neues Leben war mir nicht schwergefallen und hatte mir sogar Spaß gemacht. Nun war es wichtig, dabei zu bleiben.

Nach einem anstrengenden Tag im Buchladen hätte ich mich am liebsten mit einem oder zwei Kuchenstücken aufs Sofa gefläzt, aber das sah mein neues Leben nicht mehr vor, obwohl der Gedanke verlockend war. Stattdessen ging ich in den düsteren Keller und kramte mein altes Fahrrad heraus, das einen Platten hatte und mit Spinnenweben verziert war. Bisher hatte ich täglich mein Auto benutzt, aber damit sollte nun Schluss sein! Meine alte Bequemlichkeit wollte ich ablegen wie einen alten Mantel, der mir nicht mehr stand. Ich stibitzte mir eine Luftpumpe vom Nachbar Fahrrad, fegte das robuste Rad ab und schwang meinen dicken Hintern auf den Sattel. Dabei musste ich an meinen Großvater denken, der mit mir oft von List bis Hörnum geradelt war und mir unterwegs immer ein großes Eis gekauft hatte.

Nach kurzer Zeit wurden meine Hände so kalt, dass ich kaum noch Gefühl in ihnen hatte. An Handschuhe hatte ich nicht gedacht, da ich im Auto, das mit einer Lenkradheizung ausgestattet war, nie welche gebraucht hatte.

Mit letzter Kraft und weißen Händen erreichte ich mein Elternhaus. Ich war entsetzt über meine Kondition, die ich als ziemlich schlecht einstufte, denn ich spürte mein Herz wild pumpen als ich das Rad gegen die Hauswand lehnte und nach Luft japste wie ein Fisch an Land.

«Wo hast du denn ganz geparkt?», fragte Mutter mich verwundert als ich auf der Fußmatte stand und mich erschöpft auf meine Knie stützte.

«Direkt am Haus.» Ich deutete auf mein Fahrrad, das vor vielen Jahren mal weiß gewesen war

«Ach! Du fährst Rad! Ist dein Auto kaputt?»

«Nein. Die sind für dich.» Ich überreichte meiner Mutter einen kleinen Blumenstrauß und drückte ihr Küsschen auf die Wangen, obwohl ich ziemlich sauer auf sie war, denn sie hatte vor, unser wunderschönes Insel Haus zu verkaufen.

«Danke, mein Kind. Deine Schwester ist noch nicht da. Es gibt

Frankfurter Kranz.»

Weil ich die Buttercremetorte als Kind geliebt und beim Backen einige Male die halbe Creme verputzt hatte, gab es den süßen Kuchen nun jedes Mal, wenn ich meine Eltern besuchte. Mittlerweile hing mir die Torte zum Hals heraus, aber das mochte ich Mutter nicht sagen, da sie sich so viel Mühe gab und den Kuchen mittlerweile im Schlaf herstellen konnte.

Vater saß, beziehungsweise lag, in seinem Relax Sessel und drückte eine Zigarette aus, als ich in das verqualmte Wohnzimmer trat.

«Hast du noch keinen neuen Freund?», begrüßte er mich und nahm stöhnend an der Kaffeetafel Platz. Vater hatte eine sehr direkte Art und nahm nie ein Blatt vor den Mund, was mir nicht immer gefiel und verletzend sein konnte.

«Nein, habe ich noch nicht. Vielleicht nächsten Sonntag», konterte ich und schaute aus dem Fenster.

«Ihr habt ja ein neues Vogelhäuschen», versuchte ich von meinem Single Dasein abzulenken.

«Ja, hat Papa gebaut. Die Vögel haben es auch schon angenommen. Gestern war sogar ein Rotkehlchen drin», erklärte Mutter freudig und platzierte den perfekten Kuchen, der aussah als hätte sie jedes Krokant Bröckchen einzeln in die Buttercreme gedrückt, genau in der Tischmitte.

«Fangen wir jetzt endlich an?», fragte Vater ungeduldig wie ein dreijähriges Kind und legte sich eine Serviette auf die Oberschenkel.

«Wir warten noch auf Vanessa. Sie müsste jeden Moment

kommen. Sie hat mir geschrieben, dass sie sich um zehn Minuten verspätet, weil einer von den Jungs die Hosen voll hatte.»

Vater brummte wie ein gereizter Bär und lehnte sich mit verschränkten Armen eingeschnappt zurück.

«Und welches Buch verkauft sich gerade gut?», erkundigte er sich bei mir und stibitzte ein paar Krokant Krümel, die vom Kuchen abgefallen waren. Er traute es sich nur, weil Mutter in der Küche war. Es knackte zwischen seinen dritten Zähnen, die der Zahnarzt ganz gut hinbekommen hatte.

«Im Moment läuft ein dänischer Thriller ganz gut und dann diese Abnehm Fibel «Morgen bin ich schlank und schön».»

«Was für ein bescheuerter Titel. Dass sich so etwas verkauft. Von diesen Diät Ratgebern gibt es doch Tausende», wunderte sich Vater, der auch ein stattliches Bäuchlein besaß und sich viel zu wenig bewegte.

«Es gibt viele Übergewichtige. Die Leute wollen gesund bleiben, schlank sein und wollen länger leben, daher kaufen sie solche Ratgeber, die ihnen vielleicht auch helfen.»

«Ach, so ein bisschen Speck auf den Rippen ist bestimmt nicht ungesund. Ich fühle mich wohl und deine Mutter findet mich noch attraktiv.» Nun steckte Vater auch noch einen Finger in die Buttercreme, da er sich nicht mehr zurückhalten konnte.

«Wie bitte?» Mutter kam ins Esszimmer gerauscht und klopfte ihrem Mann liebevoll auf die Schulter. «Deinen Bauch finde ich nicht sehr anziehend. Zudem wird er jedes Jahr dicker.»

Vater schaute auf seinen Bauch herab und schüttelte den Kopf.

Die Klingel ging dreimal hintereinander und Mutter eilte zur Tür. Die süßen Zwillinge, die immer gleich angezogen waren, kamen ins Wohnzimmer gerannt und schrien so laut wie eine ganze Kindergartengruppe. Opa nahm beide Jungs auf seinen Schoß und streichelte liebevoll über die kleinen Köpfe. In diesen Momenten sehnte ich mich nach eigenen Kindern; stellte mir vor, dass die beiden Gold Jungs meine wären. Vanessa kam ohne ihren Mann, der für ein paar Wochen im Ausland weilte.

«Hi, Schwesterchen! Du siehst gut aus. Hast du …», begrüßte mich Vanessa und zog ihren Jungs die Strickjacken aus, die sie im letzten Norwegenurlaub gekauft hatte. Solche tollen Reisen konnte ich mir mit meinem mickrigen Gehalt nicht leisten.

«Nein, ich habe noch keinen Freund und bin trotzdem glücklich», beantwortete ich freundlich ihre unvollendete Frage und wunderte mich über meine neue Gelassenheit, die vielleicht mit der gesunden Ernährung oder den Yoga Übungen zusammenhing?

«Der Frankfurter Kranz sieht ja wieder fantastisch aus», wendete Vanessa sich von mir ab und holte zwei Lätzchen aus der Wickeltasche, die prall gefüllt war.

«Danke!» Mutter freute sich über das Lob und schnitt den Kuchen in gleich dicke Stücke als befände sich ein eingebautes Maßband im Messer.

Nachdem ich zwei Scheiben von dem süßen Zeug verdrückt hatte, war mir leicht übel. Vater holte seinen Korn aus der Bar und schenkte sich und mir ein Glas ein. Nur weil ich mehrere Male mit ihm einen Korn aus Höflichkeit mitgetrunken hatte, musste ich es nun jedes Mal tun. Warum sagte ich ihm nicht einfach, dass ich Korn gar nicht mochte? Ich war immerzu bemüht, es allen recht zu machen und niemanden zu verletzen, was ich mir dringend abgewöhnen musste. An diesem Nachmittag blieb es jedoch noch bei dem Wort «musste», sodass ich drei Korn trank und sicherlich nicht mehr fahrtüchtig war.

Die Zwillinge spielten mit unseren alten Bauklötzen, die meine Eltern all die Jahre auf dem Dachboden aufbewahrt hatten. Sie waren noch immer interessant und auch meine Kinder …

«So, jetzt können wir ja mal über das Haus sprechen…», begann Mutter zögerlich und spielte nervös an einem selbst gehäkelten Kissenbezug, den man nicht als Rückenstütze oder Kopfkissen benutzen durfte.

«Das war Mutters Idee», mischte Vater sich ein; verzog sein Gesicht und kippte seinen fünften Korn herunter.

«Aber du hast doch auch gesagt, dass wir es abstoßen wollen», wunderte sich Mutter und wurde laut.

«Du entscheidest doch sowieso immer alles alleine», schrie Vater bockig und knallte das leere Glas auf den Tisch, der einiges abkonnte, da es gute, alte Eiche war. Ich war froh, dass Vater nicht die treibende Kraft war und auf meiner Seite stand.

«Was soll das denn jetzt? Wir haben doch darüber gesprochen und waren uns einig.»

«Ich habe nur klein beigegeben, weil ich wusste, dass du sauer bist, wenn ich nicht Ja und Amen sage.»

«Du spinnst doch!» Mama wurde ungehalten und war den Tränen nahe, da Vater ihr plötzlich in den Rücken fiel.

«Nun streitet euch doch nicht!», mischte sich Vanessa ein und hielt einen Finger vor die Lippen, da sie wohl Sorge hatte, dass die Jungs bei dem Geschrei ein Trauma bekommen könnten.

«Wieso wollt ihr das Haus denn jetzt unbedingt verkaufen?», wollte ich wissen und schenkte mir freiwillig einen vierten Korn ein, da ich dachte, dass er mich beruhigen konnte.

«Ich weiß es auch nicht», sagte Vater überrascht und brachte Mutter damit zur Weißglut.

«Karl! Hast du noch alle Tassen im Schrank?», schrie Mutter so laut, dass die Kleinen entsetzte Gesichtchen bekamen und Javier anfing, zu heulen.

«Eigentlich schon», antwortete Vater ruhig und hielt mir sein leeres Schnapsglas hin.

«Du hast das Haus von deinem Vater geerbt. Du musst wissen, was du damit tun willst.»

«Es gehört uns beiden.» Mama konnte ihre Tränen nicht mehr zurückhalten und verschwand fluchtartig aus dem Zimmer. Ich folgte ihr, während Vanessa sich um ihre verstörten Kinder kümmerte.

Mutter verzog sich ins Schlafzimmer und setzte sich weinend auf die Bettkante. Die Tagesdecke war akkurat über das Bett gespannt und wies keine einzige Falte auf.

«Was ist denn mit euch los?», wunderte ich mich und streichelte Mutters krummen Rücken.

«Mit mir ist nichts los. Dein Vater ist etwas gaga.» Mutter schnäuzte in ein Taschentuch und drückte es wütig in der Hand.

«Wie seid ihr denn überhaupt auf die Idee gekommen, das Haus so plötzlich zu verkaufen?»

«Du kennst doch die Wagners? Sie lieben die Insel und kennen unser Haus. Sie haben mich gefragt, ob wir es verkaufen wollen, weil wir so selten dort sind.»

«Aber ich liebe das Haus. Ich bin seit dreißig Jahren regelmäßig dort und will dort weiterhin hin», sagte ich verzweifelt.

«Es ist auf Sylt immer so kalt und dann dieser ewige Wind. Ich möchte lieber dauerhaft in der Wärme sein und hatte gedacht, dass wir uns ein Häuschen oder eine Wohnung auf den Balearen kaufen könnten.»

«Warum gleich kaufen? Ihr könnt doch auch mieten. Ich zahle euch die Miete, wenn … »

«Ich wusste nicht, dass du dir so viel aus dem Haus machst. Es stehen zudem größere Reparaturen an. Wir wollten erstmal eure Meinung hören und in Ruhe mit euch sprechen. Aber dein Vater dreht offenbar gerade durch, obwohl er letzte Woche noch meiner Meinung war.»

«Mama, ich würde es sehr schade finden … ich würde tottraurig sein, wenn ihr Opas Haus verkauft. Ich wollte euch nämlich gerade etwas fragen.»

«Es war ja auch nur eine Idee und da die Wagners mich so bearbeitet haben … »

Vanessa kam ins Zimmer gestürmt und sah uns verwundert an, da wir beide Tränen in den Augen hatten.

«Was ist denn los?» Sie schloss dir Tür hinter sich und setzte sich ebenfalls aufs Bett.

«Euer Vater ist in letzter Zeit so schwierig.»

«Aber er ist doch wie immer», stellte meine Schwester fest und streichelte Mutters Schulter.

«Ihr bekommt das ja nicht mit, wenn ihr nur alle zwei Wochen mal für kurze Zeit hier seid.» Das hörte sich wie ein Vorwurf an!

«Papa fehlt vermutlich seine Arbeit», bemerkte ich und schaute verträumt auf das Bild im Goldrahmen, das auf dem Nachttisch stand. Es zeigte uns vier. Ich muss sechs gewesen sein und konnte mich noch genau an den Fotografen erinnern, der an uns beinahe verzweifelt wäre, da wir Mädchen nicht stillstehen konnten.

«Kommt! Lasst uns wieder ins Wohnzimmer gehen», schlug Mutter vor und strich ihren Rock glatt.

Vater spielte mit den Jungs und sah uns fragend an.

«Gut, dann werden wir das Haus nicht verkaufen!», sagte Mutter mit fester Stimme. Ich war erleichtert und entspannte mich. Das Thema war somit hoffentlich vom Tisch und ich plante, für längere Zeit in unserem Insel Haus zu wohnen, um dort in Ruhe an meinem Buch zu schreiben. Gab es einen schöneren Ort dafür als Sylt?

Mein neues Leben als Single und der radikalen Ernährungsumstellung fühlte sich fantastisch an, zumal ich den Entschluss gefasst hatte, meinen Job als Buchverkäuferin, sobald wie möglich, an den Nagel zu hängen, um mich als Autorin zu versuchen.

Nach kurzer Zeit hatte ich mich an die gesunde Ernährung gewöhnt und vermisste weder den Zucker noch Leon; beides hatte mir nicht gutgetan.

Damit ich vor der Arbeit genug Zeit hatte, um mir ein gesundes Frühstück zuzubereiten, das ich in Ruhe essen konnte, stand ich eine Stunde früher auf. Anstatt Weißmehlbrötchen mit Schokocreme aß ich morgens einen warmen Brei, der aus Haferkleie, Haferflocken, Sesamsamen, Leinsamen und Beeren bestand. Nach dem Frühstück strotzte ich vor Energie. Das erfreuliche war zudem, dass ich täglich ein paar Gramm verlor, was mich motivierte, genauso weiterzumachen. Den Yoga Baum beherrschte ich schnell, ohne dabei umzukippen. Als nächstes lernte ich das Pferd. Ich hatte mich für Sport bisher nicht begeistern können, aber Yoga machte mir Spaß und tat meinem Körper gut.

Nachdem ich gekündigt hatte, beschlich mich keine Existenzangst, sondern ein Gefühl der Freiheit und Unabhängigkeit. Die Tage gehörten ganz mir und meiner neuen Arbeit, die auf Dauer erfolgreich sein musste, damit ich von ihr leben konnte. Ich hatte mir ein kleines Polster angespart, von dem ich ein Jahr sparsam leben konnte. In dieser Zeit sollte ich es schaffen, ein oder vielleicht auch zwei Bücher zu schreiben; je nachdem wie leicht es mir von der Hand ging.

Entspannt saß ich im Zug nach Sylt; über mir lagen zwei große Koffer, in denen viele dicke Wollpullover steckten. Meine Freude über die Auszeit auf der Insel, den Wind und das Meer war so groß, dass ich meine Mitreisenden pausenlos anlächelte, obwohl sie ernste Gesichter zogen und kein Wort mit mir wechselten. Dicke Regentropfen peitschten gegen das Fenster und die Natur sah trist und langweilig aus, aber das tat meiner guten Laune keinen Abbruch. Normalerweise hätte ich über das schlechte Wetter geflucht, hätte die Mitreisenden genauso griesgrämig angesehen wie sie mich, aber nachdem ich beschlossen hatte, mein Leben in allen Bereichen komplett zu ändern, störte mich die Umwelt, so negativ sie sich mir auch präsentierte, nicht mehr. Jeder Tag war ein Geschenk! Wäre es nicht langweilig, wenn immer nur die Sonne scheinen würde? War es nicht auch schön, durch den Regen zu laufen, die Wassertropfen auf der Haut zu spüren, sich durchgefroren im gemütlichen Heim bei einer Tasse Tee aufzuwärmen?

Während ich einen rotbäckigen Apfel mit meinen gesunden Zähnen zermalmte, musste ich kurz an Leon denken. Hatte er eine neue Freundin? Würde ich ihn zurücknehmen, wenn er bei mir angekrochen käme, weil aus mir eine schlanke Bestsellerautorin geworden war? Ich sah mich gedanklich bei meiner ersten Lesung; in einem figurbetonten Chanel Kostüm und einer neuen Frisur, die mir besser stand als mein langer Zopf. Meine Finger mit den knallroten Nägeln hielten mein Buch fest, aus dem ich mit lauter Stimme betont und interessant vorlas, sodass die Zuhörer gebannt an meinen roten Lippen hangen und mir großen Applaus spendeten nachdem ich das

Buch zugeklappt hatte. Ja, das könnte mir gefallen! Das war mein Ziel, auf das ich hinarbeiten wollte.

Als ich in Westerland aus dem Zug stieg, sog ich sogleich die herrliche Seeluft tief ein und dankte einem jungen Mann, der mir meine schweren Koffer aus der Bahn hob. Ich hätte ihn gerne für seine spontane Hilfe umarmt oder ihm zwei Marzipanherzen zugesteckt, aber das ließ ich bleiben, da übertriebene Freundlichkeit bei einigen Menschen eher negativ aufgenommen wurde. Ein älterer Taxifahrer, der mir sofort von seinen Nierensteinen und anderen gemeinen Leiden erzählte, fuhr mich in einem rasanten Fahrstil zu unserem Häuschen, dessen Anblick mein Herz rührte. Da der Fahrer zu allem Übel auch noch ein Rückenleiden hatte, musste ich meine schweren Koffer selbst aus dem Auto heben. Ich drückte dem armen Mann zehn Euro Trinkgeld in die Hand, da er mein Mitleid erregt hatte.

Wie schön es doch war! Mein Großvater hatte das Haus mit seinen eigenen Händen gebaut; hatte jeden Klinkerstein mit viel Liebe gesetzt und sogar beim Decken des Reetdachs geholfen.

Bevor ich die Haustür aufschloss, ging ich einmal ums Haus herum und schaute nach dem Rechten. Im Flur atmete ich den besonderen Geruch des Hauses ein, in dem ich mich immer wohler gefühlt hatte als in unserem Reihenhaus in Hamburg. Es duftete angenehm nach Holz und Lavendel. Mutter hatte im gesamten Haus ein Dutzend Lavendel Büschel aufgehängt, um den leicht muffigen Geruch des Hauses zu überdecken. Im hinteren Bereich des großen Gartens blühten im Sommer zahlreiche Lavendelpflanzen, die einen herrlichen Duft verbreiteten. Zwischen dem lilafarbenen Meer leuchteten zeitgleich weiße Rosen, die ich vor einigen Jahren angepflanzt hatte, denn ich fand die Kombination perfekt und erfreute mich jedes Jahr an den, von Insekten belagerten, duftenden Blumen.

Der alte Holzboden knarrte unter meinen Füßen, ansonsten herrschte Stille und Dunkelheit. Ich zog die schweren Vorhänge zur Seite, damit durch die kleinen Sprossenfenster Tageslicht ins Haus kam, das im unteren Bereich, neben einer großen Küche und einem kleinen Bad ein geräumiges Wohnzimmer besaß. Im oberen Stockwerk gab es drei Schlafzimmer, ein Badezimmer und eine Abstellkammer. Früher hatten wir bequem zu viert in dem Haus, das mit den Jahren zu einem begehrten Objekt geworden war, für das wir zahlreiche Angebote bekommen hatten, wohnen können. Die Lage war einmalig, denn vom Wohnzimmer und Schlafzimmer aus hatte man einen unverbauten Blick auf die Nordsee. Fünfzig Meter von uns entfernt stand ein neueres Luxusobjekt, das seine Besitzer mehrmals gewechselt hatte. Zuletzt wohnte ein arroganter Vorstandsvorsitzender, der uns nie gegrüßt hatte, in der weißen Villa, die die meiste Zeit des Jahres leer stand. Um uns herum gab es ansonsten eine unberührte, wunderschöne Natur, das Meer und ganz viel Wind.

Ich öffnete die knatschende Terrassentür, durch die sofort kalter Wind einzog, der meine Haare bewegte und mich erschaudern ließ. Der Blick aufs Meer war jedes Mal ein magischer Moment; ich konnte mich an der Nordsee, die täglich ein anderes Gesicht zeigte, nicht sattsehen. An diesem Tag war das Wasser düster und sehr aufgewühlt.

Nachdem ich alle Zimmer begutachtet hatte, zog ich mich warm an, schnappte mir das alte Rad aus dem Schuppen und radelte in den nächsten Ort, in dem es eine Einkaufsmöglichkeit gab.

Zunächst besuchte ich den Bäcker, den es bereits seit über siebzig Jahren gab. Die Klingel, die beim Betreten des Ladens ertönte, war mir so vertraut und erinnerte mich an meine schönen Kindheitstage, als Vanessa und ich jeden Sonntag ein großes Kuchenpaket gekauft hatten.

Es duftete nach frisch gebackenen Köstlichkeiten. Der Laden war leer und es dauerte eine Weile bis Käthe erschien. Sie war eine betagte, rundliche Dame mit einem gepflegten Haarknoten und war im letzten Jahr achtzig Jahre alt geworden. Sie wollte auch weiterhin die begehrten Backwaren verkaufen, die ihr Sohn herstellte. Ich bewunderte sie, zumal sie zu jedem Kunden freundlich war, auch zu nervigen Touristen, die einen Coffee to go haben wollten, den es bei Käthe, vermutlich aus ökologischen Gründen, jedoch nicht gab. Man konnte in einer kleinen Ecke sitzen und den frisch gebrühten Kaffee aus einer richtigen Porzellantasse genießen, neben der immer ein Gebäckstück lag.

«Ich bin wieder auf der Insel», begrüße ich die Bäckersfrau, die etwas hinkend hinter dem Tresen hervorkam.

«Meine Viola! Komm! Lass dich drücken.»

War das schön, sich an den warmen, weichen Körper zu drücken und mich herzen zu lassen. Der himmlische Duft, die Freundlichkeit und meine neue Freiheit verliehen mir in diesen Minuten ein besonderes Glücksgefühl, das ich die letzten Jahre nicht erlebt hatte.

«Wann bist du gekommen und wie lange wirst du bleiben?», wollte Käthe wissen; griff nach ihrer Gebäckzange und holte mir einen Hanseaten aus der Auslage.

«Ich bin vor einer Stunde angekommen und werde drei Monate bleiben.»

«Hier, meine Liebe. Endlich mal wieder etwas Anständiges. In der Stadt gibt es doch nix richtig Gebackenes mehr.»

«Danke, Käthe. Eure Hanseaten sind einfach die besten.»

Ich biss sofort in das süße Teilchen und musste feststellen, dass es mir viel zu süß erschien. Seit ein paar Wochen versuchte ich, auf Zucker und Weißmehl zu verzichten, was sich sehr positiv auf meinen Körper ausgewirkt hatte. Doch ich wollte Käthe nicht enttäuschen und tat so, als wenn es mir köstlich schmecken würde.

«Was? Hast du solange Urlaub?», wunderte sie sich und verschwand hinterm Tresen, um mir eine große Tüte zu packen, in der zwei Hanseaten, zwei Stückchen Butterkuchen, sechs Brötchen und drei Hörnchen verschwanden.

«Ich habe gekündigt und werde … werde mich neu orientieren.» Ich versteckte den angebissenen Hanseaten hinter meinem Rücken, da mein Tagesbedarf an Zucker bereits gedeckt war.

«Und in welche Richtung?», fragte sie, da sie neugierig war, wie so viele in dieser kleinen Gemeinde.

«Ich … ich werde ein Buch schreiben.» Eigentlich wollte ich es noch nicht an die große Glocke hängen, aber es rutschte mir so raus und früher oder später würden es sowieso alle wissen.

«Oh, dass ist ja toll! Eine Schriftstellerin! Und was wirst du schreiben? Ich lege dir noch ein paar Quarkbällchen dazu.»

«Das weiß ich noch nicht so genau. Auf jeden Fall habe ich hier viel Ruhe und Inspiration. Das ist genug! Danke, Käthe. Was bekommst du?»

«Heute mal nix. Ist ein Begrüßungsgeschenk. Dann sehen wir uns jetzt häufiger. Möchtest du den Brötchenservice in Anspruch nehmen?»

«Nein, ich …» Ich brachte es nicht übers Herz, ihr zu sagen, dass ich mein eigenes Brot backen wollte und zukünftig keine Hanseaten mehr naschen wollte. «Ja, ich … nehme zwei Roggenbrötchen und alle vier Tage ein Mischbrot.»

«Prima! Wird dann ab morgen geliefert. Hast du schon gehört, dass ihr einen neuen Nachbarn haben werdet? Der feine Herr von Alsen, der nicht einmal bei uns etwas gekauft hat, hat die Villa verkauft.»

«Nein, das wusste ich nicht. Und wer hat sie gekauft?»

«Man munkelt, dass es ein bekannter Schauspieler sein soll. Aber das sind nur Gerüchte. Du wirst es ja bald mitbekommen. Vielleicht stellt sich der neue Besitzer bei dir vor, dann musst du mir unbedingt berichten… »

«Ja, mal sehen. Danke für die Tüte und noch einen schönen Tag, Käthe.»

Ich stellte die pralle Gebäcktüte in meinen Fahrradkorb und überlegte, wen ich mit den süßen Sachen beglücken konnte. Mir fiel sofort Ilse Petersen ein, die sich um unser Haus kümmerte. Ich radelte zwei Kilometer gegen einen schneidigen Wind und musste mich ziemlich abstrampeln. Mit roten Wangen und zerzausten Haaren erreichte ich das kleine Häuschen, in dem Ilse seit vielen Jahren alleine lebte. Als ich die Klingel betätigte, schob Ilse die Gardine zur Seite, sah mich und ging ziemlich schnell an die wunderschöne, blaue Friesentür, die schon hunderte Male von Touristen fotografiert worden war.

«Viola! Mien lütte Deern.»

Ilse drückte mich vor Freude sofort an ihren großen Busen, den ich als Kind mal als Euter bezeichnet hatte, wie sie mir bei jedem Besuch belustigt erzählte.

«Bist du gut angekommen? Ist alles in Ordnung im Haus?»

«Alles bestens und danke, dass du den Kühlschrank gefüllt hast.»

Sie nahm mich an die Hand und zog mich wie früher in ihre gute Stube, in der ich als Kind viel Zeit verbracht hatte. Ilse konnte sehr gut malen und hatte mir ein paar Tricks beigebracht, aber ich war nicht talentiert im Malen und hoffte, dass ich wenigstens Talent als Schriftstellerin hatte.

«Setz dich, Deern! Ich habe gerade einen Tee gekocht. Gestern habe ich für dich einen Butterkuchen gebacken. Mit extra viel Butter, so wie du ihn liebst.»

Ehe ich sagen konnte, dass ich keinen Kuchen essen möchte, verschwand Ilse in ihrer Küche, in der sich seit siebzig Jahren nicht viel getan hatte. Nur der Kühlschrank und der Herd waren mehrere Male ausgetauscht worden.

Ich legte die pralle Tüte mit dem duftenden Gebäck auf den Esstisch und schaute aus dem Fenster. Schwarze Wolken näherten sich der Insel und sollten viel Niederschlag bringen.

Während Ilse den Tisch deckte, betrachtete ich mir ihre Bilder, die zahlreich an den Wänden hingen.

«Wie geht es deiner Schwester? Sie war lange nicht mehr auf der Insel.»

«Sie hat wenig Zeit. Die Zwillinge halten sie ziemlich auf Trab.»

Ilse schenkte uns Tee ein, der leicht nach Orange duftete und legte mir ein extra großes Stück Kuchen auf den Teller.

Mir blieb nichts anderes übrig, als ihn zu essen, obwohl ich meinen Körper vom Zucker entwöhnt hatte.

«Welche Zwillinge?», erkundige sich Ilse und schaute mich fragend an. Sie riss ihre wasserblauen Augen auf und stemmte sich mit den Händen gegen den Tisch.

Ich dachte, dass sie einen Scherz machen würde und lächelte sie an, aber da sie verständnislos guckte, wurde ich stutzig.

«Vanessa hat doch zwei Buben. Javier und Jamie.»

Ilse schüttelte den Kopf und machte einen verwirrten Eindruck.

«Dann lass es dir schmecken, Vanessa.»

Als sie auch noch die Namen verwechselte, beschlich mich das ungute Gefühl, dass Ilse dement sein könnte. Ich war geschockt und überlegte, wo die einsame Dame hinsollte, wenn sie nicht mehr alleine leben konnte. Sie hatte weder Kinder noch andere nahe Verwandte, die sich um sie kümmern konnten. Aber vielleicht war sie auch nur etwas tüttelig?

«Dein Kuchen ist wieder köstlich.» Ich würgte mir das Riesenstück hinunter und spülte mit viel Tee nach, in den Ilse mir drei dicke Kandisbrocken getan hatte.

«Bist du alleine gekommen?»

«Ja, ich … ich habe mich von meinem Freund getrennt und werde für drei Monate auf der Insel bleiben.»

«Oh, hast du so lange Urlaub? Das freut mich aber. Vielleicht kannst du mir etwas im Haushalt helfen?»

«Ja, das kann ich gerne tun. Ich arbeite nicht mehr in dem Buchladen. Ich werde mich als Schriftstellerin versuchen.»

«Oh, das gefällt mir. Ich wusste schon immer, dass du eine künstlerische Ader hast. Ich habe noch all deine Briefe, die du mir als Kind geschrieben hast. Du hast so nett geschrieben …» Ilse sah mich verträumt an und wollte mir noch mehr Kandis in den Tee werfen, aber ich hielt schnell meine Hand über die Tasse.

«Ich fahre mal lieber nach Hause bevor der Regen kommt. Komm ruhig jederzeit vorbei. Ich habe dir noch etwas vom Bäcker mitgebracht.»

«Das ist lieb Deern, aber ich esse nicht mehr viel. Nimm das wieder mit. Du bist so dünn geworden und kannst das gebrauchen.»

«Weißt du, wer unser Nachbarhaus gekauft hat?»

«Man hört überall, dass dort ein Prominenter einziehen soll. Wieder einer, der nur ein paar Wochen im Jahr hier wohnt. Das gefällt mir alles nicht mehr. Wie schön war das früher …»

«Ja, ich muss jetzt leider, da ich keine Regenjacke dabeihabe. Danke für den leckeren Kuchen.»

Ilse blieb in der geöffneten Friesentür stehen und winkte mir eifrig hinterher, während ich kräftig in die Pedale trat, da die ersten dicken Tropfen auf mich niederprasselten.

Ich drehte die Heizung hoch, machte es mir auf dem Sofa gemütlich, stellte mir meinen Laptop auf die Oberschenkel und begann damit, ein paar Sätze zu tippen, die ich jedoch alle wieder löschte. Offenbar besaß ich noch nicht die nötige Ruhe und musste mich erstmal akklimatisieren. So stand ich auf, zog die Vorhänge zu, kochte mir einen Tee, holte mir eine Möhre, schaltete das Radio ein, bezog mein Bett und setzte mich erneut mit dem Laptop aufs Sofa. Doch es kam nichts, gar nichts, was mir Angst machte. Würde das Schreiben für mich zu einem harten Brocken Arbeit werden? Zudem musste ich die ganze Zeit über an Ilse denken, die hoffentlich nicht dement war; musste an unseren neuen Nachbarn denken, der sich vielleicht auch nicht vorstellen würde und ich musste an Leon denken, der mir eine Nachricht geschickt hatte. Er wollte wissen, ob ich seine Elton John CD habe, was mir wie ein Vorwand vorkam, denn er hatte die CD definitiv bei seinem Auszug mitgenommen. Ich klappte den Computer zu und las in einem Buch, das mir sehr gefiel. Konnte ich so etwas Schönes auch schreiben?

Am nächsten Tag wird es sicherlich besser laufen, redete ich mir ein und hörte den Regen gegen die Fenster peitschen. Es war schon etwas unheimlich, alleine in diesem Haus zu sein, zumal das Nachbarhaus leer stand und die nächsten Häuser weit weg lagen. Ich verkroch mich unter einer flauschigen Decke und hörte Musik. Gegen elf Uhr ging ich in die obere Etage, in das größte Schlafzimmer, von dem aus man aufs Meer sehen konnte. Ich ließ frische Luft in den weiß getünchten Raum, der mit hellblauen Möbeln ausgestattet war. Nachdem ich viele Schäfchen gezählt hatte, die alle über einen Zaun springen mussten, schlief ich ein. Ich träumte von Ilse, die nur mit einem langen Nachthemd bekleidet am Strand herumirrte und von Käthe, die mir hundert zuckersüße Hanseaten vorbeibrachte.

Am nächsten Morgen wurde ich durch einen böigen Wind geweckt, der am gesamten Haus zerrte. Im Zimmer war es kalt, sodass ich mir die dicke Daunendecke bis zum Kinn zog und noch ein paar Minuten im Bett liegenblieb. Ich fühlte mich einsam und musste an die Zeit mit Leon denken, der am Wochenende immer Brötchen geholt hatte und Frühstücks Eier perfekt kochen konnte. Vielleicht wollte er zurück zu mir? Vielleicht sollte ich ihn wieder aufnehmen? Ich scheuchte die spekulativen Gedanken zur Seite und fokussierte mich auf mein Projekt. Es war gut, dass ich alleine war, so konnte ich mich voll auf meine Arbeit konzentrieren und wurde durch nichts und niemanden abgelenkt.

In einen dicken Pullover gehüllt, begab ich mich in die Küche und machte mich daran, mir ein gesundes Frühstück zuzubereiten. Mittlerweile liebte ich die erste Mahlzeit des Tages und vermisste weder Brötchen noch fettige Croissants. Mit dem dampfenden Teller Haferbrei und einer großen Tasse Grünem Tee setzte ich mich ins Wohnzimmer, um den Blick aufs Meer, das noch wilder war als am Vortag, zu genießen. Die Wellen waren bestimmt zwei Meter hoch und selbst bei geschlossenem Fenster hörte ich die Nordsee toben. Es war herrlich gemütlich. Während ich den Brei langsam löffelte, rief meine Mutter an.

«Guten Morgen, Kindchen. Bist du gut angekommen?»,

erkundigte sie sich in ihrem mütterlichen Tonfall, der mich manchmal zur Weißglut brachte.

«Ja, hat alles gut geklappt. Ilse hat im Haus alles für mich vorbereitet und den Kühlschrank gefüllt.»

«Wie gut, dass wir sie haben. Wie ist das Wetter?»

«Ziemlich ungemütlich. Das Meer tobt und es hat viel geregnet. Mama, ich glaube, dass Ilse dement ist. Sie hat gestern komische Fragen gestellt und wusste nicht mehr, dass Vanessa Zwillinge hat.»

«Oh, das wäre ja schrecklich! Die Arme hat doch niemanden, der sich um sie kümmert. Sie hat einen Neffen, den sie nur einmal gesehen hat. Ich glaube, dass er damals in Österreich lebte. Dann muss sie wohl bald ins Heim. Wenn sie ihr Haus verkauft, hat sie ja genug Geld, um sich ein schönes Pflegeheim zu leisten.»

«Das wäre traurig. Ohne Ilse würde hier etwas fehlen. Aber vielleicht ist sie auch nur tüttelig und nicht dement.»

«Man muss es im Auge behalten. Dann pass auf, dass du dich nicht erkältest und grüße Ilse von uns.»

Nachdem ich die Küche in Ordnung gebracht hatte, unternahm ich einen langen Spaziergang am Strand, an dem ich nur einer Handvoll Menschen begegnete. Der Wind war so stark, dass ich mich gegen ihn lehnen konnte. Ich mochte es, wenn der Regen mir ins Gesicht peitschte und die Haut massiert wurde. In den ungefütterten Gummistiefeln bekam ich rasch kalte Füße, sodass ich nach Hause eilte, wo ich mich mit einem heißen Tee und dicken Wollsocken aufwärmte. Ich stellte den Laptop auf den Esstisch und legte mir daneben ein Notizbuch. Bisher hatte ich noch nicht viel zu Stande gebracht. Kritisch las ich die ersten Seiten und schüttelte den Kopf. Das war nix! Das gefiel mir nicht! Im Übereifer wollte ich alles löschen, besann mich aber und speicherte es unter «erste Schreibversuche» ab. Dann öffnete ich eine neue Seite und beschloss, ganz neu anzufangen. Doch ehe ich etwas tippte, vergingen viele Minuten, in denen ich an alles Mögliche denken musste. Irgendwie hatte ich mir das Schreiben leichter vorgestellt. Wie verhielt es sich bei den großen Schriftstellern? Konnten sie alles locker so aus dem Ärmel schütteln oder saßen sie lange an ihren Werken, brüteten über jedem Satz und kamen genauso schleppend voran wie ich? Ich schaute die meiste Zeit über aufs Meer hinaus, das sich etwas beruhigte hatte, als wenn ich dort meine Inspiration finden könnte. Die Wolken waren noch düster und brachten viel Regen. As ich mich an einem Einleitungssatz versuchte, rührte sich mein Handy, das ich eigentlich ausschalten wollte, aber ich musste erreichbar sein, denn es konnten ja wichtige Meldungen hereinkommen. Vanessas hübsches Gesicht erschien auf dem Display.

«Hallo, große Schwester! Wie ergeht es dir auf der Insel?»

Die Zwillinge schrien im Hintergrund, sodass ich Vanessa kaum verstehen konnte.

«Sehr gut. Das Wetter ist zwar ziemlich ungemütlich, aber umso gemütlicher ist es im Haus.»

«Ist dein Buch schon fertig?», scherzte sie und ermahnte ihre Jungs gereizt zur Ruhe.

«Ja, nächste Woche erscheint es. Ich sitze gerade am Esstisch, genieße den herrlichen Blick und wollte gerade mit dem

Schreiben beginnen.»

«Oh, sorry, dann störe ich dich bei der Arbeit?»

«Nein, ist OK. Ich muss ja auch mal Pausen einlegen. Und bei euch alles gut?»

Sie schwieg einen Moment bis sie antwortete, was mich stutzig machte.

«Ja, alles … gut. Ich wäre auch gerne auf der Insel. Mal ohne Kinder und viel Zeit für mich. Ich fühle mich total ausgebrannt. Jan ist ständig unterwegs und nimmt mir nicht mal am Wochenende die Jungs ab», jammerte sie und fügte am Ende ihrer Ausführung einen tiefen Seufzer hinzu.

Ich beneidete meine Schwester. Sie hatte zwei süße Kinder, einen tollen Mann, der nicht nur gut aussah, sondern auch noch viel Geld nach Hause brachte und ein wunderschönes Heim, mit jeglichem Komfort. Vanessas Aufgabe bestand darin, sich um die süßen Kinder zu kümmern und zu kochen. Die restlichen Arbeiten übernahm Nuria, die täglich kam, um den Haushalt in Ordnung zu bringen. Durfte die junge Mutter sich beklagen?

«Ich kann mir schon vorstellen, dass es mit den Kleinen anstrengend ist, aber in drei Wochen macht ihr doch Urlaub und dann ...»

«Im Urlaub muss ich mich doch auch alleine um die beiden kümmern, da Jan sich erholen muss.»

Ich hatte keine große Lust, mir das Gejammer anzuhören und beendete das Gespräch durch eine Lüge, indem ich sagte, dass es an der Tür geklingelt hatte.

«Rufst du mich später nochmal an?»

Ich rollte mit den Augen und sagte: «Ja, mach ich.»

Da ich nicht mehr gestört werden wollte, schaltete ich mein Handy aus und setzte mich wieder konzentriert vor den Computer. Mein Blick wanderte wieder aufs Meer und ich musste an tausend Dinge denken, die mich von meiner Arbeit abhielten. Wie konnte ich die vielen Gedanken, die ständig durch meinen Kopf spukten, zum Stillstand bringen?

Ich machte mir ein paar Notizen auf dem Block und malte unser Haus; strich alles wieder durch und stöhnte, da bei mir überhaupt nichts sprudelte. Vielleicht war es keine gute Idee gewesen, mich als Schriftstellerin zu probieren? Nun hatte ich meinen sicheren Job aufgegeben, der schon durch eine neue Kraft ersetzt worden war.

Ich googelte wie man ein Buch schreibt und wurde von der Flut der Seiten zu diesem Thema erschlagen, sodass ich sie nicht las. Frustriert kaute ich auf meinem Stift herum und öffnete das Fenster, um gute Seeluft in den Raum zu lassen, die mein Hirn vielleicht zu besserem Denken anregte. Es wurde schnell kalt. Mein Magen meldete sich und ich stellte fest, dass die Mittagszeit sich schon in die Nachmittagszeit geschlichen hatte. Für Leon hatte ich jedes Wochenende Kuchen gebacken, dachte ich wehmütig und sah uns auf dem Sofa sitzend Torte essen. Ich klappte den Laptop zu und beschloss, erstmal eine Mittagspause einzulegen. Am Nachmittag würde es mit dem Schreiben vielleicht besser gehen, hoffte ich und schnippelte Gemüse, das ich in einem Wok kurz andünstete, sodass es noch Biss hatte. Beim Essen fühlte ich mich einsam und mir fehlte ein Gesprächspartner, daher schaltete ich das Radio ein und drehte die Musik laut auf, um die Ruhe, die auch bedrückend sein konnte, zu verscheuchen. Nach dem Essen wurde ich müde und legte mich aufs Sofa. Der Wind ließ nach und man hörte nichts mehr. Es war so gemütlich unter der Wolldecke, dass es mir schwerfiel, mich aufzurappeln, um meinem neuen Beruf nachzugehen. Da ich ein paar Bücher mitgenommen hatte, die ich zum Abschied in der Buchhandlung, die ich etwas vermisste, geschenkt bekommen hatte, nahm ich mir das dickste davon in die Hand und begann zu lesen. Lesen machte mir mehr Spaß als Schreiben, aber damit konnte ich kein Geld verdienen. Als ich die Hälfte des Buches verschlungen hatte, klingelte es an der Tür.

Ilse stand auf der Fußmatte und lächelte entrückt. Sie trug keine Jacke, nur eine Bluse und einen altmodischen Faltenrock. Ich zog sie sofort ins Haus. Mir war klar, dass sie eindeutig dement sein musste.

«Ich wollte dir etwas Butterkuchen vorbeibringen. Ich habe gestern gebacken. Du magst doch so gerne meinen Butterkuchen.»

«Danke, dass ist lieb von dir. Setz dich doch. Ich koche uns einen Tee.»

Sie legte den, in ein fleckiges Tuch eingewickelten, Kuchen auf dem Esstisch ab und sah sich im Raum um, als wäre sie das erste Mal in diesem Haus.

«Hübsch hast du es hier. Hast du die Bilder selbst gemalt?»

Ich brachte es nicht übers Herz, ihr zu sagen, dass sie die Bilder gemalt hatte und sagte: «Ja.»

Mir wurde bewusst, dass ich mich um Ilse kümmern musste,

denn außer ein paar Nachbarn hatte sie niemanden auf der Insel.

Nachdem wir Tee getrunken hatten, gab ich Ilse einen alten Mantel meiner Mutter und begleitete sie nach Hause, da ich mir Sorgen um sie machte und keine Ahnung hatte, was sie in ihrem Zustand alles anstellen konnte.

Ich setzte mich noch kurz zu ihr in die Stube und war verblüfft, dass sie wieder ganz klar war. Sie zeigte mir ein Bild, an dem sie gerade arbeitete und erzählte von einem Nachbarn, der letzte Woche verstorben ist. Mir war nicht ganz wohl dabei, sie alleine zu lassen, aber ich wollte noch an meinem Buch arbeiten.

Auf dem Rückweg nahm ich wahr, dass vor unserem Nachbarhaus ein Auto stand und die Außenbeleuchtung brannte. Was das der neue Besitzer? Da es wieder anfing zu regnen, rannte ich rasch ins Haus und setzte mich an den Laptop. Doch ich musste immerzu an Ilse denken, sodass ich mich nicht auf mein Buch konzentrieren konnte.

Als die Einleitung stand, regte sich mein Handy, das ich sofort in die Hand nahm. Es war Leon! Ich ging nicht ran, da ich nicht mit ihm reden wollte. Er hatte mir sehr wehgetan und es hatte seine Wochen gedauert, bis ich mich damit abgefunden hatte, dass er mich nicht mehr liebte, warum auch immer. Leon hatte keine klaren Gründe genannt. Nach seinem Anruf folgte eine lange Nachricht, in der stand, dass er einen neuen Job und eine kleine Wohnung gefunden hatte. Wütend warf ich das Handy auf den rustikalen Esstisch, an dem schon meine Großeltern deftige Gerichte verspeist hatten. Ich schaltete das Handy schließlich ganz aus. Leon war für mich Vergangenheit! Dennoch wurde ich durch seine Nachricht aus meiner Konzentration gerissen und brauchte eine Pause, da ich aufgewühlt war; ich hatte unsere Trennung noch nicht ganz verarbeitet und bekam Selbstzweifel, die wohl jede verlassene Frau beschleichen.

Da es dunkel wurde, zog ich die Vorhänge zu, zündete Kerzen an und holte mir eine Möhre aus der Küche. Ich sah Ilses Butterkuchen, den ich nicht essen wollte, denn mein Körper hatte sich an meine neue Ernährung, bei der die Pfunde nur so purzelten, gewöhnt

Nachdenklich knabberte ich an der Karotte und starrte in das flackernde Licht der dicken Kerze, die auf dem Esstisch stand. Ich surfte im Internet, las Nachrichten und suchte nach einer neuen flotten Regenjacke, die ich mir bestellte. Danach las ich viermal das erste Kapitel; korrigierte ein paar Wörter und war zufrieden. Es folgte wieder eine längere Pause. Wenn das in diesem Schneckentempo weiterging, würde es nicht drei Monate sondern drei Jahre dauern bis mein Buch fertig war. Aber wenn ich erstmal im Fluss war, wenn ich Übung hatte, würde es sicherlich schneller gehen, hoffte ich und schaltete mein Handy wieder an. Vanessa hatte Fotos von den Jungs geschickt. Sie hatten Schokoküsse gegessen und lachten mit verschmierten Mündern und schwarzen Zähnen frech in die Kamera. Leon hatte nochmal geschrieben. «Liebe Viola! Alles OK mit dir?» Er wartete auf eine Antwort und wusste, dank dieser blauen Häkchen, die ich schon lange ausschalten wollte, dass ich seine Nachricht gelesen hatte. Ich ließ ihn zappeln und musste mir ein Stück Möhre, das sich zwischen meinen Zähnen verklemmt hatte, mit Zahnseide entfernen. Ich schlüpfte in eine ausgeleierte Jogginghose und ein altes Sweat-Shirt, das ich im Schrank gefunden hatte und wollte ein paar Yoga Übungen machen, von denen ich erst vier gelernt hatte. Da ich keine Yogamatte hatte, legte ich eine Wolldecke auf den Boden und zündete ein Räucherstäbchen an, das ich in der alten Vitrine, die mein

Großvater gezimmert hatte, fand. Die Schubladen schlossen nicht mehr richtig und in einem Glas war ein Sprung, dennoch blieb das alte Stück im Haus und wurde nicht durch eine weiße Hochglanzwohnwand ersetzt, da alte Sachen viel charmanter waren und eine Geschichte zu erzählen hatten.

Ich stellte mich auf mein stabileres, rechtes Bein, schloss die Augen und atmete bewusst ein und aus. Ilse und Leon drängten sich in meine Gedanken, dann auch noch der Butterkuchen, den ich nicht essen, aber auch nicht wegwerfen wollte. Als ich versuchte, mich nur auf meine Atmung zu konzentrieren, ging die Türklingel. Genervt stellte ich mich wieder auf meine zwei Beine und stampfte zur Tür. Auf der Insel hatte ich ja noch weniger Ruhe als Zuhause! Wenn das so weiterging, wurde es nichts mit einem Buch von Viola Johannsen.

Vermutlich war es wieder Ilse, die mir vielleicht noch mehr Butterkuchen bringen wollte, weil sie vergessen hatte, dass sie mir bereits ein ganzes Blech geschenkt hatte.

Ich riss die Tür auf und sah nur eine dunkle Gestalt, da das Außenlicht noch nicht brannte.

«Guten Abend. Entschuldigen Sie die Störung … »

Die Stimme gehörte nicht Ilse, sondern einem Mann, den ich nicht kannte.

«Moment bitte! Ich mach mal eben das Licht an.» Ich schloss kurz die Tür, suchte den passenden Schalter, zog meinen Pferdeschwanz stramm und schaute an mir herunter. Super! Wie ich angehost war! Egal! Vermutlich ein Zeuge Jehovas oder ein Kaufinteressent für unser Haus? Dann sah ich den Mann im Licht der flackernden Laterne. Mir blieb die Spucke im Hals stecken und ich schwor mir, ab morgen nur noch hübsche Klamotten zu tragen. Der Fremde war größer als unsere Friesentür; trug dunkle Haare, die in sanften Wellen über seinen wohlgeformten Kopf flossen. Seine hübschen Augen besaßen die Farbe der Nordsee bei Sonnenschein und was mir am meisten imponierte, war sein Mund, der mit Lippen ausgestattet war, die seinem Gesicht diese gewisse Note verlieh, die Frauen ins Träumen bringen. Ich stand für wenige Sekunden mit geöffnetem Mund regungslos in meiner Schlabberkleidung unter dem hellen Strahler, den Vater neu installiert hatte, und hielt mich an der halb geöffneten Tür verkrampft fest.

«Hallo!», startete er einen zweiten Versuch. «Ich bin Ihr neuer Nachbar.» Er zeigte auf die Villa nebenan, die ringsherum hell beleuchtet war.

«Ah! Hallo! Ich habe schon gehört, dass das Haus verkauft wurde. Ich bin … Viola Johannsen.» Ich reichte ihm meine Hand, die von der Karotte ganz gelb geworden war und aussah als würde ich Kette rauchen.

«Und ich bin Pierre Gaston.» Sein Lächeln war umwerfend und brachte mich zum Träumen.

Ich nickte und fragte mich, ob er der Schauspieler war, von dem alle aufgeregt redeten. Da ich, außer den großen alten Schauspielern, wie Heidi Kabel oder Heinz Rühmann, keine aktuellen Künstler kannte, konnte ich nicht sagen, ob man den Mann kennen muss oder nicht. Ich schaute nie Filme, da ich eine Leseratte war und Bücher über alles liebte. Filme langweilten mich; ich stellte mir die Protagonisten beim Lesen lieber im Kopf vor.

Verdammt! Musste ich diesem Herrn Gaston ausgerechnet in

diesem Aufzug begegnen!

«Ihr neues Haus ist wirklich sehr schön … und es ist sehr ruhig hier», faselte ich verlegen und versteckte mich halb hinter der Tür, damit er meine ausgebeulte Hose nicht sah.

«Es ist traumhaft auf der Insel. Ich habe wirklich großes Glück gehabt, dass ich die Villa bekommen habe. Es gab ziemlich viele Interessenten.»

«Das kann ich mir vorstellen. Ja, dann wünsche ich Ihnen noch einen schönen Abend. Man sieht sich!», wimmelte ich ihn ab, da ich es nicht länger ertragen konnte diesem attraktiven Mann, in meinem schrecklichen Lümmel Outfit und auch noch ungeschminkt, gegenüberzustehen.

«Danke, ich wünsche Ihnen auch einen schönen Abend.» Er streckte mir seine Hand entgegen, nach der ich zögerlich griff und die ich kräftig drückte. «Menschen mit einem laschen Händedruck sind charakterlos», hatte Großvater mir mit auf den Weg gegeben.

Nachdem ich die Tür geschlossen hatte, rutschte mir ein Schimpfwort aus dem Mund, da ich mir die erste Begegnung mit dem neuen Nachbarn anders vorgestellt hatte. Fluchend schaute ich in den Spiegel, um zu sehen, wie ich aussah. Der Anblick war nicht erfreulich!

Egal! Der Schönling hatte vermutlich in seiner protzigen Villa eine blonde Schönheit sitzen, die mit hochhackigen Overknee-Stiefeln über den edlen Carrara Marmorboden stöckelte und mit ihren langen Krallen keinen Finger krumm machen musste, da eine Köchin ihnen das Essen vor die Nase setzte und eine Putzfrau die Pfötchen Spuren des Mini Köters wegfeudelte. Das war eine andere Liga! Ich hingegen saß hier in meinem bescheidenen Häuschen und versuchte mich als Schriftstellerin, was mir plötzlich irgendwie albern vorkam. Warum glaubte ich, schreiben zu können? Nur weil ich Lust dazu hatte, weil ich für meine Aufsätze in der Schule gelobt wurde, weil Mutter meine Briefe so lustig gefunden hatte? Frustriert stellte ich den Laptop zur Seite und blätterte in einem vergilbten Buch, das ich in der alten Kommode gefunden hatte. Wenn ich las, vergaß ich die Welt um mich herum und neuerdings sogar das Essen. Erst gegen zehn Uhr spürte ich eine große Leere im Magen; ging in die Küche und schnippelte Gemüse. Ich zog die Gardinen zur Seite und warf einen neugierigen Blick auf das Nachbarhaus. Nun wusste ich, wer dort wohnte. Morgen wollte ich versuchen, bei Käthe mehr über den Mann herauszufinden, der mich nicht unbeeindruckt gelassen hatte.

Die Villa war hell beleuchtet. Man konnte in ein paar Räume sehen, da die Fensterläden nicht geschlossen waren. Hatten wir nicht irgendwo einen Feldstecher, mit dem wir uns früher die Vögel angesehen hatten? Ich suchte überall, fand das Fernglas schließlich in der Abstellkammer und löschte das Licht. Ich fühlte mich nicht ganz wohl bei der Aktion, aber meine Neugier war größer als mein Anstand. Mich drängte die Frage, ob Herr Gaston alleine angereist war. Nach längerer Observation konnte ich keine Person erkennen. Nachdem mir die Augen schmerzten, da ich das Fernglas zu fest an mein Gesicht gedrückt hatte, widmete ich mich meinem Essen und las nebenbei in dem antiken Buch weiter, das ich noch vor dem Schlafengehen beendete.

Als ich erwachte, fühlte ich, dass es ein guter, vielleicht auch mal ein kreativer Tag werden könnte. Mit Schwung schlug ich die dicke Daunendecke zur Seite und sprang voller Elan aus dem Bett. Das Meer war ganz ruhig und sah aus, als wenn es unter Wasser brennen würde. Die Sonne ging auf, nicht nur am Horizont, auch in mir. Bevor ich duschte, kochte ich mir einen Tee und lugte durch die Gardine, um nach meinem neuen Nachbar zu schauen. War er schon wach? War er ein Frühaufsteher und lief vielleicht schon am Strand entlang? Hatte er einen Hund, der ihn bewachte? Es war unhöflich gewesen, ihn nicht ins Haus zu bitten; er hielt mich sicherlich für verklemmt oder schräg. Vielleicht wird er ein weiteres Mal kommen, um sich Eier oder Salz bei mir zu borgen? Ich könnte ihm den Butterkuchen von Ilse schenken? Während ich meinen morgendlichen Tee schlürfte, las ich die Nachrichten, die sich auf meinem Handy angesammelt hatten. Leon hatte schon wieder geschrieben: «Gib mal ein Lebenszeichen von dir, sonst rufe ich deine Eltern an.» Vanessa hatte ein Bild von Javier geschickt, dem sie die Haare geschnitten hatte, was gründlich danebengegangen war, weil er nicht stillsitzen wollte. Aber das hübsche Kindergesicht konnte auch eine schreckliche Frisur nicht entstellen. Damit Leon meine Eltern nicht behelligte, schrieb ich ihm: «Mir geht es gut. Ich bin für drei Monate auf Sylt und habe meinen Job gekündigt. Ich möchte gerne meine Ruhe haben und bitte dich, mich nicht mehr anzurufen oder zu schreiben.» Mehr Informationen rückte ich nicht heraus.

An diesem Morgen trug ich Schminke auf und verzichtete auf die bequeme Jogginghose, da die Möglichkeit bestand, dass mir der smarte Schauspieler über den Weg lief. Während ich meinen warmen Brei löffelte, plante ich, Ilse aufzusuchen, da ich mir Sorgen um sie machte.

Für Ende Februar war es recht mild, sodass ich mich nicht dick einmummeln musste. Mein Rad hatte nur noch wenig Luft und ich suchte nach einer Luftpumpe, dabei fielen mir die alten Drachen in die Hände, die Vanessa und ich als kleine Mädchen zusammen mit Großvater gebastelt hatten. Meiner hatte ein lachendes Gesicht und war noch heil. Plötzlich überkam mich große Lust, meinen alten Drachen steigen zu lassen. Da sich aber kein Lüftchen regte, was sehr ungewöhnlich war, musste ich die Aktion verschieben. Während ich pumpte, fuhr eine schwarze Limousine vom Nachbargrundstück. Da die Scheiben getönt waren, konnte ich nicht erkennen, wer in dem Wagen saß.

Die Vögel zwitscherten wie im Frühling und ich atmete die klare Luft ein, während ich in einem gemütlichen Tempo zu Ilse radelte. Es waren viele Spaziergänger unterwegs, allesamt Touristen, die ich fröhlich grüßte, da meine Laune blendend war. Ilse stand im Vorgarten und schaufelte ein Loch. Sie war wieder viel zu dünn angezogen; ihre Haare waren unfrisiert, als hätte sie sie an diesem Tag noch nicht gebürstet. Sie bemerkte mich erst, als ich direkt neben ihr stand. Ihr Gesicht war merkwürdig verzerrt; ihre Wangen glühten und sie hatte schmutzige Hände, mit denen sie offenbar in der Erde gewühlt hatte.

«Ilse! Was machst du denn da?»

Sie zuckte zusammen und sah mich aus großen Augen verwirrt an.

«Gerda! Ich … suche Felix», sagte sie verzweifelt und stützte sich erschöpft auf die Schaufel.

Sie verwechselte mich mit meiner Mutter. Felix ist ihr Hund gewesen, der vor zwei Jahren verstorben war.

«Ilse, Felix lebt doch nicht mehr! Komm! Lass uns ins Haus gehen, es ist kalt.» Ich nahm ihr die Schaufel ab und schob die verwirrte Frau ins Haus, in dem es mollig warm war. Damit sie sich nicht den Tod holte, legte ihr eine Wolldecke um die schmalen Schultern.

«Ich koche uns einen Tee.»

Die Küche war seit längerer Zeit nicht aufgeräumt und geputzt worden. Ich suchte nach dem Tee und fand ihn schließlich im Kühlschrank; wusch zwei Tassen ab, da es kein sauberes Geschirr mehr gab. Ilse konnte nicht mehr alleine leben! Ich musste sofort handeln und überlegte, ob ich sie zu mir nehmen sollte. Aber dann wäre es mit der Ruhe vorbei und ich würde gar nicht mehr zum Schreiben kommen. Egal! Ilse war wichtiger als mein Buch und vielleicht fand ich schnell einen Platz in einem schönen Pflegeheim.

Als ich den Tee servierte, war Ilse plötzlich wieder ganz klar.

«Danke, Viola. Hol doch mal die Keksdose aus dem Schrank.»

Ich öffnete die Dose; ein starker Geruch von Zimt und Nelken schlug mir entgegen. Zwischen den Keksen lag ein Nadelkissen.

«Ilse, wann bist du zuletzt beim Arzt gewesen?»

«Bleib mir bloß weg mit Ärzten. Ich glaube vor elf Jahren, als ich mir den Knöchel angebrochen habe. Ich habe doch meine Kräuter und brauche keinen Arzt.»

Ich wusste, dass es mit Ilse nicht einfach werden würde und überlegte, wie ich sie zum Arzt bekommen könnte.

«Ilse, ich weiß, dass es dir jetzt … also, dass du … » Mein Gott, war das schwer, die richtigen Worte zu finden. «Du bist etwas tüttelig und ich würde es gut finden, wenn du mal zu Doktor Christiansen gehen würdest.»

«Ich bin doch nicht tüttelig! Wie kommst du denn darauf? Du bist es vielleicht! Ich bin kerngesund! Den Christiansen kannst du doch in der Nordsee ertränken. Der hat meinen Albert auf dem Gewissen, dieser Stümper.»

«Ilse, dein Mann hatte einen unheilbaren Krebs gehabt. Da konnte kein Arzt mehr etwas für ihn tun.»

«Ach, papperlapapp! Ich geh nie wieder zum Arzt.»

«Gut, dann … » Ich war ratlos und benötigte dringend professionelle Hilfe. Ich nahm mir vor, mich am nächsten Tag an Doktor Christiansen zu wenden. Über zwei Stunden blieb ich bei Ilse sitzen und hörte ihren alten Geschichten zu, die ich schon so oft gehört hatte. Es bereitete mir großes Unbehagen, die alte Frau alleine zu lassen, aber ich hoffte, dass sie nichts anstellte und alles gut ging.

Der Himmel war leergefegt und zeigte ein strahlendes Blau, das die Insel in ein wunderschönes Licht setzte. Ich fuhr einen Umweg, da es herrlich war, bei dem schönen Wetter über die hübsche Insel zu radeln. Jetzt bemerkte ich erst, wie voll die Insel war. Ich legte einen Stopp an meiner Lieblingsbank ein und sah aufs Meer hinaus, auf dem ein paar Schiffe schaukelten. Nachdem meine Finger kalt geworden waren, fuhr ich nach Hause, um mir Mittagessen zu kochen. Die schwarze Limousine stand auf der Auffahrt des Nachbargrundstücks und die Haustür stand offen. Ich blieb in unserem Vorgarten und tat so, als würde ich mein Rad reparieren; dabei schaute ich immer wieder zum Nachbarhaus und kam mir vor wie ein Detektiv. Herr

Gaston lief zu seinem Auto, das blitzeblank war und holte ein großes Paket aus dem Kofferraum. Er sah mich nicht, da ich mich hinter meinem Rad versteckte.

Während ich in meinen Bohnen rührte, die ich am Vorabend eingeweicht hatte, hörte ich mein Handy bimmeln. Mutter schon wieder! Da jederzeit etwas mit Vater sein konnte, er hatte vor einem Jahr einen leichten Schlaganfall erlitten, ging ich ran und ließ mich auf dem Sofa nieder, da die Gespräche mit Mutter länger dauern konnten.

«Störe ich, Kindchen?»

«Nein, ich koche zwar gerade, aber …»

«Hast du den neuen Nachbar schon gesehen?» Vater hustete im Hintergrund ununterbrochen.

«Ist mit Papa alles gut?»

«Ja, er hat sich nur eine leichte Erkältung eingefangen. Ist ja auch kein Wunder. Er meidet Obst und Gemüse wie der Teufel das Weihwasser und die Vitamin C Tabletten will er auch nicht schlucken. Und was ist nun mit dem Nachbar?»

«Ja, der ist wohl schon eingezogen. Er hat gestern kurz bei mir geklingelt», schilderte ich unbeeindruckt.

«Was? Und? Ist es tatsächlich Pierre Gaston? Der gutaussehende Schauspieler?», schrie Mutter aufgeregt in den Hörer.

«Ja, er hat sich mir mit diesem Namen vorgestellt.»

«Oh, mein Gott! Ich kann es nicht fassen, dass er neben uns wohnt. Und wie sieht er aus? Waren schon Paparazzi vor seinem

Haus?» Mutter war ganz aus dem Häuschen, was mich wunderte, denn sie war doch nicht mehr in dem Alter, in dem man mit jungen Männern flirtet.

«Er sieht ganz sympathisch aus. Gestern Abend war es ja schon dunkel und ...»

«Was habt ihr denn gesprochen?», bohrte sie weiter als hätte ich den Dalai Lama getroffen, der weitaus interessanter gewesen wäre als ein zweitklassiger Schauspieler, der vermutlich immer nur langweilige Schnulzen drehte.

«Wir haben nicht viel gesprochen. Er hat sich nur vorgestellt und das war es», sagte ich unbeeindruckt.

«Hast du ihn nicht in unser Haus gebeten?»

«Nein, warum? Es passte auch gerade nicht. Du wirst ihn ja auch mal kennenlernen und kannst ihn dann auf eine Tasse Tee einladen.»

«Du solltest Papa mal Thymian Zäpfchen geben, die du mir als Kind auch immer verabreichst hast.»

Mutter interessierte sich mehr für Pierre als für ihren kranken Mann, der als junger Mann auch sehr gut ausgesehen hatte.

Da ich meinen Bohneneintopf nicht kalt essen wollte, beendete ich das Gespräch, auch wenn meine Mutter am liebsten noch mehr aus mir herausgequetscht hätte. Während ich die dicken Bohnen gründlich zerkaute, hörte ich eine Autotür. Ich ließ meinen Löffel fallen, sprang auf und guckte, von großer Neugier getrieben, aus dem Küchenfenster. Die elegante Limousine verließ in Schrittgeschwindigkeit das Grundstück. Fuhr er zum Essen oder zum Einkaufen? Ich war erschrocken über mein

Verhalten. Trieb mich die Einsamkeit in diese unbeherrschte Neugier, die mich selbst befremdete? Dass mich der Nachbar so sehr beschäftigte, überraschte mich. Ich kam mir vor wie eine Stalkerin. Nachdem ich die Küche in Ordnung gebracht hatte, setzte ich mich endlich an mein Buch, das noch keine rechte Form angenommen hatte. Hatte ich doch gedacht, dass ich auf Sylt absolute Ruhe und Muße zum Schreiben finden würde …

Meine Gedanken drifteten überall hin, aber konzentrierten sich nicht auf meine Geschichte. Ich bekam Zweifel, ob ich jemals ein ganzes Buch zustande bringen würde und kochte mir einen Tee. Ilses Butterkuchen schaute mich verlockend an, aber da ich keinen Zucker mehr aß und große Erfolge beim Abnehmen verzeichnen konnte, ließ er mich kalt, dennoch war es schade um den leckeren Kuchen. Da kam mir die Idee, dem schönen Pierre Kuchen vorbeizubringen.

Die blankgeputzte Limousine stand wieder auf der Auffahrt als ich nach meiner Teestunde aus dem Fenster schaute. Ich schlüpfte in ein schlichtes Wollkleid, tuschte meine Wimpern, steckte Ohrringe in die kleinen Löcher und kämmte mein Haar. Bevor ich das Haus verließ, warf ich einen Kontrollblick in den Spiegel und war ganz zufrieden mit dem Anblick. Als ich die Pforte schloss, fiel mir ein, dass ich den Kuchen vergessen hatte. Ich ging zurück; guckte nochmal in den Spiegel und tippelte in zögerlichen Schritten zum Nachbarhaus, in dem ich noch nie zuvor gewesen war.

Ich bewunderte die riesigen Buxbäume, die perfekt rund geschnitten waren; ich bewunderte die imposante zweiflüglige Friesentür und das üppige Blumenarrangement unter dem Briefkasten.

Bevor ich den Klingelknopf betätigte, räusperte ich mich, setzte ein freundliches Lächeln auf und spürte, wie mein Herz wild gegen die Rippen hämmerte. Ich klingelte, aber es tat sich nichts, sodass ich ein zweites Mal auf den goldenen Knopf drückte. Vielleicht lag der neue Hausbesitzer gerade in der Badewanne oder hielt mit seiner Freundin ein Schäferstündchen oder telefonierte mit einem wichtigen Produzenten?

Ich stellte den Kuchen vor der Tür ab und verließ das gepflegte Grundstück; drehte mich noch einmal um, aber die Tür blieb verschlossen.

Etwas lustlos setzte ich mich wieder an mein Buch und wartete darauf, dass der Nachbar sich bedankte, aber nichts tat sich. Da ich mit meinem Buch nicht weiterkam, kuschelte ich mich aufs Sofa und las lieber, da mich die Muse noch nicht geküsst hatte, aber das konnte die nächsten Tage ja noch passieren.

In der Nacht träumte ich von Ilse, die nackt am Strand herumirrte und nicht wieder nach Hause fand. Ich träumte auch von Pierre Gaston, der mich zu sich einlud, mich küsste und fragte, ob ich ihn heiraten möchte. Durch ein lautes Geräusch wurde ich aus dem verrückten Traum gerissen, der mir deutlich machte, dass mich Pierre unterschwellig ziemlich beschäftigte.

Aufgeschreckt und mit Angst in den Knochen zog ich mir eine Wolljacke über und schlich mutig auf Zehenspitzen ins Erdgeschoss. Waren Einbrecher am Werk? Aber wer sollte in das bescheidene Häuschen einbrechen, in dem doch niemand wertvolle Wertgegenstände vermutete? Auf der Insel gab es teure Villen zu Hauf, in denen sich ein Einbruch sicherlich richtig lohnte. Die Haustür und alle Fenster waren verschlossen; ich konnte nicht ausmachen, wodurch das Geräusch verursacht worden war und legte mich ins Bett. Doch ich fand nicht wieder in den Schlaf und bekam plötzlich Zweifel, dass es vielleicht keine gute Idee gewesen war, meinen Job so schnell zu kündigen.

Am nächsten Morgen war ich deprimiert, da mir das Schreiben nicht so leicht von der Hand ging wie ich gehofft hatte. Lustlos löffelte ich den warmen Haferbrei. Meine Hosen wurden mir zu weit, worüber ich erfreut war, denn die radikale Ernährungsumstellung zeigte große Wirkung. Da ich gerne mein aktuelles Gewicht wissen wollte und es im Haus keine Waage gab, nahm ich mir vor, nach Westerland zu fahren, um mir eine zu kaufen. Bevor ich den Bus nahm, wollte ich jedoch nach Ilse sehen, an die ich immerzu denken musste.

Die Luft war über Nacht sehr kalt geworden, sodass ich mich warm einmummelte. Die kratzige Wollmütze meines Großvaters, die ich im Dielenschrank fand, war wieder modern und stand mir nicht schlecht. Mit quietschenden Bremsen stoppte ich vor Ilses Haus; klingelte viermal, aber nichts tat sich. War sie vielleicht einkaufen? Ich ging ums Haus herum, um einen Blick ins Wohnzimmer zu werfen. Als ich auf die Terrasse kam, bot sich mir ein schrecklicher Anblick, den ich mein Leben lang nicht vergessen werde. Ilse saß in einem verwaschenen Blümchennachthemd und zerzaustem Haar im Strandkorb. Ihr Augen waren weit aufgerissenen und starr und ihr Mund leicht geöffnet. Ich bekam einen Schock und war wie gelähmt. Da ich sie nicht berühren mochte, mir aber sicher war, dass sie tot war, ging ich in den Vorgarten, um die Polizei anzurufen. Eine Nachbarin kam gerade des Weges und ich informierte sie weinend über Ilses Tod. Aufgebracht und zitternd wartete ich auf die Polizisten, die nach zehn Minuten eintrafen und mich mit strengen Blicken musterten, als hätte ich einen Mord begangen. Die Beamten fragten mich aus und machten mich ganz nervös. In holprigen Worten erzählte ich ihnen von Ilses Demenz und dass ich beabsichtigt hatte, für sie ein Pflegeheim zu suchen. Ich erwähnte auch ihren Neffen, der offenbar der einzige Angehörige war. Da ich Ilse nicht noch einmal in diesem schrecklichen Zustand sehen wollte, wartete ich aufgelöst auf der Bank im Vorgarten. Nachdem die Polizisten einen Bestatter gerufen hatten, fuhr ich in einer düsteren Stimmung nach Hause und machte mir Vorwürfe. Hätte ich Ilse nicht alleine gelassen, würde sie noch leben! Ich war mir sicher, dass sie sich in einem Heim nicht wohlgefühlt hätte. Vielleicht wollte sie gehen, weil sie wusste, dass sie nicht mehr alleine leben konnte?

Ich zitterte wie Espenlaub als ich mein Haus erreichte und rief sofort meine Mutter an, um ihr von dem überraschenden Tod und den Vorwürfen, die ich mir machte, zu erzählen.

Mutter tröstete mich und meinte, dass ich normalerweise nicht auf der Insel gewesen wäre und Ilses Tod somit auch nicht verhindert hätte.

Während ich das schreckliche Unglück verarbeitete, klingelte es an der Tür. Vermutlich war es die Polizei, die noch weitere Fragen an mich hatte. Mit tränenverschmierten Augen und zotteligen Haaren öffnete ich die Tür. Da ich total durchgefroren war, hatte ich mir Großvaters alten Norweger Pullover und dicke Socken angezogen.

Es war nicht die Polizei, sondern Pierre! Am liebsten hätte ich die Tür sofort wieder zugeknallt, da mein Aufzug noch schlimmer war als bei unserer ersten Begegnung. Was mochte er nur von mir denken?

«Entschuldigen Sie, ich wollte nicht stören, aber ...»

«Schon gut! Ich habe gerade meine tote Freundin im Strandkorb gefunden und ...», sagte ich konfus und wischte mir meine Augen trocken.

«Oh, meine Güte! Wurde sie etwa ermordet?», erkundigte sich Pierre besorgt und überlegte sich vielleicht gerade, ob es eine gute Idee gewesen war, auf die Insel zu ziehen, auf der es Mord und Totschlag gab.

«Nein, Ilse war schon über achtzig und dement und ist ... sie ist wohl eines natürlichen Todes gestorben.»

Ich holte meine Hände aus den langen Ärmeln hervor und ordnete meine Haare, die durch den Wind zerzaust worden waren.

«Das tut mir leid! Mein Beileid. Haben Sie mir diesen köstlichen Butterkuchen vor die Tür gestellt?», erkundigte er sich sehr freundlich und hielt seinen Kopf leicht schief.

«Ja, das habe ich. Ich hatte gestern geklingelt, aber sie waren wohl gerade unterwegs.»

«Vielen Dank! Er war köstlich. Das war der beste Butterkuchen, den ich bisher gegessen habe.»

«Die tote Ilse hat ihn gebacken», sagte ich trocken und musste wieder weinen, als ich ihren Namen aussprach.

«Ach! ... Sie konnte wirklich sehr gut backen.» Sein Gesichtsausdruck veränderte sich und ließ eine leichte Besorgnis erkennen.

«Und sie konnte wunderschöne Bilder malen.»

«Tatsächlich! Kann man die irgendwo kaufen?»

«Ja, im nächsten Ort sind einige ihrer Werke in einer Galerie ausgestellt.»

«Gut, dann … will ich Sie nicht länger stören.»

«Ich bin noch ziemlich durcheinander. Entschuldigung. Schönen Abend!»

Das konnte nicht sein, dass der neue Nachbar immer dann bei mir aufkreuzte, wenn ich aussah wie ein Schluck Wasser!

An diesem traurigen Tag brachte ich keinen gescheiten Satz mehr aufs Papier und machte mir immerzu Vorwürfe, da ich auf Ilse nicht gut genug aufgepasst hatte.

Es sollte ein trüber und kalter Regentag werden, wie mir der gut gelaunte Radio Moderator in den frühen Morgenstunden erzählte. Ich kam nur schwer und spät aus dem Bett. Vielleicht sollte ich vor dem Frühstück einen Spaziergang unternehmen, damit ich munter werde, überlegte ich beim Zähneputzen und verrenkte mich, um aus dem kleinen Badezimmerfenster zur Nachbarvilla zu schauen. Das Außenlicht brannte noch und in einem Zimmer war das Fenster geöffnet worden. Vielleicht das

Schlafzimmer?

Ich schlüpfte in den alten, viel zu großen Friesennerz meines Vaters und stiefelte los. Der kalte Regen peitschte mir ins Gesicht. Ich hatte Mühe, gegen den Wind anzukommen, der den Sand aufwirbelte und in mein Gesicht blies, sodass es prickelte. Große Wellen formten sich auf dem Meer und wurden mit Wucht und Getöse ans Land geschlagen, sodass es ordentlich krachte. Ein paar Leute liefen wetterfest gekleidet mit ihren Hunden dicht an der Wasserlinie entlang.

Sylt ohne Ilse war wie ein Brot ohne Salz, dachte ich traurig und musste mich mit dem Gedanken vertraut machen, dass ich niemals wieder in ihrer guten Stube sitzen und ihre leckeren Kuchen genießen werde. Tränen vermischten sich mit kalten Regentropfen, die vom Wind aus meinem rosigen Gesicht fortgetragen wurden. Ich bückte mich nach ein paar Muscheln und warf wütend Steine ins Meer. Auf einmal fühlte ich mich sehr einsam, da ich niemanden auf der Insel zum Reden hatte. Es graute mir davor, drei lange Monate alleine auf der Insel zu sein. Gerade als ich den Strand verlassen wollte, rannte ein Hund auf mich zu und stoppte abrupt einen Meter vor mir.

«Hi, wer bist du denn?», sprach ich ihn an und hielt ihm meine Hand hin.

Er schaute mich misstrauisch an und hielt seinen Kopf schief, während ich weiter auf ihn einredete. Ich streichelte sein weiches Fell und bemerkte, dass ein Mann in großen Schritten auf mich zukam, der offenbar der Besitzer dieses schönen Tieres war.

Erst als er mich ansprach, bemerkte ich, dass es Pierre Gaston war, der eine Mütze trug, die er sich weit über die Augenbrauen gezogen hatte. Ich schlug meine große Kapuze zurück und zog ein überraschtes Gesicht, denn ich hätte nicht damit gerechnet, bei dem rauen Wetter meinen Nachbarn hier anzutreffen. Und wieder sah ich aus als würde ich zum Lumpenball gehen!

«Guten Morgen!», begrüßte er mich heiter. Der Mann hatte offenbar immer gute Laune. Er streckte mir seine Hand entgegen, die ich zögerlich annahm, denn meine Finger waren nass und sandig vom Muscheln sammeln.

«Guten Morgen! Sie haben ja einen süßen Hund.»

«Eigentlich freundet er sich nicht so schnell mit Fremden an. Er mag Sie offensichtlich. Das Wetter ist hier ziemlich rau. Ist es immer so?»

«Es gibt auch schöne Tage, aber an den Wind müssen Sie sich gewöhnen. Hier weht immer eine steife Brise, die man mag oder hasst.»

«Ich weiß noch nicht, ob ich ihn mag.»

«Wo kommen Sie denn her?»

«Aus Berlin. Und Sie sind eine Einheimische?»

«Nein, ich lebe eigentlich in Hamburg. Das Haus hat mein Großvater gebaut. Meine Familie und ich sind ab und an hier.»

Vermutlich wartete er darauf, dass ich nach einem Autogramm fragte oder mich erkundigte, wann sein nächster Dreh stattfinden wird.

«Ach, und ich hatte gedacht, dass Sie eine waschechte Sylterin wären. Er heißt übrigens Benny.»

«Hallo, Benny! Dann genießen Sie den stürmischen Tag. Ich

werde dann mal…»

«Man sieht sich! Tschüss!»

Als ich meinen nassen Regenmantel ausschüttelte, fluchte ich leise, da ich wie eine Vogelscheuche ausgesehen hatte. Kurz nachdem ich im Haus war, kam das Päckchen mit meiner neuen, gepunkteten Regenjacke, mit der ich Pierre hätte beeindrucken können. Vermutlich hatte er sich bereits sein Bild von der verschrobenen, hässlichen Nachbarin gemacht, die vielleicht auch alte Frauen um die Ecke brachte.

Meine Laune hatte sich etwas verbessert, was offensichtlich mit meiner netten Strandbegegnung zu tun hatte. Mein Nachbar saß in meinem Kopf wie ein Steckschuss, was mich ziemlich beunruhigte. Es war albern, dass ich mir Hoffnung machte, dass er sich für mich interessieren könnte, denn ich war eine langweilige, graue Maus, die mit Sicherheit nicht im Entferntesten in sein Beuteschema passte. Aber träumen ist erlaubt und kann einen auch etwas glücklich machen.

Während ich frühstückte, las ich die neuesten Nachrichten auf meinem Handy. Leon hatte sich schon wieder gemeldet. Ich war kurz davor, ihn zu blockieren. Vanessa bombardierte mich mit Kinderfotos, da ich mehrmals meine Begeisterung kundgetan hatte. Ich muss zugeben, dass ich neidisch auf sie war und es mir ein schlechtes Gefühl verursachte, wenn ich daran dachte, dass sie vier Jahre jünger war und bereits zwei Kinder hatte. Ich hatte weder einen Mann, noch Kinder und nicht mal mehr einen Beruf! Ich musste jetzt endlich Gas geben, um wenigstens beruflich Fuß zu fassen; klappte den Laptop auf und wischte alle Gedanken zur Seite, um mich auf meine Geschichte zu konzentrieren.

Doch ehe ich einen Satz tippen konnte, klingelte es an der Tür. War es wieder der Nachbar, der mich zu einem zweiten Frühstück einladen wollte?

Leider nicht! Es waren die Polizisten, die sich um Ilse gekümmert hatten und noch ein paar Fragen an mich hatten. Womöglich hegten sie den Verdacht, dass ich die alte Dame vergiftet hatte, um ihre wertvolle Immobilie zu erben. Gedanklich sah ich mich, in einem zu großen, blauen Overall, in einer Insel Zelle auf einer harten Pritsche liegen. Dort hätte ich vielleicht mehr Ruhe zum Schreiben als in meinem Haus.

Nach der kurzen Befragung war ich so aufgewühlt, dass ich mir einen Beruhigungstee kochen musste. Als ich endlich einen Satz zustande gebracht hatte, regte sich mein Handy. Leon rief an! Was wollte er? Hatte er erst nach unserer Trennung festgestellt, dass ich doch gar nicht so eine schlechte Partnerin gewesen bin? Ich zögerte und griff schließlich wütend nach dem Handy.

«Was willst du?», zischte ich ihn in dem unfreundlichsten Ton an, den ich herausbringen konnte.

«Hallo, Viola», sagte er schüchtern und so leise, dass ich ihn kaum verstehen konnte. «Wie geht es dir?»

Ich verdrehte die Augen und stand auf, da ich unruhig wurde.

«Warum willst du das wissen? Das hat dich doch auch nicht interessiert, als du mich von heute auf morgen einfach so verlassen hast.»

«Das war der größte Fehler meines Lebens. Ich weiß auch nicht … Ich hatte eine andere Frau kennengelernt und die war so …», gestand er mir, was mich noch wütender machte.

«Das will ich gar nicht wissen! Und komm mir jetzt bloß nicht mit der großen Entschuldigungsnummer. Ich bin sehr glücklich als Single.» Ich ging in die Küche und schielte aufs Nebenhaus, in dem sich nichts regte.

«Aber du hast mich doch geliebt oder? Und wir hatten Pläne … », versuchte er an unsere gemeinsamen Ziele zu erinnern.

«Ehrlich gesagt, bin ich mir nicht sicher, ob ich dich wirklich geliebt habe. Jedenfalls habe ich dich nicht vermisst als du fort warst. Dann war meine Liebe wohl nicht so groß.» Nun flunkerte ich ein wenig, denn ich hatte Leon schon hinterhergeweint und in den ersten Wochen vermisst.

«Gut, dann … dann wünsche ich dir alles Gute und wenn du doch … »

«Ich wünsche dir auch alles Gute. Tschüss, Leon.»

Wollte er mich tatsächlich zurückhaben? Das schmeichelte mir und gab mir die Bestätigung, dass ich wohl doch eine begehrenswerte Frau bin.

Nach dem Telefonat war ich etwas durcheinander und suchte nach Rezepten im Internet, anstatt zu arbeiten. Da ich kaum noch Lebensmittel hatte, schnappte ich mir mein Rad und fuhr zum nächsten Supermarkt. Es regnete ununterbrochen, als würde der Himmel über Ilses Ableben weinen.

Ich schüttelte meine Regenjacke trocken bevor ich den Laden betrat und fluchte dabei über das miese Wetter. Während ich ein bestimmtes Gewürz suchte und konzentriert mit den Augen die Artikel scannte, berührte mich eine Hand zaghaft an der Schulter.

«Hallo!», hörte ich zeitgleich mit der Berührung eine bekannte Stimme, die meinen Pulsschlag in die Höhe trieb.

Meine nassen Haare klebten am Kopf und mein Gesicht sah farblos aus, da ich mich nicht geschminkt hatte.

«Ach! Hallo!»

«Wir laufen uns ja heute ständig über den Weg», stellte er fest und lächelte mich mit seinem süßen Mund, den Millionen von Fernsehzuschauerinnen kannten, freundlich an.

«Die Insel ist ja auch klein, da ist der Zufall, sich zu begegnen, ja auch nicht so groß.» Warum war ich so patzig? Weil ich verlassen worden war? Wegen Ilses Tod oder weil ich mit meinem Buch überhaupt nicht vorankam?

«Dann noch einen schönen Tag», würgte ich das Gespräch ab und schaukelte nervös das Einkaufskörbchen, das noch leer war. Vermutlich dachte er, dass ich ein komischer Vogel bin, der seltsame Klamotten trägt und nicht mal den berühmten Pierre Gaston kennt.

«Danke, das wünsche ich Ihnen auch.» Er hörte nicht auf zu grinsen. Vielleicht hatte er sich seine Mundwinkel an die Ohren nähen lassen?

Im Nachhinein ärgerte ich mich über meine spröde Art und hatte vergessen, was ich einkaufen wollte. Vermutlich war ich frustriert, weil ich Pierre weder durch mein Aussehen noch durch eine charismatische Art beeindrucken konnte.

Sollte ich ihn vielleicht auf einen Tee einladen, um ihm meine interessanten Seiten zu zeigen? Schließlich war er mein Nachbar und nicht irgendein Fremder. Ich versuchte, mein Haar in Form zu bringen und suchte Pierre in den leeren Gängen. Ich fand ihn vor dem Weinregal; er schaute sich mit einer Lesebrille das Etikett einer Flasche an.

Ich räusperte mich und stellte den Einkaufskorb ab, da ich gerne mit den Händen meinen Worten Nachdruck verlieh.

«Entschuldigen Sie bitte, dass ich eben so schroff gewesen bin, aber der Tod meiner Freundin … »

«Sie müssen sich nicht entschuldigen! Das kann ich gut nachvollziehen. Ein guter Freund von mir, der noch recht jung war, ist vor zwei Monaten ganz plötzlich verstorben. Das hat mich auch sehr mitgenommen und daher weiß ich, wie man sich fühlt, wenn man einen lieben Menschen verloren hat.» Sein Gesichtsausdruck verfinsterte sich und er stellte die Weinflasche zurück ins Regal.

«Oh, das tut mir leid.» Ich wurde zahm wie ein Kätzchen und sah Pierre dabei zu, wie er seine Lesebrille wegsteckte, die seine Fans sicherlich nicht sehen sollten.

«Sein Tod war auch der Auslöser für den Hauskauf. Ich muss dringend einen Gang zurückschalten, sonst … »

«Darf ich fragen, was Sie beruflich machen?» Ich spielte die Ahnungslose recht überzeugend und musste innerlich lachen, da es mir Spaß machte, ihn an der Nase herumzuführen.

«Ich bin … Schauspieler.» Er räusperte sich und begegnete sicherlich nur wenigen Personen, die ihn nicht kannten.

«Ah! Sind Sie am Theater?» Ich musste aufpassen, dass ich nicht ins Lachen geriet.

«Nein, ich drehe nur Filme fürs Kino und fürs Fernsehen.» Sein Tonfall hatte sich verändert; sicherlich war er verwundert, dass ich noch nie etwas von ihm gehört hatte.

«Es tut mir leid, aber ich gucke nie Fernsehen und ins Kino gehe ich nur einmal im Jahr.»

«Das ist doch schön. Ich selbst sehe auch kaum Fernsehen und lese lieber.»

Ich lachte spitz auf und ärgerte mich über mein albernes Verhalten. «Ich lese auch leidenschaftlich gerne.»

Eine Kassiererin beobachtete uns einen Moment und gesellte sich auf leisen Sohlen zu uns. Als wir sie fragend ansahen stammelte sie: «Entschuldigen Sie, Herr Gaston. Würden Sie mir ein Autogramm geben?»

Pierre schien sich zu freuen, dass ihn wenigstens einer auf der Insel erkannte. «Aber gerne!» Er zückte aus seiner Jackentasche eine Autogrammkarte. «Was soll ich denn raufschreiben?»

«Für Annette, bitte!»

Pierre holte einen Pasta Karton aus seinem Einkaufswagen, nahm ihn als Unterlage und überreichte der Glückseligen die Karte. Erwartungsvoll sah sie den Star an. Es sah so aus, als wenn sie auf einen Kuss warten würde, doch Pierre machte keine Anstalten, sodass sie schließlich mit glühenden Wangen im nächsten Gang verschwand.

«Sie sind ja richtig berühmt!»

«Nicht so berühmt wie Brad Pit.»

Aber er sah mindestens so gut aus wie Brad, dachte ich und stellte mir vor, seine Lippen zu küssen.

«Wenn Sie Zeit und Lust haben, kommen Sie doch morgen Nachmittag auf einen Tee bei mir vorbei. Sie können auch gerne ihre Frau oder Freundin mitbringen», klopfte ich auf den Beziehungs- Busch.

«Wenn ich Benny mitbringen darf»

«Darauf bestehe ich sogar! Ihr Hund ist ein ganz besonderes Tier. Wir mögen uns.»

«Das habe ich wohl gesehen. Da muss ich fix aufpassen, dass er Sie nicht lieber hat als mich.»

Ich versuchte, niedlich zu lächeln und zupfte am Ärmel der überdimensionalen Regenjacke, die mein Großvater bereits auf seinen heiklen Bootsfahrten bei starkem Unwetter getragen hatte. Die robuste Jacke hatte schon ein paar Löcher und die Farbe war verblasst, aber das Material war unverwüstlich.

«Dann freue ich mich auf morgen. Tschüss!»

Ich hätte einen Luftsprung machen können. Plötzlich war ich voller Energie, voller Lebenslust und positiver Gefühle. Pierre mochte mich, hallte es laut in meinem Kopf. Hatte das Schicksal ihn direkt hierhin geschickt, damit wir zusammenkamen?

Wir liefen uns noch zweimal in dem kleinen Laden über den Weg und lachten uns an. Meine Augen konnten sich an Pierre nicht sattsehen. Ich war neugierig, wie er als Schauspieler war und wollte mir einen Film mit ihm ansehen. Eigentlich beeindruckten mich keine schönen Männer, aber bei Pierre vereinte sich Attraktivität mit Charme und Fröhlichkeit, was mich total einlullte und mich sogar beim Schlafen dazu veranlasste, von ihm zu träumen. Vermutlich war er nur nett zu mir, weil ich seine Nachbarin war oder weil er unser Grundstück kaufen wollte, um unser Haus abzureißen, damit er auch einen begehrten Meerblick hatte.

Nach dem Essen wurde ich müde, was vermutlich an der gesunden Seeluft lag. Ich legte mich aufs Sofa und überlegte, ob ich für Pierre etwas backen sollte. Stand er auf Süßes? Oder sollte ich etwas Gesundes backen? Da ich vor dem anstehenden Besuch ziemlich aufgeregt war, wurde es nichts mit dem Nickerchen. Stattdessen suchte ich nach gesunden Kuchenrezepten im Internet. Die Auswahl war groß, sodass ich mich den gesamten Nachmittag mit dem Wälzen von Rezepten beschäftigte. Dabei hatte ich mir doch fest vorgenommen, mindestens fünf Seiten zu schreiben.

Ich entschied mich schließlich für einen Dattel-Mandel-Kuchen, für den mir noch einige Zutaten fehlten, die ich am nächsten Morgen besorgen wollte.

Mit einer Tasse Tee und einem Obstsalat setzte ich mich etwas lustlos vor den Computer. Bevor ich mein Schreibprogramm öffnete, las ich Nachrichten, suchte nach Kleidern in verschiedenen Shops und schrieb ein paar E-Mails. Als ich endlich an meiner Geschichte anknüpfen wollte, regte sich mein Handy. Warum schaltete ich es nicht einfach aus?

Schon wieder meine Mutter! Erst wollte ich den Anruf nicht entgegennehmen, aber da Vater so stark gehustet hatte, machte ich mir Sorgen, denn schließlich grassierte die Grippe und Vater hatte sich nicht impfen lassen.

«Hallo, meine Kleine. Wie ergeht es dir so alleine auf der Insel?»

«Hallo, Mama. Ehrlich gesagt, nicht so gut, denn eigentlich hatte ich mich nach Sylt zurückgezogen, um absolute Ruhe zum Schreiben zu haben, aber mit der Ruhe ist es hier nicht so.»

«Oh, das tut mir leid. Was ist denn alles los?»

«Ach, dies und das.» Ich hatte keine Lust, meiner Mutter alles zu erzählen, da ich gerade eine gute Idee für meine Geschichte hatte, die ich rasch niederschreiben wollte.

«Weißt du schon etwas über Ilses Beerdigung? Wir werden natürlich kommen, wenn Papa denn wieder gesund ist.»

«Geht es ihm so schlecht?»

«Sein Husten wurde gestern schlimmer und ich habe ihn heute zum Arzt geschickt. Dann will ich dich auch nicht länger stören … »

«Ich muss jetzt wirklich mal… »

«Und hast du Pierre … »

«Ja, den habe ich gesehen. Er hat einen sehr süßen Hund und … er kommt morgen auf einen Tee bei mir vorbei.»

«Was? Du willst mich auf den Arm nehmen?»

«Nein, will ich nicht. Wir sind uns mehrmals über den Weg gelaufen und ich habe ihn gefragt, ob er auf einen Tee vorbeikommen möchte.»

«Wow! Ich setze mich sofort in den nächsten Zug, um auch dabei zu sein. Du musst mir unbedingt ein Autogramm besorgen.»

«Ja, Mama, das werde ich tun. Er macht einen sehr netten Eindruck und ist total bodenständig.»

«Vielleicht machst du auch noch ein Selfie von euch und räume das Haus gründlich auf … »

«Mama, das geht jetzt wirklich zu weit. Ihr seid ja im Sommer hier, dann kannst du dich zum Affen machen.»

«Danke, mein Schatz. Das ist ja aufregend.»

«Wie gesagt, er ist total normal.»

Vielleicht war es keine gute Idee gewesen, meiner Mutter von meinem Treffen zu erzählen.

Beflügelt durch Pierres Anwesenheit, der wie durch Zufall in mein Leben katapultiert worden war und der mir nicht mehr aus dem Kopf ging, schaffte ich über sechs Seiten, auf die ich mächtig stolz war.

Da mein erster Gedanke nach dem Aufwachen Pierres anstehender Besuch war, stand ich mit rasendem Herzen auf und plante einen Friseur- und Kosmetiktermin, da der adrette Schauspieler hübsche Frauen um sich gewohnt war. Zudem musste ich noch den Kuchen backen, das Haus auf Hochglanz bringen und durfte nicht vergessen, Benny ein paar Leckerlis zu besorgen.

Ich hatte Glück, dass ich so kurzfristig noch Termine bekam und radelte im Turbogang zwei Orte weiter. Maren hatte den kleinen Friseursalon von ihrer Mutter übernommen. Wir kannten uns schon lange und hatten als Kinder einige Male am Strand Drachen steigen lassen und für dieselben Jungs geschwärmt.

Als ich den stickigen Raum betrat und mir die haarspraygeschwängerte Luft das Atmen schwermachte, war Maren gerade dabei, einer älteren Dame Lockenwickler in die wenigen, grauen Haare zu drehen.

«Guten Morgen, Viola! Ich habe schon von Käthe gehört, dass du auf der Insel bist. Wie geht es dir?», rief die Chefin, die mehrere Haarnadeln mit ihren Zähnen festhielt, durch den Laden. Jedes Mal, wenn ich sie sah, hatte sie eine andere Haarfarbe und eine neue Frisur. Vielleicht sollte ich auch mal wagemutiger werden und mich von meinen langen, ungefärbten Haaren trennen?

Die junge Praktikantin, die einen schüchternen Eindruck machte, nahm mir meinen Mantel ab und legte mir ein Cape um.

Maren besaß eine derbe Art und eine tiefe Stimme, die nicht jeder mochte. Sie stülpte der Dame mit den Lockenwicklern eine Trockenhaube über und kam zu mir.

«Oh, deine Haare sind ja lang geworden. Und ich sehe da … ein erstes graues Haar.»

«Was? Wo? Das kann nicht sein! Ich bin doch noch nicht so alt!» Noch keinen Mann, keine Kinder, aber schon graue Haare, dachte ich geschockt. Maren riss mir das Beweisstück mit einem Ruck aus der Kopfhaut, sodass ich aufschrie. Sie hielt es mir so dicht vor die Augen, dass ich nichts sehen konnte, da meine Augen auch schon schlechter wurden.

«Das ist doch nicht grau!», zweifelte ich an und ließ das, hoffentlich einzige graue, Haar auf den Boden fallen.

«Was soll ich denn mit deiner wilden Mähne anstellen? Vielleicht mal eine neue Farbe oder einen Kurzhaarschnitt?» Maren stemmte ihre Arme in die kräftigen Hüften und sah mich im Spiegel fragend an.

«Ich weiß nicht. Eigentlich mag ich meine Haarfarbe und auch die Länge. Was meinst du, sollte ich mal einen Pony ausprobieren?»

«Das könnte man machen. Viele Promis tragen jetzt Pony.»

«Aber den muss man ja dann immer schneiden. Eigentlich mag ist es nicht so gerne haben, wenn die Haare auf der Stirn kribbeln.»

«Musst du wissen. Also, wieder nur Spitzen schneiden?», fragte die Friseurmeisterin etwas schnippisch, da sie sich an mir nicht austoben konnte.

«Ich glaube, ja. Oder vielleicht ein paar blonde Strähnchen, die aber ganz natürlich aussehen müssen.»

«Kann ich machen. Das dauert aber ein bisschen.»

«Gut, dann mach es!», sagte ich fest entschlossen und hoffte, dass sie es hinbekam und ich am Ende nicht aussah wie ein Streifenhörnchen.

Nach zwei Stunden, drei Tassen ‚Schietwetter Tee‘ und dem

Konsum von einem Haufen Tratsch, verließ ich den kleinen Salon, in dem man mehr Informationen bekam als in einer Nachrichtensendung. Das große Thema war natürlich «Pierre Gaston» gewesen, den alle kannten, alle liebten und dem alle begegnen wollten. Ich erzählte Maren nicht, dass ich den Mann, den alle begehrten, zum Tee empfing, sonst hätte es vermutlich Kreisch Alarm gegeben und ich hätte ein paar Besucher mehr bekommen.

Maren verstand ihr Handwerk; sie hatte mir natürliche Strähnchen gezaubert und dank einer neuen Wunder Spülung glänzte mein Haar wie Seide. Meine lange Mähne fiel weich über die Schultern und hatte zwei Zentimeter an Länge verloren.

Nachdem ich den überhitzten Laden rotwangig verlassen hatte, holte ich ein Zopfband aus der Handtasche und machte mir einen Knoten, da der Wind meine glatten Haare zerzausen würde. Ich fuhr einen Ort weiter, in dem sich eine Kosmetikerin ihr Studio in einem schnieken Reetdach Häuschen liebevoll eingerichtet hatte. Die frischgebackene, zertifizierte Kosmetikerin war eine junge, zarte Frau mit einer sehr leisen Stimme und einem wunderschönen Gesicht, das mich an einen Engel erinnerte. Ich kam sofort dran und entspannte mich auf dem bequemen Behandlungsstuhl. Esoterische Klänge verwöhnten meine Ohren und meine Nase wurde durch duftende Luft, die ein geräuschloser Diffuser verströmte, befeuchtet. Es war mir sehr recht, dass die Kosmetikerin während der Behandlung nur wenig redete, sodass ich mir in Ruhe überlegen konnte, wie ich in der kurzen Zeit, die mir noch zur Verfügung stand, alle Vorbereitungen für den aufregenden Besuch erledigen konnte. Mein Zeitmanagement war ausbaufähig. Es kam häufiger vor, dass ich mich verzettelte, was an diesem Tag auch gut passieren konnte. Ich musste noch einkaufen, Kuchen backen, putzen und mich umziehen. Und das alles in nur drei Stunden!

Nachdem sich die junge Frau in meinem Gesicht sanft ausgetobt und mich dezent geschminkt hatte, fühlte ich mich richtig schön und gepflegt. Ich drückte ihr ein großzügiges Trinkgeld in die Hand und radelte in einem hohen Tempo zum Supermarkt. Dort stieß ich auf ein paar bekannte Gesichter, die mich über Ilse ausfragten und mich dabei so komisch ansahen. Dachten sie vielleicht, dass ich die alte Dame … Sie wussten jedoch von ihrer Demenz und es war wohl nicht das erste Mal gewesen, dass Ilse Dinge getan hatte, die gefährlich gewesen waren.

Da ich in dem kleinen Supermarkt keine Datteln bekam, radelte ich weiter und verlor viel Zeit, sodass ich eine leichte Panik bekam, dass der Kuchen nicht fertig werden könnte.

Durchgefroren und abgehetzt kam ich Zuhause an und drehte die Heizung hoch. Obwohl mein Magen nach Nahrung schrie, ignorierte ich ihn und machte mich daran, den Kuchen zu backen, der nicht besonders aufwendig war. Während er im Ofen garte, räumte ich das Wohnzimmer auf und putzte zwei Fenster. Erschöpft fiel ich zwischendurch aufs Sofa und zerkaute ein paar Weintrauben. Der Kuchen duftete nicht wie Kuchen und ich hoffte, dass er wenigstens schmeckte. Ich deckte den Tisch, schlüpfte in ein schlichtes Wollkleid, hängte mir Creolen an die Ohren und zündete ein paar Kerzen an. Meine Aufregung machte sich durch einen hohen Puls bemerkbar; meine Wangen glühten, sodass ich einen Schwung frische Seeluft ins Haus ließ.

Da ich noch eine halbe Stunde Zeit hatte, bevor mein aufregender Gast kam, googelte ich Pierre Gaston, von dem es viele Seiten und einen Haufen Fotos gab. Er war äußerst fotogen und machte auf jedem Bild eine gute Figur. Ich war zu nervös, um in Ruhe all die Artikel über ihn zu lesen; rannte stattdessen lieber zum Spiegel und kontrollierte mein Aussehen. Eigentlich hatte ich ein nettes Gesicht, mit einer kleinen Nase, die ich von meiner Mutter geerbt hatte, großen, blauen Augen, die mein Vater mir vermacht hatte und einer, nicht sehr zufriedenstellenden, Figur, die meine Großmutter an mich weitergegeben hatte. Ich war klein, hatte kurze Beine und breite Hüften, was leider nicht dem Schönheitsideal dieses Jahrhunderts entsprach. Wie oft hatte ich mich gefragt, warum Vanessa so anders aussah als ich. Sie war einen Kopf größer, hatte lange, gerade Beine und schmale Hüften. Sie hatte ebenfalls eine kleine Nase und blaue Augen, sodass ihr Gesamtpaket umwerfend war.

Bis ich Leon begegnet war, hatte ich wegen meiner Figur Komplexe gehabt, die Leon mir genommen hatte, vielleicht weil er ebenfalls adipös und x-beinig war?

Punkt vier Uhr hörte ich die heisere Klingel und wartete einen Moment bis ich an die Tür ging, damit es nicht den Eindruck machte, dass ich den Besucher kaum erwarten konnte. Benny begrüßte mich stürmisch und leckte meine Finger eifrig ab. Pierre wartete bis wir mit unserer liebevollen Begrüßung fertig waren und überreichte mir erst einen großen Blumenstrauß, danach gab er mir seine warme Hand, die sehr weich war und nicht so rau wie Leons Mechaniker Hand, an der mich seine permanent schwarzen Fingernägel immer sehr gestört hatten.

Benny rannte schnurstracks ins Wohnzimmer, als wenn er sich bereits bestens bei mir auskannte. Pierre folgte mir und sah sich interessiert die vielen maritimen Dekorationsgegenstände an, die mein Großvater allesamt auf hiesigen Flohmärkten erworben hatte.

«Sie haben es hier sehr gemütlich.»

«Ja, mir gefällt es.» Ich brauche keine große Luxusvilla um glücklich zu sein, dachte ich und streichelte den Hund, der nicht von meiner Seite wich.

«Sie haben ja einen grandiosen Blick aufs Meer.» Pierre stellte sich an das riesige Terrassenfenster, das wir nach Großvaters Tod um das Doppelte vergrößert hatten.

«Der Blick ist schöner als jedes Gemälde. Er inspiriert mich. Manchmal sitze ich auf dem Sofa und starre lange Zeit einfach nur aufs Wasser, das stündlich anders aussieht.»

«Leider sehe ich nur ein ganz kleines Stück vom Meer, da Ihr Haus etwas im Weg steht.»

«Ich möchte nicht mit Ihnen tauschen!», sagte ich lächelnd und warf mein Haar nach hinten, das meinen Gast hoffentlich beeindruckte, denn immerhin hatte ich hundert Euro auf Marens Tresen geblättert, plus fünf Euro Kaffeekassengeld.

«Wie schade! Ich wollte Ihnen gerade ein Angebot unterbreiten.»

Benny saß neben mir und schaute mich aus seinen lieben Augen herzzerreißend an, als wenn er sich in mich verliebt hätte. Wäre schön, wenn sein Besitzer sich auch …

«Darf ich Benny etwas geben? Ich habe extra ein paar Leckerlis besorgt.»

«Ja, das dürfen Sie.»

Ich ging in die Küche und Benny folgte mir, als hätte er mich verstanden. Ich fütterte ihn mit ein paar getrockneten Fleischstückchen und sah ihn mir liebevoll an. Vielleicht sollte ich mir auch einen Hund zulegen?

Pierre betrachtete sich interessiert Ilses Bilder.

«Die sind wirklich schön», sagte er als ich zu ihm trat und mir das Bild, vor dem er stand, ansah, als würde ich es zum ersten Mal sehen.

«Ilse konnte wirklich sehr gut malen.»

«Die Farben der Nordsee sind hervorragend getroffen. Heute sah der Himmel über dem Meer aus wie auf diesem Bild.»

«Ja, da haben Sie recht. Setzten Sie sich doch bitte. Mögen Sie Tee oder lieber Kaffee?»

«Ich trinke lieber Tee, da ich die letzten Jahre viel zu viel Kaffee getrunken habe.»

Ich schenkte uns ein und zitterte leicht vor Aufregung, denn schließlich saß ich einem Mann gegenüber, der viele Fans hatte und sehr selbstbewusst war.

«Ich habe einen Kuchen gebacken. Allerdings ist der etwas anders als konventionelle Kuchen. Ich verzichte seit einiger Zeit auf Zucker und Weißmehl.»

«Das finde ich sehr gut. Eine Kollegin hat mir auch gerade nahegelegt, mal eine Zeit lang auf Zucker, Weißmehl und sämtliche Zusatzstoffe zu verzichten. Sie fühlt sich seitdem viel vitaler und ihre Haut ist besser geworden.»

«Ja, bei mir habe ich auch schon positive Veränderungen

bemerkt. Erst dachte ich, dass ich es nicht schaffen würde, da ich wirklich gerne Süßes gegessen habe, aber nach einer Woche hatte ich keine Gelüste mehr nach Zucker und habe gute Alternativen gefunden.»

Ich schnitt den Kuchen an und sagte: «Bedienen Sie sich doch bitte!»

«Falls der Kuchen zu trocken sein sollte, hätte ich noch Hafersahne.»

Während Pierre sich bediente, beobachtete ich ihn verstohlen. Im Internet hatte ich gelesen, dass er kurz vor seinem vierzigsten Geburtstag stand. Ich hatte ihn für jünger gehalten. Derart lange, dunkle Wimpern hatte ich bei einem Man noch nie gesehen und ich überlegte, ob sie vielleicht gar nicht echt waren. Er war mindestens so schön wie Ilses Bilder. Ich hätte ihn mir stundenlang anschauen können.

Höflich wartete Pierre bis ich mir ein Stück Kuchen genommen hatte. Er besaß Tischmanieren, die ich bei Leon vermisst hatte.

«Köstlich! Der schmeckt sehr süß und einfach lecker. Was ist da alles drin?»

«Mandeln, Walnüsse, Datteln, Öl, Vanille, ein Apfel und noch ein paar andere Zutaten.»

«Das Rezept muss ich unbedingt haben, wenn Sie es denn rausrücken.»

«Klar! Ich habe es mir nicht selbst ausgedacht, sondern aus dem Internet geholt und etwas abgewandelt.»

«Und was machen Sie sonst so, wenn Sie keine gesunden

Kuchen backen?», wollte mein Gast wissen und lehnte sich entspannt zurück und machte den Eindruck, als wenn er sich bei mir wohlfühlen würde.

«Ich … bis vor Kurzem habe ich Bücher verkauft und nun … nun versuche ich, Bücher zu schreiben. Ich habe meine Anstellung mutiger Weise gekündigt und bin seit ein paar Tagen auf der Insel, um in aller Ruhe arbeiten zu können, aber mit der Ruhe war es bisher noch nicht so.»

«Haben Sie denn schon mal ein Buch verfasst?»

«Nein, bisher noch nicht und ich habe keine Ahnung, ob ich überhaupt Talent und Ausdauer besitze. Mögen Sie noch ein Stück?»

«Gerne! Den kann man ja ohne schlechtes Gewissen essen. Ich habe über Weihnachten ein paar Pfunde zugenommen. Mein Agent meint, dass ich unbedingt abnehmen muss.»

Ich lachte spitz auf und ärgerte mich über meine missglückte Heiterkeit, die zu meinem schrägen Aussehen der letzten Tage passte.

«Haben Sie sich denn schon für ein Genre entschieden?» Er stopfte den Kuchen in seinen Mund als wäre er total ausgehungert.

«Mein erstes Buch wird wohl ein Liebesroman werden.»

«Das ist doch schön. Über die Liebe lässt sich immer wieder gut schreiben. Ich spiele gerne in Liebesfilmen mit.»

Vermutlich macht es ihm Spaß, seine hübschen Kolleginnen zu küssen! Ich möchte ja nicht wissen, mit wie vielen schönen

Kolleginnen er schon eine Affäre hatte.

«Es tut mir leid, dass ich Sie nicht kenne. Ich habe Sie vorhin mal gegoogelt und gesehen, dass Sie recht bekannt sind. Auf der gesamten Insel spricht man auch schon von Pierre Gaston. Meine Mutter ist ein Fan von Ihnen und möchte gerne ein Autogramm haben.»

«Um Gottes Willen! Ich bin doch nicht so berühmt wie der Papst! Ehrlich gesagt, mag ich den ganzen Hype um mich gar nicht. Ich bin da so reingerutscht. Ich wurde durch einen Film, den Sie ja sicherlich nicht gesehen haben, bekannt. Bekam dafür diverse Preise und unglaublich viele Folgerollen. Nun kann ich mich vor Angeboten kaum retten und würde gerne kürzertreten, aber ich muss die Zeit nutzen, denn ich werde ja auch schon vierzig und weiß nicht, wie lange ich noch gefragt bin. Eigentlich wollte ich gerne mal Theater spielen ...» Er seufzte und zog ein nachdenkliches Gesicht.

«Ich muss mir unbedingt einen Film von Ihnen ansehen. Erfolg zu haben, ist sicherlich schön, aber er hat wohl auch seine Schattenseiten … »

Wir schwiegen eine Weile; jeder hing offensichtlich seinen Gedanken nach. Ich musste daran denken, wie es sein würde, wenn ich eine Bestseller Autorin wäre und Pierre dachte vielleicht daran, an einem kleinen Theater zu spielen.

«Mögen Sie noch einen Tee oder ein Stück Kuchen?»

«Tee gerne, aber keinen Kuchen mehr, obwohl er vorzüglich schmeckt.» Er berührte seinen Bauch, an dem ich keine Wölbung erkennen konnte.

«Das ist ‚Schietwetter Tee', den kann man hier gut gebrauchen.» Pierre lachte natürlich und nippte an der angestoßenen Tasse, die noch von meinen Großeltern stammte.

«Wollen wir uns vielleicht duzen, so unter Nachbarn … » Freude durchflutete meinen Körper, da wir uns langsam näherkamen und …

«Gerne! Ich bin Viola.»

«Ja, und ich bin der Pierre.»

«Wie lange wirst du auf der Insel bleiben?», horchte ich ihn aus und nippte am dampfenden Tee.

«Ich kann leider nur eine Woche bleiben, dann muss ich wieder drehen.»

«Immerhin! Ist das Haus nicht etwas groß für eine Person?»

«Ich habe viele Freunde und Kollegen, die mich sicherlich mal besuchen werden. Mir gefiel die Lage. Ein kleineres Objekt hätte es auch getan. Es ist ein bisschen protzig, aber auch wunderschön.»

«Wenn man sich das leisten kann, ist es doch toll.»

«Hattet ihr zu dem Vorbesitzer Kontakt?» Pierre massierte den Nacken seines Hundes.

«Nein, kaum. Er war selten hier und ziemlich versnobt. Wir sind einfache Leute, mit denen er sich wohl nicht abgeben wollte.»

«Dann bist du auch noch nie in meinem Haus gewesen?», wunderte er sich und rieb sich mit den Händen über die Oberschenkel.

«Nein.» Benny kam zu mir und wollte sicherlich noch ein Leckerli.

«Dann komm doch mal vorbei. Ich kann zwar keinen so tollen Kuchen backen wie du, aber mein Ratatouille ist sehr beliebt.»

«Das hört sich gut an.» Mein Herz tat einen Hüpfer.

«Hast du morgen Abend schon etwas vor?»

«Morgen? … Nein, noch nicht.»

«Dann komm doch um 19 Uhr rüber.»

«Sehr gerne. Kann ich dir die Hälfte des Kuchens mitgeben? Für mich ist das zu viel.»

«Liebend gerne. Ich muss jetzt rüber, da ich noch Handwerker erwarte. Vielen Dank für den Tee und wir sehen uns dann morgen.»

Benny blieb stoisch im Wohnzimmer sitzen und folgte nicht seinem Herrchen.

«Benny! Was ist los? Komm! Wir wollen nach Hause.»

«Er fühlt sich offensichtlich wohl bei mir. Ich würde ihn auch gerne behalten.»

«Tut mir leid, keine Chance. Er ist mein Ein und Alles. Ich habe Benny in Griechenland das Leben gerettet und werde ihn niemals weggeben.»

«Und was machst du mit ihm, wenn du drehst?»

«Wenn ich in Deutschland drehe, ist Benny immer mit am Set.

Er hatte auch schon ein paar kleine Rollen und wenn ich im Ausland bin, dann kommt er zu einer Bekannten, die hat ein großes Grundstück und zwei Hunde, mit denen er sich bestens versteht.»

«Dann habe ich wohl keine Chance, Benny zu adoptieren.» Der sensible Hund verfolgte unser Gespräch mit gespitzten Ohren und ich war mir sicher, dass er alles verstand.

Kurz nachdem Pierre ihn gerufen hatte, sprang er zu uns in den Flur und stupste mich mit seiner Schnauze an, als wollte er sich bei mir verabschieden. Pierre gab mir seine Hand und lobte nochmal meinen Kuchen, mit dem ich ihn sehr beeindruckt hatte.

Als ich die Haustür hinter ihm geschlossen hatte, lehnte ich mich gegen die Tür, schloss die Augen und machte mir Hoffnung, dass der berühmte Pierre Gaston mich mochte, dass er Gefühle für mich hegte, die nicht nur freundschaftlicher Natur waren. Offensichtlich hatte ich mich verknallt, was mir eigentlich gar nicht in den Kram passte, da Liebe Zeit und Energie raubt. Eine Liebe kann man nicht planen, man muss sie annehmen wie das Wetter, das unweigerlich einfach kommt.

Es hatte keinen Sinn, an diesem Tag noch zu versuchen, ein paar fesselnde Zeilen zu schreiben, denn meine Gedanken beschäftigten sich mit Fragen wie: Wo werden Pierre und ich wohnen? Werde ich ihn bei den Dreharbeiten begleiten? Wollte er Kinder? Schafften wir es noch, vor meinem dreißigsten Geburtstag zu heiraten …

Natürlich war es naiv zu glauben, dass er sich in mich verliebt hatte, aber es beglückte mich, zu träumen und ganz ausgeschlossen war es nicht, dass Pierre für mich Gefühle entwickelte, denn immerhin konnte ich gut backen und hatte ein gutes Verhältnis zu Benny, der mich offensichtlich liebte.

Natürlich wollte meine Mutter gleich am Abend wissen, wie mein Teestündchen mit Herrn Gaston verlaufen war. Bisher hatte ich noch kein Autogramm, aber das wollte ich mir am nächsten Tag holen. Ich schilderte Mutter unseren groben Gesprächsverlauf und erzählte ihr viel von Benny, was sie aber nicht besonders interessierte. Jedoch verheimlichte ich ihr, dass Pierre mich zum Abendrot eingeladen hatte, denn dann wäre sie vermutlich ausgeflippt.

Als es dunkel wurde, schaute ich, ob nebenan Lichter brennen, aber die Fensterläden waren allesamt verschlossen.

Den ganzen Tag über fieberte ich dem Treffen mit Pierre entgegen, der sicherlich unterwegs war, um das Gemüse fürs Ratatouille zu kaufen.

Ich radelte zu Ilses Haus und konnte nicht fassen, dass sie nicht mehr unter den Lebenden weilte. Mit tränenerfüllten Augen stellte ich mich in Ilses Vorgarten und hatte die leise Hoffnung, dass ich ihren Tod nur geträumt hatte, dass sie gleich freudestrahlend aus der hübschen Friesentür trat, mich in Plattdeutsch begrüßte und an ihren großen Busen drückte. Was sollte aus ihren ganzen Bildern werden? Wer erbte das Haus? Etwa ihr Neffe, der sich nie um sie gekümmert hatte und der sich höchstwahrscheinlich überhaupt nichts aus den Bildern machte? Leider hatte Ilse keine eigenen Kinder bekommen können, was sie sehr bedauert hatte. Sie wäre eine tolle Mutter, Großmutter und Uroma gewesen. Mir hatte sie stets reichlich Aufmerksamkeit und Liebe geschenkt, wofür ich ihr sehr dankbar war.

Ich radelte weiter, da das Wetter sich von seiner besten Seite zeigte. In einem Blumenladen besorgte ich zwei besondere Kräuterpflanzen, kaufte ein Brot bei Käthe und wollte noch ein Salzsäckchen nähen, das ich Pierre zum Einzug schenken wollte.

«Viola! Bist du krank gewesen? Du kaufst gar kein Gebäck mehr!», wunderte sich Käthe und zog ein besorgtes Gesicht.

«Nein, mir geht es gut. Es tut mir leid, aber ich werde erstmal kein Brot und kein Gebäck mehr bei dir kaufen und möchte auch die Brötchen abbestellen.»

«Warum das denn? Fährst du wieder nach Hause?»

Käthe war gerade dabei, nach einem Hanseaten zu greifen.

«Nein, ich bleibe noch längere Zeit hier, aber ich mache gerade eine Diät und verzichte komplett auf Zucker und Weißmehl, weil ich … vermutlich eine Allergie gegen die beiden Zutaten habe.»

«Ach!» Sie zog ein enttäuschtes Gesicht und legte den Hanseaten ordentlich zurück.

«Der Verzicht auf diese beiden Lebensmittel bekommt mir sehr gut. Natürlich fällt es mir wirklich sehr schwer, auf deine Köstlichkeiten zu verzichten, aber ich… »

«Ich bin über achtzig und esse schon mein Leben lang Zucker

und Weißmehl und fühle mich prächtig.»

Ihren Gesundheitszustand stuft sie als prächtig ein! Käthe leidet an Diabetes, Hypertonie, hat eine Menge vaskuläres Bauchfett, Wasser in den Beinen und andere kleine Wehwehchen. Es könnte ihr bestimmt viel besser gehen, wenn sie weniger Gebäck naschen würde.

«Das freut mich, aber ich möchte auch ein bisschen abnehmen.»

«Gut, dann also morgens keine Brötchen mehr!», sagte sie eingeschnappt und zog eine Schnute, die sie älter aussehen ließ.

«Erstmal nicht.»

«Kommst du mit deinem Buch voran?», wollte sie wissen und sortierte dabei Brötchen.

«Nicht so. Ich fand bisher noch nicht die Ruhe, die ich hoffte, hier zu finden.»

Erleichtert darüber, dass ich Käthe nun die Wahrheit gesagt hatte, verließ ich den Bäckerladen. Mir war klar, dass die alte Dame für meine neue Diät kein Verständnis zeigte. Wenn nun alle auf Weißmehl und Zucker verzichten würden, könnte sie endlich beruhigt in Rente gehen.

Ich nähte ein kleines Säckchen, auf das ich in mühevoller Arbeit «Alles Gute im neuen Heim» stickte. Ich war überrascht über meine handwerkliche Geschicklichkeit; füllte das Säckchen mit Salz, wickelte das Brot in ein Geschirrhandtuch und freute mich auf den Abend mit Pierre, der mir einen einsamen Eindruck machte, obwohl er doch ein Star war, der sicherlich unglaublich viele Leute kannte.

Nachdem ich einem kleinen Salat gegessen hatte, machte ich mich an die Arbeit und schrieb vier Seiten. Es lief ausgesprochen gut an diesem sonnigen Tag und das machte mir Mut, sodass ich hoffte, doch den richtigen Weg eingeschlagen zu haben.

Zwei Stunden vor meinem aufregenden Date mit meinem Nachbar legte ich mich in die Wanne; lackierte mir die Nägel und bürstete mein Haar, das noch immer seidig glänzte. Ich probierte mehrere Oberteile an, die mir alle nicht gefielen. Meine guten Klamotten hatte ich dummerweise nicht mit auf die Insel genommen. Ich konnte ja nicht ahnen, dass ich so kurz nach meiner Trennung einen neuen Mann kennenlerne.

Gerade als ich die Überlegung anstellte, ob ich noch rasch zur nächsten Boutique radeln sollte, um mir einen schicken Fummel zuzulegen, klingelte der Postbote und brachte ein Paket, mit dem ich nicht so schnell gerechnet hatte. Das nannte ich Glück! Vor ein paar Tagen hatte ich mir zwei Kleider bestellt. Voller Freude und Neugier riss ich hastig den Karton auf und hielt mir die Kleider nacheinander an meinen Körper. Wow! Sie sahen toll aus und die Stoffe fühlten sich gut an. Ich schlüpfte in die dunklen Wollkleider und war begeistert, denn sie machten mich schlank und sahen elegant aus. Genau das richtige Outfit für ein Treffen mit Pierre.

Ich trug etwas Make-up auf und tuschte meine Wimpern kräftig, was ich sonst nie tat, da ich es gerne dezent mochte. Mein Herz wummerte kräftig als ich die paar Meter zu Pierre lief. Rund ums Haus brannten viele Außenlichter. Bevor ich klingelte, atmete ich tief ein und aus und setzte mein freundlichstes Lächeln auf.

Benny bellte und es dauerte eine Weile bis Pierre mir die Tür öffnete. Er trug ein dunkles Hemd, das genau die Farbe meines Kleides hatte. Was für ein Zufall! Benny freute sich über den weiblichen Gast und ich schenke ihm sofort meine ganze Aufmerksamkeit.

«So, Benny, nun lass mich auch mal unseren Gast begrüßen.»

Pierre nahm den aufgedrehten Hund zur Seite, der mich eifrig abschleckte und reichte mir seine Hand, die ich kräftig drückte. Im Haus duftete es nach Kräutern und Knoblauch, was meinen Appetit anregte.

«Hallo, Viola!» Es war interessant, wie er meinen Namen aussprach. Noch nie zuvor hatte ich meinen Namen so schön betont gehört.

«Das ist für dich. Brot und Salz, Gott erhalt's. Das soll dir Glück und Segen im neuen Heim bringen. Und hier noch zwei besondere Kräuter zum Kochen.»

«Oh, vielen Dank!» Pierre begutachtete die Kräuter und hielt seine Nase an die Blätter. Danach nahm er mir meinen Mantel ab und hängte ihn in einen großen Dielenschrank, der mit seinen kunstvollen Schnitzereien ein wahrer Hingucker war.

«Folge mir doch bitte in die Küche. Ich bin noch am Kochen.» Pierre machte den Eindruck, als wenn er sich über meine Anwesenheit freute.

Ich sah mich in dem riesigen Haus um und war sprachlos. Die Zimmer waren zum Teil friesisch eingerichtet, aber es gab auch viel Modernes in den großzügigen Räumen, die in dezenten Pastellfarben gestrichen waren. Eine schöne Mischung, die mir gefiel. Die Küche war für jede Hausfrau ein Traum und besaß eine gemütliche Sitzecke, auf der ein paar Schaffelle lagen. Auf dem Herd köchelte das Essen und auf der Kochinsel stand eine große Schüssel mit einem bunten Salat.

«Das duftet köstlich!»

«Das Essen ist gleich fertig. Magst du einen Wein trinken?»

Eigentlich trank ich nur Silvester ein Glas verdünnten Sekt, um auf das neue Jahr anzustoßen, aber da ich gerade dabei war, mein gesamtes Leben zu ändern …

«Ein kleines Glas, bitte nur.»

Während Pierre eine Weinflasche aus dem Kühlschrank holte, kraulte ich Benny, der seine Augen leicht schloss und meine Massage sichtlich genoss. Vielleicht darf ich Pierre auch bald kraulen?

«In deiner Küche kann man sich ja richtig austoben.»

«Die Küche ist viel größer als meine Küche in Berlin. Hier hat man viel Platz, um sich auszutoben.»

Er reichte mir das halbvolle Glas und lehnte sich lässig an den Kochblock. «Dann zum Wohl!»

«Zum Wohl!» Ich nippte vorsichtig an dem Weißwein und konnte nicht beurteilen, ob es ein Spitzenwein war oder nicht.

Nachdem das Essen fertig war, führte Pierre mich in das dezent beleuchtete Esszimmer, in dem ein sehr rustikaler Holztisch stand, der schon hübsch eingedeckt war.

«Setz dich doch bitte! Ich komme gleich.»

Während er wieder in der Küche verschwand, blieb Benny neben mir sitzen und leistete mir Gesellschaft. Ich schaute mir jedes Detail im Zimmer an und kam aus dem Schwärmen nicht heraus. Alles war perfekt aufeinander abgestimmt. Es musste ein guter Innenarchitekt am Werk gewesen sein.

Von den vielen, bodentiefen Sprossenfenstern hatte man am Tage einen schönen Blick in den großen Garten.

Pierre brachte den Salat und die angebrochene Weinflasche. Er hatte eine gelassene Art und führte jede Handbewegung überlegt aus, sodass er viel Ruhe ausstrahlte. Ich beobachtete ihn dabei, wie er die Salatschüssel in der Mitte des Tisches platzierte, wie er den Wein in den Kühler stellte und sich geschmeidig setzte.

«Dann lassen wir es uns schmecken. Greif doch bitte zu!»

«Danke!» Ich nahm mir von dem Salat und füllte so ungeschickt auf, dass ein Ölfleck auf dem Tisch zurückblieb, was Pierre nicht bemerkte.

«Als hätten wir uns abgesprochen!» Ich wusste im ersten Moment nicht, was er meinte. Er tippte auf sein Hemd als ich ihn fragend anschaute.

«Das ist mir auch gleich aufgefallen. Was für ein Zufall!»

Wir kauten beide den Salat gut durch und richteten unsere Aufmerksamkeit auf Benny, der bei mir bettelte und ab und zu fiepte.

«Das konnte ich ihm noch nicht abgewöhnen.»

«Mich stört das nicht. Ich darf ihm sicherlich nichts geben oder?»

«Nein, bitte nicht. Du kannst ihm nachher ein Leckerli in der

Küche geben.»

«Hast du das Haus selbst eingerichtet?» Das Dressing schmeckte ausgezeichnet. Sicherlich war es ein schweineteurer Balsamico, den ich mir nicht leisten konnte.

«Nein, ich habe das Haus möbliert übernommen. Mir gefiel der Stilmix und ich habe auch nicht so ein Händchen fürs Dekorieren.»

«Es ist wirklich sehr geschmackvoll.»

«Magst du noch Wein?»

«Einen kleinen Schluck. Er schmeckt vorzüglich», kehrte ich die Kennerin heraus, obwohl ich keine Ahnung hatte.

Pierre hatte sich am Morgen nicht rasiert, was ihm stand und nicht so perfekt aussehen ließ.

«Ich bin heute am Strand gewesen. Es war herrlich! Benny kann sich hier richtig austoben», erzählte er mir voller Euphorie und hielt dann inne, als wenn er plötzlich an etwas Trauriges denken musste.

«Er genießt es sicherlich. In der Stadt fühlt er sich wohl nicht so wohl?»

«Dort hat er auch seinen Auslauf und wir sind ja viel unterwegs. Hast du heute geschrieben?»

«Ja, es lief zur Abwechslung mal ganz gut.»

«Ich hatte auch mal daran gedacht, ein Buch zu schreiben, aber ich hatte bisher noch keine Zeit.»

«Du könntest deine Biografie schreiben.»

«Um Gottes willen! Nein, das werde ich niemals tun. Warum sollte mein Leben interessanter sein als das von Frau Müller, die jahrelang in der Pflege gearbeitet hat? Nur weil ich Schauspieler bin, ist mein Leben doch auch nicht sehr viel spannender. Es kamen auch schon ein paar Verlage auf mich zu, die mit viel Geld gewedelt haben, aber ich habe dankend abgelehnt.»

Das imponierte mir und ich nahm mir noch mehr von dem Salat.

«Das finde ich wirklich beeindruckend. Die meisten Promis nehmen doch alles mit, was sie kriegen. Werben für jeden Mist und lassen sich für alles Mögliche vor den Karren spannen.» Meine Stimme wurde lauter, was offenbar dem Alkohol geschuldet war, der mich etwas aus der Fassung brachte.

«Geld ist eine schlechte Sache, die zu Neid, Hass, Krieg und dieser ganzen verdorbenen, kranken und kriegerischen Welt geführt hat. Mir gefällt unsere ganze Gesellschaft nicht mehr und manchmal habe ich das alles so satt. Ich habe mehrere Patenschaften für Kinder in Afrika übernommen und reise dort auch zweimal im Jahr hin. Zudem unterstütze ich Start-ups, die sich für nachhaltige Ideen engagieren und ich spende Geld für Obdachlose. Dennoch habe ich immer das Gefühl, dass es nicht genug ist, dass ich zu wenig zurückgebe.» Pierre raufte sich die Haare und lehnte sich mit verschränkten Armen auf dem bequemen Swinger Stuhl zurück. Seine Miene verfinsterte sich. Er zeigte mir eine ganz neue Seite, die mich berührte und ihn noch anziehender machte. Ich war erstaunt, was er sich für Gedanken machte, obwohl er ein sorgenfreies Leben führen konnte. Ihm konnte es doch egal sein, wie schlecht die Welt war, denn ihm ging es bestens. Er war ganz und gar nicht der oberflächliche Superstar für den ich ihn gehalten hatte. Er war ein nachdenklicher, sensibler Mann, der etwas ganz Besonderes war, der mein Herz so sehr berührte, dass es vor lauter Liebe schmerzte.

«Es gibt zu viele Ignoranten und Radikale, die mir große Angst machen. Die wenigen, die sich abstrampeln und die Welt verbessern möchten, werden es nicht schaffen. Immerzu passieren schreckliche Dinge und ich frage mich, warum der Mensch nicht in der Lage ist, friedlich zu sein und im Einklang mit der Natur zu leben, anstatt sie auszubeuten. Der Mensch war eine schlechte Erfindung!»

In meiner Handtasche hörte ich mein Handy vibrieren. Erst ignorierte ich es, da ich mich auf keinen Fall zum Sklaven dieses kleinen Gerätes machen wollte, aber als es nach drei Minuten noch immer nicht aufhörte, wusste ich, dass es etwas Dringliches sein musste.

«Entschuldige, ich muss da wohl man ran.»

Pierre räumte derweil unsere Salatschälchen fort und schenkte mir Wein nach, ohne mich zu fragen.

«Viola! Wo steckst du denn? Warum dauert es so lange bis du an dein Handy gehst?», hörte ich die aufgebrachte Stimme meiner Schwester.

«Ist was passiert?» Ich hörte an ihrem Tonfall, dass sie ein massives Problem hatte.

«Ja! Wo bist du denn?»

«Ich bin Zuhause. War gerade im Badezimmer», log ich.

«Und warum machst du dann nicht auf?»

«Wieso auf?», wunderte ich mich und zog ein erstauntes Gesicht.

«Wir stehen vor der Tür und haben schon hundertmal geklingelt.»

«Was? Ihr seid auf Sylt? Warum hast du mir mich nicht angerufen?»

«Wollte ich ja, aber das erzähle ich dir später. Kommst du dann mal bitte, die Jungs frieren.»

«Ich bin in einer Minute bei euch.»

Pierre hatte gerade das Ratatouille auf den Tisch gestellt, das kräftig dampfte und köstlich duftete.

«Es tut mir sehr leid, aber es gibt einen Notfall. Meine Schwester steht mit ihren Kindern vor der Tür und wartet auf Einlass. Offenbar hat sie Kummer und ich muss sie trösten.»

«Oh, wie schade. Ihr könnt doch alle zum Essen kommen?», bot er großzügig an.

«Das ist wirklich sehr lieb von dir, aber die Jungs müssen ins Bett und … » Ich holte mir meine Jacke aus dem Schrank und las Enttäuschung in Pierres Gesicht.

«Wir sehen uns!», sagte ich zum Abschied und rannte zu unserem bescheidenen Häuschen, in dem es mit der Ruhe ab sofort vorbei sein würde.

Die Zwillinge saßen dick eingemummelt auf der weißen Friesenbank, die dringend einen frischen Anstrich brauchte. Vanessa kam mir entgegengestürmt und fluchte leise, da sie mit ihren hohen Stiefeln umgeknickt war.

«Warst du da gerade in der Villa?», fragte sie überrascht und kräuselte ihre Stirn.

«Das erzähle ich dir später.» Ich drückte die Jungs nacheinander an meine wild pochende Brust. Wir nahmen die Kinder auf den Arm, da die kurzen Beinchen nicht mehr laufen wollten.

Nachdem wir die Zwillinge ins Bett gesteckt hatten, ließ sich Vanessa erschöpft aufs Sofa fallen. Ich legte eine Decke über ihren dünnen, leicht zitternden Körper und reichte ihre eine Tasse Tee.

Gespannt wartete ich auf ihre Worte, die nur zögerlich kamen, da sie offenbar unter Schock stand: «Die Jungs hatten gestern Mittag mit Jan telefoniert … er ist ja gerade in Malaysia … nach dem Telefonat … rief ich ihn nochmal per Videoanruf an, weil Javier seinen Papa unbedingt sehen wollte … während Jan mit Javier sprach … sah ich auf einmal eine splitternackte Frau, die hinter Jan durchs Bild lief … Javier fragte, wer die Frau sei, worauf Jan ganz nervös wurde und meinte, dass es das Zimmermädchen wäre und dass er nun Schluss machen müsste.»

«Mein Gott! Dieser Trottel! Das kann doch echt nicht sein, dass er so dämlich ist.»

«Danach rief er mich dann nochmal an und wollte sich erklären, aber ich brauchte keine Erklärung, denn eine nackte Frau in seinem Zimmer ist doch eindeutig oder putzen die Zimmermädchen dort nackt?»

Ich schüttelte den Kopf und war ehrlich gesagt nicht sonderlich überrascht, denn Jan war ein Mann, der schon immer sehr deutlich gemacht hatte, wie wichtig ihm sein täglicher Sex war und da es zwischen ihm und Vanessa keinen täglichen, keinen wöchentlichen, eher sehr seltenen Sex gab, lag es im Bereich des Möglichen, dass Jan sich anderweitig bedienen musste, um seinen Trieb zu stillen.

Ich umarmte sie mitfühlend und strich sanft über ihren Kopf, so wie ich es als Kind oft getan hatte, wenn Vanessa sich verletzt hatte oder traurig gewesen war.

«Sorry, aber ich musste einfach weg von Zuhause, in dem mich alles an dieses Schwein erinnert.»

«Das verstehe ich.» Nun war es mit der Ruhe endgültig vorbei und ich kam die nächsten Tage sicherlich nicht zum Schreiben. Die Frage war, wie lange Vanessa bleiben wollte?

Nachdem sie ihren Mann mehrmals mit schlimmen Ausdrücken verflucht hatte, beruhigte sie sich ein bisschen und aß meinen Dattelkuchen, der ihr köstlich schmeckte.

«Und was hast du beim Nachbarn gemacht? Mama hat behauptet, dass da jetzt dieser Pierre Gaston wohnt.» Sie lachte spitz auf, als hätte Mutter ihr einen schlechten Witz erzählt.

«Mama hat recht. Er hat das Haus gekauft.» Ich fummelte verlegen an den Fransen der Alpakadecke herum und wurde rot, da ich mich verliebt hatte, was ich jedoch niemanden erzählen wollte, denn ich wusste ja, dass Tausende von Frauen ebenfalls in Pierre verliebt waren.

«Ach! Und du hast ihn also schon gesehen?» Sie stellte die leere Tasse auf dem Sofa ab und setzte sich aufrecht hin.

«Er hat sich vor ein paar Tagen bei mir vorgestellt. Ich hatte keine Ahnung, wer er ist, weil ich ja kein Fernsehen gucke. Ich habe ihn dann zum Tee eingeladen, da ich unser nachbarschaftliches Verhältnis pflegen wollte.»

«Dann war er schon hier? In unserem Haus?», fragte Vanessa verblüfft und zappelte vor Aufregung so sehr, dass die Tasse vom Sofa fiel.

«Ja! Er ist sehr nett und ...»

«Nett und was? Wie ist er genau?» Vanessa wurde ungehalten, weil ich ihn nicht näher beschrieb.

«Er ist sehr bodenständig, höflich und überhaupt nicht arrogant. Er hat auf keinen Fall Starallüren.»

«Das ist ja ein Ding, dass er jetzt unser Nachbar ist. Ich würde ihn auch gerne mal kennenlernen.»

Ich verschwieg ihr, dass Pierre vorgehabt hatte, uns alle zum Abendessen einzuladen. Ich wollte diesen besonderen Menschen für mich ganz alleine haben und nicht an meine bildhübsche, jüngere Schwester, die sich vielleicht bald von ihrem verdorbenen Mann freigemacht hatte, verlieren.

«Hast du ihn schon mal in Filmen gesehen?»

«Ja, sicher! Ich glaube, dass du die einzige Frau in Deutschland bist, die ihn nicht kennt.» Sie schüttelte den Kopf vor lauter Unverständnis und naschte die letzten Krümel vom Teller.

«Du kennst viele Schauspieler dafür aber nur wenige Schriftsteller», stellte ich klar, da ich mich etwas ärgerte, weil sie so tat, als wenn ich hinterm Mond leben würde.

«Ich bin jetzt müde. Hilfst du mir dabei, mein Bett zu beziehen?»

Sie gähnte und streckte sich, sodass ihre Glieder knackten. Ich freute mich über den Besuch, auch wenn dadurch meine Arbeit unterbrochen wurde.

Durch Kindergeschrei wurde ich aus einem tiefen Schlaf gerissen. Erst nach wenigen Sekunden fiel mir ein, dass ich nicht mehr alleine war. Das konnte anstrengend werden!

Vanessa klopfte leise an meine Tür. «Viola! Hast du keine Milch im Haus?»

«Guten Morgen! Nein, ich nehme gerade keine Milchprodukte zu mir. Aber ich habe Hafermilch.»

«Das trinken die Jungs bestimmt nicht.»

«Probiere sie doch mal! Sie schmeckt ganz süß.»

Die Kinder tobten durchs Wohnzimmer und spielten offenbar Flugzeug, denn sie breiteten ihre kurzen Ärmchen aus und machten laute Brumm Geräusche, die in meinen Ohren hallten.

Meine Schwester machte sich derweil in der Küche zu schaffen und gebot den beiden kein Einhalt, obwohl das Haus nicht kindersicher war.

«Du hast ja irgendwie nichts Gescheites im Kühlschrank», beschwerte sie sich und suchte in den Schränken nach Lebensmitteln.

«Ich habe meine Ernährung komplett umgestellt. Das habe ich dir doch erzählt.»

«Kann sein! Habe ich vergessen. Und was essen wir zum Frühstück?»

«Ich könnte uns einen Obstsalat mit Porridge machen», schlug ich vor und schaute aus dem Küchenfenster, um nach Pierre zu sehen.

«Die beiden essen nur Milchbrötchen mit Schokocreme.»

«Gut, dann fahre ich rasch zum Bäcker und besorge welche.»

«Das ist lieb von dir. Dann decke ich schon mal den Tisch.»

Ich zog meine neue Regenjacke an, obwohl es nicht regnete und radelte los. Ich musste immerzu an Pierre denken. Wie wäre der Abend verlaufen, wenn Vanessa uns nicht gestört hätte? Hatte er sich in mich verliebt?

Käthe zog ein überraschtes Gesicht als ich die Bäckerei betrat und nahm schon die Zange in die Hand, um nach einem Hanseaten zu greifen.

«Na, hast du deine Zucker Diät abgebrochen?», erkundigte sie sich mit einem zufriedenen Gesichtsausdruck.

«Nein, habe ich nicht. Vanessa ist mit ihren Jungs zu Besuch. Ich hätte gerne sechs Milchbrötchen.»

«Ach, die süßen Zwillinge. Deine Schwester soll mal mit ihnen vorbeikommen. Hast du schon deinen Nachbarn getroffen?», fragte sie neugierig und legte noch zwei Hanseaten in die Tüte, in der Hoffnung, dass ich schwach werden würde.

«Er ist mir mal kurz über den Weg gelaufen.»

«Gestern hat er Gemüse bei Lena gekauft. Sie hat sich auch schon ein Autogramm geholt.»

«Ach! Gib mir doch bitte noch ein Vollkornbrot.»

Die ganze Insel redete nur noch über Pierre und nicht mehr über das schlechte Wetter. Bald hatte sich sicherlich wie ein Lauffeuer herumgesprochen, dass ich ihn besucht hatte. Ich musste aufpassen, dass ich nicht auf den Titelseiten der Klatschpresse landete.

Die Jungs drückten am Fenster ihre Nasen platt als ich vom Einkaufen zurückkam. Vanessa hatte den Tisch gedeckt und flüsterte mir ins Ohr: «Er ruft pausenlos an und hat mir unzählige Nachrichten geschrieben.»

«Willst du ihm nicht noch eine Chance geben?» Da ich meine Schwester so schnell wie möglich loswerden wollte, machte ich ihr diesen Vorschlag. Wenn es mein Mann gewesen wäre, hätte ich sofort die Scheidung eingereicht.

«Weißt du, was er mir angetan hat? So etwas ist unverzeihlich! Er ekelt mich an und ich möchte ihn nicht mehr sehen.» Vanessa wurde lauter, da ihre ganze Wut sich entladen musste. Die Jungs schauten ihre Mutter verstört an.

«Beruhige dich! Schreib ihm, dass er dich erstmal in Ruhe lassen soll und dass du dich meldest, sobald du den ersten Schock etwas verdaut hast», schlug ich ihr vor und drückte den Jungs jeweils ein Brötchen in die klebrigen Händchen. Sie sollten auch lieber Vollkornprodukte essen, dachte ich besorgt und streichelte über ihre kleinen Köpfchen.

«Gut, dann schreibe ich ihm das so. Hast du auch Schokocreme mitgebracht?»

«Nein, ich war nur beim Bäcker. Wir können nachher zusammen einkaufen gehen.»

Nach dem Frühstück nahmen wir uns ein Taxi und tätigten einen Großeinkauf. Mich beschlich das ungute Gefühl, dass meine Schwester auf der Insel übersommern wollte. Da die Kinder beschäftigt werden mussten, gingen wir mit unseren alten Drachen an den Strand, an dem ein kräftiger Wind pustete. Die Kleinen juchzten und auch wir hatten unseren Spaß als wir die Drachen am Himmel beobachteten, wie sie vom Wind hin- und hergetrieben wurden und immer kleiner wurden. Nachdem wir alle durchgefroren und hungrig waren, machten wir uns auf den Heimweg. Pierre stand gerade an seinem Auto und lud etwas aus. Benny rannte freudig an die Pforte und bellte, da er mich erschnuppert hatte. Sein Herrchen erkannte mich und winkte mir zu. Vanessa war mit ihren Kindern beschäftigt, sodass sie Pierre nicht bemerkt hatte. Ich hoffte, dass er nicht zu uns kam und ging in eiligen Schritten auf unser Grundstück. Doch er machte sich auf den Weg zu uns. Benny ließ er auf dem Grundstück.

«Hallo!», sagte er in seiner heiteren Art und schaute Vanessa neugierig an.

«Hallo! Das ist meine Schwester Vanessa und das sind meine Neffen Javier und Jamie.»

Er reichte Vanessa seine Hand und streckte auch den kleinen Männern seine Hand entgegen, die sie etwas widerwillig annahmen, da sie gerade etwas fremdelten und müde waren.

«Wir haben gerade am Strand Drachen steigen lassen. Der Wind war heute optimal», faselte ich und bemerkte wie Pierre meine Schwester interessiert betrachtete. Selbst mit angefrorener Nase und der albernen Pudelmütze sah sie hübsch aus.

«Ich kenne Sie, im Gegensatz zu meiner Schwester. Sie spielen gut.»

«Danke! Ihre Jungs sind süß.»

«Aber ziemlich anstrengend», ergänzte Vanessa und nahm sich die Mütze ab, sodass ihr langes, kräftiges Haar ihr Gesicht hübsch einrahmte.

«Das kann ich mir vorstellen. Tja, dann noch einen schönen Tag», wünschte Pierre uns und machte zunächst keine Anstalten, um den Rückzug anzutreten. Vielleicht wartete er auf eine Einladung? So toll Vanessa Pierre vielleicht auch fand, ich denke, dass sie erstmal genug von Männern hatte, was ich nachvollziehen konnte.

«Der sieht ja noch viel besser aus als in seinen Filmen. Wow! Hätte ich jetzt keinen allgemeinen Hass auf alle Männer, dann … »

«Mama! Hunger!», schrien die Zwillinge im Chor und zogen an Vanessas Mantel, sodass sie genervt mit den Augen rollte und sich um die Kleinen kümmerte.

Wir kochten Kartoffelbrei und Apfelmus, da die Jungs das gerne aßen. Nach dem Essen versuchte Vanessa, die beiden zum Mittagschläfchen hinzulegen, aber sie kamen nicht zur Ruhe und ich somit nicht zum Schreiben.

Da die Kinder kein Spielzeug hatten und sich schnell

langweilten, fuhren wir nach Westerland und besorgten ein paar Spielsachen.

Ich bearbeitete Vanessa, sich mit Jan auszusprechen und ihm eine Chance zu geben, um sich zu rechtfertigen, auch wenn es da wohl nicht viel zum Rechtfertigen gab, da die bewegten Bilder für sich gesprochen hatten.

Ich las den Zwillingen aus einem Buch vor, während Vanessa sich in die obere Etage zurückzog, um in Ruhe mit ihrem Mann zu reden. Nach einer halben Stunde kam sie mit verweinten Augen zurück und kuschelte sich an ihre Jungs, die mir gebannt zuhörten, da ich mit verstellter Stimme gesprochen hatte.

Nachdem Jamie und Javier in ihren Bettchen schlummerten, hatten wir Zeit zum Reden.

Wir saßen nebeneinander unter einer Decke und schwenkten Rotwein in den bauchigen Gläsern.

«Und? Was hat er gesagt?»

«Er hat zugegeben, dass er Damenbesuch hatte, aber dass es nur für eine Nacht und rein sexuell gewesen war. Er hat sich wieder mal beklagt, dass ich nie Lust habe und wir seit der Geburt der Zwillinge keine Zeit mehr für uns haben.» Vanessa nahm einen großen Schluck, behielt den trockenen Wein im Mund und schluckte nach wenigen Sekunden den guten Tropfen hörbar herunter.

«Männer haben halt ihre Bedürfnisse und wenn sie diese in der Ehe nicht ausleben können, dann … »

«Willst du damit sagen, dass es meine eigene Schuld ist? Weißt du eigentlich, wie fertig ich abends bin und das Sex das Letzte ist, woran ich denke und Lust habe! Ich habe ab neun Uhr nur noch Lust, in einen Tiefschlaf zu fallen, aus dem ich jede Nacht gerissen werde, da einer von den beiden weint. Er kann es sich ja auch selber machen und muss sich dafür nicht so eine asiatische … Der kann sich doch sonst was einfangen. Der glaubt doch nicht, dass ich nach diesem Vorfall noch jemals mit ihm schlafen werde.» Vanessa regte sich auf und bekam einen roten Kopf. Sie knallte das Weinglas auf den Tisch und sah mich wütend an.

«Du hast ja recht. Es ist immer schwierig, sobald Kinder im Spiel sind. Der Mann fühlt sich vernachlässigt, die Frau überfordert … Ich habe auch keine Lösung für das Problem. Und was wird nun aus euch?»

«Jan möchte uns auf gar keinen Fall verlieren. Er hat mir geschworen, dass er nie wieder fremdgehen wird. Aber er hat auch gesagt, dass er mich zukünftig mehr für sich haben will und ich für die Kinder eine Nanny suchen soll.»

«Und ist das OK für dich?»

«Was bleibt mir anderes übrig? Ich möchte nicht, dass die Jungs ohne Vater aufwachsen und auf den ganzen Scheidungsmist habe ich auch keine Lust. Hätte ich diese blöde Tussi doch nur nicht gesehen, dann wäre ja auch alles gut. Ich hätte nie erfahren, was da im Hotelzimmer abgelaufen ist.»

«Wann kommt Jan denn zurück?» Ich wollte wissen, wann ich meine Arbeit in Ruhe fortsetzen konnte.

«Er fliegt am Wochenende nach Hamburg zurück. Er möchte, dass wir Zuhause sind, wenn er kommt. Ich denke, dass wir bis Donnerstag bei dir bleiben werden.»

«Fein, dann lass uns mal ins Bett gehen, da die Kleinen sich bald schon wieder melden werden.»

Vanessa saß mit den Zwillingen in der Küche und kochte Porridge, als ich etwas verschlafen in den warmen Raum trat, in dem es an diesem Morgen sehr ruhig zuging.

«Guten Morgen, ihr seid ja schon alle wach.» Die Zwillinge riefen laut meinen Namen und trommelten mit den Löffeln auf den Esstisch.

«Ja, und ich koche heute mal einen Haferbrei, den du doch jetzt immer isst.»

«Das ist ja schön. Haferflocken sind sehr gesund. Ich könnte dir jetzt einen langen Vortrag über sie halten … Heute Nacht habe ich die beiden nicht gehört.» Ich setzte mich an den kleinen Tisch und streichelte den Buben über die warmen Köpfchen.

«Stell dir vor, es war das erste Mal, dass keiner von beiden aufgewacht ist. Es war so herrlich, mal durchschlafen zu können. Wenn das jede Nacht so wäre … »

«Das macht wohl die gute Seeluft. Ich habe im Tiefkühler noch eine Beerenmischung, die kannst du unter den heißen Brei rühren und dann noch Leinöl darüber geben und wir haben ein gesundes Frühstück.»

Wir verbrachten noch zwei schöne Tage, ehe ich die drei in den Zug setzte und ihnen, mit ein paar Tränchen in den Augen, hinterherwinkte. Vielleicht war es ganz gut gewesen, dass ich zur Abwechslung mal Gesellschaft hatte, um nicht gänzlich zu vereinsamen. Nun freute ich mich wieder auf Ruhe und Zeit zum Schreiben. Während des Besuchs hatte ich einige Ideen für meine Geschichte gehabt.

Pierre hatte ich nicht mehr auf seinem Grundstück gesehen. In seinem Haus hatte abends Licht gebrannt und ab und an sah ich sein Auto auf der Auffahrt stehen. Würde er mich nochmal zum Ratatouille einladen?

Um Pierre wie zufällig zu begegnen, ging ich sehr oft in unseren Vorgarten, in dem ich fegte, Unkraut zupfte oder den Müll rausbrachte.

Als ich gerade dabei war, mein Mittagessen zuzubereiten, sah ich, wie Pierre mit Benny das Grundstück verließ. Sofort ließ ich alles stehen und liegen, warf mir meine neue knallrote Regenjacke, die mit weißen Pünktchen verziert war, über, wickelte einen dicken Schal um den Hals und rannte ins Freie. Pierre befand sich auf dem Weg zum Strand. Ich rannte ihm wie eine Irre hinterher; wählte jedoch einen anderen Weg, der auch zum Strand führte, sodass ich vor ihm die Wasserlinie erreichte. Völlig atemlos stand ich mit meinen Gummistiefeln im Meer und wartete darauf, dass Pierre mir entgegenkam. Ich schaute mit wildgewordenem Herzen aufs Meer hinaus; sah ein paar Krabbenfischer und kreischende Möwen, die über den alten Kuttern kreisten. Benny kam in einem hohen Tempo auf mich zu gerannt und wollte in seiner großen Freude an mir hochspringen, hielt sich aber - gut erzogen - im letzten Moment ganz brav zurück. Ich ging in die Knie, kraulte seinen Hals und redete mit ihm. Pierre kam in großen Schritten auf uns zu. Er trug eine dicke, helle Daunenjacke und eine knallrote Mütze; dazu sein herzerwärmendes Lächeln, das mich ansteckte und meine Zuneigung, die sowieso schon ziemlich groß war, noch mehr steigerte.

«Hallo, Viola! Ist dein Besuch wieder abgereist?»

«Hallo, ja, heute Morgen.»

«Ich werde mich morgen leider auch verabschieden müssen. Es fällt mir äußerst schwer, aber ich werde versuchen, so schnell wie möglich wiederzukommen.» Mein Herz krümmte sich und ich wusste, dass ich ihn schrecklich vermissen würde.

Fiel ihm der Abschied von mir ebenso schwer wie von der schönen Insel? Am liebsten hätte ich nach seiner Hand gegriffen, da ich mich ihm so nahe fühlte und er mir so vertraut war. Vermutlich war es total albern, dass ich mir Hoffnungen machte, da ich mich selbst als ein unscheinbares, langweiliges Wesen betrachtete. Zwar hatte ich ein paar Pfunde verloren und ein nettes Gesicht, aber im Vergleich zu seinen Ex Freundinnen, die ich mir im Internet angesehen hatte, war ich ein schmuckloses und schon viel zu altes Mädchen. War Pierre ein Mann, der sich ausschließlich von Äußerlichkeiten beeindrucken ließ? Brauchte er eine hübsche Frau an seiner Seite, mit der er sich auf den Roten Teppichen schmücken konnte? Ich sollte mir nicht zu viel Hoffnung machen, damit ich die Enttäuschung besser wegstecken konnte, riet ich mir selbst, aber hing weiterhin stoisch an dem Gedanken fest, dass wir ein Paar werden konnten.

Ohne Pierre zu fragen, ob es ihm recht war, wenn ich ihn ein Stück begleitete, liefen wir am Strand entlang. Der Wind wurde stärker und blies uns Sand ins Gesicht; unsere Worte wehten Richtung Osten und ich musste mich bemühen, Pierre zu verstehen, zumal die Kapuze an den Ohren schabte.

«Deine Schwester sieht dir gar nicht ähnlich.»

«Das stellen alle fest, aber wir haben dieselben Eltern. Vanessa ist sehr hübsch geraten, während ich … » Nun hoffte ich auf Einwände, aber es kam nichts. Stattdessen schimpfte Pierre mit Benny, da er sich einer Spaziergängerin genähert hatte, die offensichtlich keine Hunde mochte.

«Nun habe ich wieder Ruhe zum Schreiben. Und wo wirst du drehen?»

«In Berlin. Quasi ein Heimspiel. Es ist ein Low- Budget-Film. Ich will dem jungen Regisseur eine Chance geben, sein Talent unter Beweis zu stellen. Ich glaube, dass er ein sehr guter Regisseur werden wird. Ich verzichte auf meine Gage.»

«Oh, den Film muss ich mir dann mal ansehen.»

Wir liefen eine ganze Zeit, ohne zu reden und ich hoffte so sehr, dass Pierre mich nochmal zu sich einlud, aber offenbar hatte er kein Interesse mehr an mir oder hatte zu tun.

Nach über einer Stunde standen wir vor meiner Pforte und ich überlegte, ob ich ihn zum Tee einladen sollte. Doch ich musste erstmal aufräumen, da mein Besuch ein ziemliches Durcheinander hinterlassen hatte. So ließ ich es bleiben, streichelte Benny zum Abschied und reichte Pierre meine Hand.

Er zog eine Karte aus seiner Jackentasche und sagte: «Hier meine Handynummer, die nicht viele haben. Falls mal etwas mit dem Haus sein sollte, dann rufe mich ruhig an.»

Und wenn ich seine Stimme hören möchte, weil ich Sehnsucht nach ihm habe, kann ich dich dann auch anrufen, dachte ich und betrachtete mir die schlichte Visitenkarte.

«Ja, das werde ich tun. Dann viel Erfolg für deinen Film und bis zum nächsten Mal.»

«Und dir viel Erfolg beim Schreiben. Ich werde dein Buch auf jeden Fall lesen. Du hast es gut hier. Genieße die Zeit.»

Pierre nahm Benny an die Leine, da ein paar Fußgänger in Anmarsch waren. Ich schaute den beiden traurig hinterher und wollte mich endlich in die Arbeit stürzen, da ich motiviert war.

Den ganzen Tag über hatte ich noch die leise Hoffnung, dass Pierre mich spontan zu sich einladen oder vorbeikommen würde, um mir seine restlichen Lebensmittel zu bringen, aber ich sah ihn nicht mehr. Mein Herz wurde schwer als er am nächsten Tag in aller früh das Gartentor schloss und einen letzten Kontrollblick aufs Haus warf. Ich hatte ihn nicht beeindrucken können, sonst hätte er mich nochmal sehen wollen, musste ich mir eingestehen und versuchte, mich abzulenken, was schwer war, denn wenn das Herz sich an jemanden hängt, ist auch der Kopf involviert.

Nach ein paar Tagen hatte ich mir einen festen Rhythmus angeeignet; ging am Vormittag eine Stunde spazieren, schrieb danach bis zum Mittag, machte eine kurze Mittagspause, in der ich las, schrieb dann wieder bis um 18 Uhr, ging nochmal eine Runde an den Strand und schrieb dann bis um 21 Uhr, um mich danach mit einem Buch auf dem Sofa zu beschäftigen.

Es lief täglich besser mit dem Schreiben, sodass ich fest daran glaubte, für dieses Handwerk berufen zu sein. Immer wieder las ich mir meine Sätze kritisch durch und war begeistert. Jeder Satz war wohl überlegt und rührte mich selbst so sehr, dass ich Tränen vergoss. Vielleicht spielten auch mein Liebeskummer und die plötzliche Einsamkeit, die an manchen Tagen schwer zu ertragen war, eine Rolle für meine Emotionalität.

Ich nahm weiterhin ab, da ich bewusst aß, mich viel bewegte und konsequent auf süße Sachen verzichtete, was für mich überhaupt kein Problem mehr war.

An einem stürmischen Tag, der auch noch viel Regen über die Insel schickte, klingelte es an der Tür. Ich steckte gerade in einem Satz fest, mit dem ich nicht weiterkam und war über die Ablenkung nicht erbost. Im ersten Moment dachte ich, dass es Pierre sein könnte, der Sehnsucht nach der Insel oder mir hatte, aber es stand ein Fremder vor meiner Tür, der sich mit einer Zeitung, die er über seinen Kopf hielt, vor dem Regen schützte. Der Mann war so groß wie Pierre, trug eine strohblonde, dichte Matte auf dem Kopf, hatte eine etwas schiefe Nase und lustige Augen, die mich an Kinderaugen erinnerten.

«Entschuldigen Sie, sind Sie Frau Johannsen?» Seine Sprache besaß einen markanten Dialekt, den ich nicht sofort einordnen konnte; seine Stimme war angenehm sonor.

«Ja!», antwortete ich skeptisch, da ich am Morgen gerade in der

Zeitung gelesen hatte, dass eine Menge Betrüger und sogar falsche Polizisten auf der Insel ihr Unwesen trieben.

«Ich bin Frau Petersens Neffe.» Die Zeitung hielt nicht mehr dicht, sodass ihm Regenwasser ins Gesicht tropfte.

«Oh, kommen Sie doch bitte herein.»

«Danke! Das ist ja ein Wetter … »

Ich nahm ihm die nasse Zeitung und seine schwere Lederjacke ab und war erstaunt, dass Ilse mir nie etwas von ihrem ansehnlichen Neffen erzählt hatte. Er zog sich, ohne zu fragen, sofort die Schuhe aus und rieb sich die Hände, da er offenbar durchgefroren war.

«Kommen Sie doch bitte in die warme Stube.»

«Herrlich warm ist es hier.» Er schaute sich interessiert um und entdeckte sofort die Bilder seiner Tante. Oh, mein Gott! Hoffentlich dachte er nicht, dass ich sie einfach aus dem Haus gestohlen hatte?

«Die sind von meiner Tante?» Mit ernstem Gesichtsausdruck ging er auf ein Bild zu und betrachtete es sich eingehend.

«Ja, Ilse … Ihre Tante hat sie meinen Eltern vor vielen Jahren geschenkt. Oben haben wir noch weitere Bilder. Sie konnte so schön malen. Mögen Sie einen Tee?»

«Oh, gerne. Ich bin total durchgefroren. Im Haus meiner Tante ist es sehr kalt. Ich werde mir wohl ein Hotelzimmer nehmen. Gibt es hier eins in der Nähe?»

«Ja, es gibt viele. Ich werde Ihnen ein paar nennen. Ich koche mal eben den Tee.»

Erst blieb Ilses Neffe im Wohnzimmer zurück, folgte mir dann aber in die Küche.

«Schön haben Sie es hier.»

«Danke. Es ist herrlich ruhig gelegen. Das Haus gehört meinen Eltern.»

«Sie haben meine Tante gefunden?»

«Ja!», sagte ich betrübt und hatte wieder das Bild von der toten Ilse im Kopf und die Vorwürfe kamen auch wieder zurück.

«Sie hatte mich am Tag bevor sie … verstarb besucht und mir Butterkuchen gebracht. Sie war dement und ich wollte mit ihr zum Arzt, aber … »

«Das war sehr nett, dass Sie sich um Ilse gekümmert haben. Ich hatte leider gar keinen Kontakt zu ihr. Ich bin nur einmal als kleiner Junge auf Sylt gewesen, aber daran kann ich mich gar nicht mehr erinnern. Mein Vater und Ilse hatten kein gutes Verhältnis. Ich weiß nicht warum.»

«Tja, wer weiß, was da passiert ist. Ich war sehr geschockt, als ich bemerkte, dass Ilse dement ist.»

«Das glaube ich. Ich muss mich um die Beerdigung kümmern. Ich werde morgen nach einem Testament suchen. Ich hoffe, dass Ilse ihren letzten Willen verfasst hat, damit ich sie so beerdigen kann, wie sie es sich gewünscht hat. Hat sie Ihnen gegenüber vielleicht etwas erwähnt?»

«Nein, leider nicht. Sie hat mit mir nie über den Tod

gesprochen.»

Der überraschende Besucher brachte mich etwas durcheinander, sodass ich vier Tassen aufs Tablett stellte und mich über mein Outfit ärgerte, das nicht für Gäste angemessen war. Ich trug einen alten Jogginganzug, da diese Kleidung beim Schreiben die bequemste war und ich zwischendurch immer ein paar Yogaübungen machte, um mich nicht zu verspannen.

Während Ilses Neffe meine wirre Handlung lächelnd beobachtete, musste ich an Pierre denken, den ich sehr vermisste.

«Wir gehen ins Wohnzimmer. Dort ist es gemütlicher.»

Mein Gast setzte sich auf den Platz, von dem aus man am besten aufs Meer sehen konnte.

Ich schenkte uns Tee ein und legte meine Hände in den Schoß.

«Danke für die Einladung! Der Tee duftet sehr gut.» Der kernige Bursche war gut erzogen und sehr höflich, was mir gefiel.

«Ich bin übrigens Viola», bot ich ihm das du an.

«Und ich bin Felix.» Er reichte mir seine Hand über den Tisch und drückte fest zu.

«Und Sie machen hier gerade Urlaub?»

«Nein, ich … ich habe mich in dieses Haus zurückgezogen, da ich ein Buch schreibe.» Ich war jedes Mal etwas unsicher, wenn ich von meinem neuen Beruf erzählte, denn ich fühlte mich noch nicht als richtige Schriftstellerin, da ich bisher noch kein Buch veröffentlicht hatte und auch nicht wusste, ob überhaupt jemand mein Buch, das offenbar sehr viel Zeit brauchte, kaufen würde.

«Oh, eine Schriftstellerin! Was schreibst du für Bücher?» Seine lustigen Augen strahlten sehr viel Freundlichkeit und Wärme aus, sodass ich mich in Felix Nähe sofort wohlfühlte.

«Ehrlich gesagt, schreibe ich an meinem ersten Buch. Es wird ein Roman. Ich weiß selbst noch nicht genau, wo die Reise hingehen wird.»

«Dann wünsche ich dir gutes Gelingen. Sylt ist bestimmt ein guter Ort zum Schreiben. Ich habe noch nicht viel von der Insel gesehen, aber es scheint mir so, als wenn man sich hier gut erholen kann.»

«Und wo kommst du her?»

«Ich komme aus einem kleinen Dorf, das sich im Salzburger Land befindet. Dort ist es mindestens genauso idyllisch wie hier.»

«Berge haben auch etwas Magisches und Mächtiges an sich. Ich war bisher noch nicht oft in den Bergen, aber ich mag sie. Allerdings mag ich das Meer und die Weite lieber.» Was redete ich denn da für einen Unsinn! Felix lachte und nahm sich einen Keks.

«Vorsicht! Die sind ohne Zucker.»

«Und ohne Hasch?», scherzte er und steckte sich den ganzen Keks in den Mund.

«Entschuldigung! Ich habe den ganzen Tag über kaum etwas gegessen. Im Bordrestaurant konnte man nichts kaufen, da es dort ein technisches Problem gab. Die schmecken köstlich.»

«Greif zu! Ich kann dir auch ein Brot schmieren oder ich hätte noch etwas Suppe.»

«Danke, dass ist lieb, aber ich werde mir gleich ein Hotel suchen und dann essen gehen.»

«Ich kann dir die Pension «Dünenblick» empfehlen. Dort nebenan befindet sich ein gutes Restaurant. Leider habe ich kein Auto, sonst hätte ich dich fahren können.»

«Ich habe mir ein Auto gemietet. Ich bin bis Hamburg geflogen und dann mit dem Auto gefahren.»

«Prima! Ich erkläre dir mal den Weg … »

Ich kritzelte etwas auf einen Block und schnüffelte wie ein Hund nach dem Duft seines Rasierwassers, das mich leicht betörte. Er war auf den ersten Blick ein gutes Gesamtpaket, das mir gefiel, auch wenn er ganz anders war als Pierre, der feinsinniger war und wunderschön ausschaute.

«Wenn du Hilfe brauchst, kannst du dich jederzeit bei mir melden», bot ich ihm an und reichte ihm seine nasse Jacke.

Ilse hatte mir nie etwas von ihrem Neffen erzählt. Vermutlich hatte ihr Bruder den Kontakt unterbunden, vermutete ich und guckte aus dem Küchenfenster, um zu sehen, wie Felix davonfuhr. So ein netter Mann! Hat er eine Frau? Hat er Kinder? Was macht er beruflich? Sicherlich war er glücklich verheiratet; trug seine Frau auf Händen und war ein toller Vater von mindestens zwei kleinen Kindern, die ihren Daddy über alles liebten. Ich stellte mir die harmonische Bilderbuchfamilie in einem geräumigen Holzhaus vor, das gemütlich an einer

Felswand lehnte und von alten Fichten umgeben war. Ich beneidete seine Frau, die sich glücklich schätzen konnte.

Da mich der Besuch ziemlich durcheinandergebracht hatte und ich mich nicht auf meine Arbeit konzentrieren konnte, schnappte ich mir meine neue, flotte Regenjacke und stiefelte los. Als ich Pierres Haus passierte, wurde mein Herz schwer. Wann wird er wiederkommen?

Täglich telefonierte ich mit Vanessa, die sich bei mir ausweinte und den Betrug ihres Mannes nicht einfach abschütteln konnte. Jan hatte offenbar kein schlechtes Gewissen und schob seiner Frau die gesamte Schuld in die Schuhe und betonte immerzu, dass sie ihn vernachlässigt hatte, sodass er sich woanders körperliche Liebe kaufen musste. Das junge Ehepaar hatte sich heftig gestritten und Vanessa war zu unseren Eltern geflohen, denen sie jedoch den Seitensprung verheimlichte. Vielleicht sollte sie dem Drama ein Ende setzen und Jan verlassen, dachte ich, aber schlug es ihr nicht vor. Ich glaube, dass sie die Szene mit der nackten Asiatin nicht aus ihrem Kopf bekam.

Einen Tag nachdem ich Felix kennengelernt hatte, fuhr ich, von Neugier getrieben, wie zufällig an Ilses Haus vorbei. Die Haustür stand weit offen und Felix Auto stand vor der Auffahrt.

Ich stoppte zögerlich und schob mein Rad bis zum Gartentor;

wartete eine Weile und stellte mir vor, wie Ilse aus ihrem Häuschen kommt und mich liebevoll an ihre mächtige Brust drückt. Stattdessen kam Felix und winkte mir fröhlich zu.

«Guten Morgen! Ich habe gerade eine Runde gedreht und gesehen, dass du im Haus bist», rechtfertigte ich meine Anwesenheit und lehnte mein Rad an den Gartenzaun, der unbedingt gestrichen werden musste.

«Ich bin gerade dabei, die Lebensmittel zu entsorgen.» Er rümpfte die Nase, da er es sicherlich mit Gestank und Schimmel zu tun hatte.

«Soll ich dir helfen?», bot ich mich freimütig an, obwohl ich mir vorgenommen hatte, mindestens fünf Seiten zu schreiben.

«Wenn du Lust hast? Die Pension ist wirklich nett und das Essen in dem Restaurant nebenan ist spitzenmäßig. Ich habe eine leckere Scholle mit Krabben gegessen. Unglaublich köstlich!»

«Das freut mich! » Wir gingen ins Haus, in dem es unangenehm roch, obwohl die Haustür weit offenstand. Früher hatte es nach frisch gebackenem Kuchen oder Ilses schwerem Parfum geduftet.

«Ich denke, dass wir alles wegwerfen, denn ich hatte hier schon ein paar kleine Tierchen gesehen.»

«Ja, das ist wohl das Beste. Hast du große Mülltüten?»

«Habe ich schon gesucht, aber bisher noch nicht gefunden.»

«Vielleicht in der Speisekammer?» Ich öffnete die quietschende, schmale Tür und suchte den Lichtschalter. Es roch nicht gut. Vermutlich hatte Ilse schon seit ein paar Monaten nicht mehr ausgemistet. Ich entdeckte keimende Kartoffeln, gammelige Zwiebeln und altes Gemüse, das den unangenehmen Geruch verbreitete. Der winzige Raum war vollgestellt mit Vorräten, alten Töpfen und viel Krimskrams, den Ilse in den letzten Jahren sicherlich nicht mehr benutzt hatte. Ich fand eine Rolle Mülltüten und zeigte sie Felix begeistert. Während ich mir den Vorratsraum vornahm, machte Felix sich am Kühlschrank zu schaffen.

Nach über einer Stunde hatten wir alles entsorgt.

«Danke für die Hilfe. Kennst du ein nettes Café, in dem ich dich auf einen Tee und ein Stück Kuchen einladen könnte?»

«Oh, hier gibt es viele nette Cafés. Aber eines ist besonders schön. Dahin müssten wir aber ein Stück fahren.»

«Kein Problem!» Wir wuschen uns gründlich die Hände und machten uns hungrig auf den Weg. Es kam mir eigenartigerweise so vor, als würde ich Felix schon ewig kennen. Wir mochten uns auf Anhieb; lachten über jede Kleinigkeit und fühlten uns wohl miteinander, ohne dass wir uns verstellen mussten.

«Die kleine Friesenstube» war ein urgemütliches Café, das selbst gebackene Torten und leckere hausgemachte Waffeln anbot. Eigentlich aß ich ja keinen Zucker mehr, aber an diesem Tag wollte ich eine Ausnahme machen.

Wie immer tummelten sich zahlreiche Gäste in dem heimeligen Raum, der nur wenige Sitzplätze bot. Felix nahm mir meinen Mantel ab und suchte die Garderobe, während ich die Inhaberin begrüßte, die ich schon seit Jahren kannte. Renate hatte das Café von ihrer Tante übernommen und daraus eine Goldgrube gemacht.

Wir bekamen noch einen Tisch am Fenster, der gerade frei wurde. Felix rieb sich wieder die Hände, was er häufiger tat. Wir studierten die kleine Karte und gingen zum Tresen, an dem wir die aufwändig verzierten Torten betrachteten, als wären es exotische Tiere. «Da fällt die Entscheidung aber schwer.»

«Soll ich dir etwas empfehlen?»

«Gerne.»

«Die Buchweizentorte mit Himbeerfüllung ist unglaublich lecker.»

«Gut, dann werde ich sie probieren. Und welchen Tee empfiehlst du dazu?»

«Wie wäre es mit einem Pharisäer? Bei den Temperaturen genau das Richtige.»

«Ich weiß zwar nicht, was das ist, aber es klingt interessant.»

«Dann lasse dich überraschen.»

Ich winkte einem älteren Paar am Nebentisch zu, das früher ein Restaurant in Westerland betrieben hatte, in dem wir schon als Kinder essen gewesen waren.

Eine junge Bedienung, die ich nicht kannte, brachte uns die großen Tortenstücke, die wir freudig empfingen.

Felix stützte den Kopf auf seine kräftigen Hände und guckte sich das Tortenstück fasziniert an. Vielleicht war er Tischler oder Landschaftsgärtner? Er machte einen kernigen Eindruck und seine Hände sahen so aus als wenn er damit arbeiten würde.

«Dann lass es dir schmecken!», gab ich den Startschuss und

nahm einen Schluck vom Pharisäer, der es in sich hatte.

«Ich habe Ilses Testament gefunden. Es lag auf ihrem Nachttisch, als hätte sie geahnt, dass sie bald sterben wird.» Felix schob seinen Teller ein Stück weg und schaute ernst, weil er vielleicht nichts erbte. «Sie hat mir ihr Haus vermacht. Das gesamte Ersparte geht an das Insel Tierheim und ihre gesamten Bilder … hat sie dir vermacht.»

«Oh! Das freut mich!» Ich war total überrascht, dass Ilse an mich gedacht hatte. Vielleicht bekam ich die Bilder, weil ich sie so oft gelobt hatte? Ich hatte mir bereits Gedanken über ihre Werke gemacht und befürchtet, dass sie auf dem Sperrmüll landen könnten.

«Freust du dich nicht? Das Haus dürfte viel wert sein», wunderte ich mich über Felix ernste Miene.

«Ich kannte Ilse nicht und erbe trotzdem ihr Haus. Das ist irgendwie ein komisches Gefühl. Ich hätte sie gerne noch kennengelernt.» Er seufzte und machte den Eindruck, als wenn er das Erbe ausschlagen wollte.

«Das verstehe ich. Aber es war ihr Wille. Sie hätte ja auch versuchen können, Kontakt zu dir aufzunehmen. Und hat sie etwas zu ihrer Bestattung … »

«Ja, sie möchte verbrannt und ihre Asche soll in der Nordsee verstreut werden.»

«Das habe ich mir schon gedacht. Alberts Asche schwimmt auch im Meer. Ilse hat ihren Mann bis zum Schluss sehr vermisst. Er war ihre große Liebe und der einzige Mann in ihrem Leben gewesen.»

Felix zog den Teller wieder zu sich, legte seinen ernsten Gesichtsausdruck ab und schaufelte den Kuchen in seinen hübsch geschwungenen Mund.

«Ich werde versuchen, morgen alles in die Wege zu leiten. Kannst du mir vielleicht sagen, wen ich zur Trauerfeier einladen sollte.»

«Ich werde dir eine Liste mit Namen erstellen. Schmeckt dir der Pharisäer?»

«Sehr gut. Den werde ich jetzt immer trinken, wenn ich auf der Insel bin. Aber ob ich noch Autofahren darf?» Felix lächelte und war wie ein guter Freund, mit dem man gerne seine Zeit verbringt.

«Was machst du im Salzburger Land?», wollte ich endlich wissen, damit ich nicht mehr rätseln musste.

«Ich habe eine Schreinerei und bin im Winter Skilehrer.»

Hatte ich doch richtig getippt! Holz war seine Materie, mit der er sicherlich sehr gut umgehen konnte.

«Lebst du alleine in einer Berghütte oder … »

«Ja, ganz alleine.»

In mir machte sich große Freude breit, da ich mir vorstellen konnte, mit Felix eine Partnerschaft einzugehen. Irgendwie stand ich unter Druck, mit dreißig unter der Haube sein zu müssen. Die Dreißig war eine magische Zahl, die mir etwas Angst machte.

Ich kommentiere seinen Singlestatus nicht und aß den Kuchen

auf, der mir ziemlich schwer im Magen lag.

Beim zweiten Pharisäer erzählte ich Felix einige Anekdoten seiner Tante, die ihn sehr interessierten. Ich war mir sicher, dass er traurig war, dass er Ilse nicht kennengelernt hatte.

Da ich noch schreiben wollte und Felix im Haus zu tun hatte, machten wir uns auf den Heimweg, obwohl ich gerne noch Zeit mit ihm verbracht hätte.

Vier Tage später hatte Felix eine Seebestattung organisiert, die an einem Freitag stattfinden sollte. Ich musste meine Eltern informieren, die es sich nicht nehmen lassen wollten, Ilse die letzte Ehre zu erweisen. Mir war es nicht so recht, dass sie kamen, aber es war immerhin noch ihr Haus. Ich machte mir das kleinere Zimmer im Obergeschoss zurecht und überließ meinen Eltern das große Schlafzimmer. Felix hatte mir Ilses Bilder gebracht, die ich auf den Dachboden stellen musste, da an den Wänden kein Platz mehr war. Ich hatte Felix angeboten, sich ein paar Bilder auszusuchen, aber er hatte abgewinkt, da er meinte, dass der Stil nicht in sein Haus passen würde.

Einen Tag bevor meine Eltern anreisten, lud Felix mich zum Abendessen ein. Er hatte sich im Internet ein sehr hochpreisiges Lokal ausgesucht, in dem ich noch nie gewesen war. Da ich mich für die Einladung hübsch machen wollte, ging ich zur

Kosmetikerin, die meinte, dass sich meine Haut verbessert hätte. Vielleicht lag es an der guten Luft oder an meiner gesunden Ernährung? Sie schminkte mich dezent und gab mir ein paar Tipps, wie ich meine Augen besser zur Geltung bringen konnte. Da ich wenig schicke Kleidung besaß, wählte ich das Wollkleid, das ich bereits bei dem Treffen mit Pierre, an den ich immerzu denken musste, getragen hatte.

Felix klingelte viel zu früh, sodass ich nervös wurde, denn ich wollte noch zur Toilette gehen, Lippenstift auftragen und die Spülmaschine einräumen. Der Österreicher hatte sich nicht sehr schick gemacht. Ich vermutete, dass er, außer seiner grob gestrickten Pullover und den Cordhosen, gar keine andere Kleidung besaß. Er war eben kein Banker, sondern ein Handwerker, der keine Anzüge brauchte, es sei denn, er ging zu einer Hochzeit oder auf eine Beerdigung.

Den Toilettengang musste ich dann wohl im Restaurant erledigen und meine Lippen blieben blass. Wir fuhren ein ganzes Stück über die Insel und unterhielten uns angeregt über alles Mögliche. Felix war ein netter Mann, in den ich mich vielleicht auch verlieben könnte. Gedanklich sah ich mich in seiner rustikalen Hütte am Kamin sitzen und einen Strampler für unser fünftes Kind häkeln, während Felix ein neues Bettchen zimmerte und mir ab und zu ein zärtliches Küsschen auf den gewölbten Bauch drückte.

«Ist es dort?», riss der Fahrer mich aus meinem schönen Gedanken, die wahr werden konnten oder ein Traum blieben.

«Ja! Du kannst direkt davor parken.»

Vor der Tür standen ausschließlich teure, schwarze Autos, die zeigten, welche Klientel sich in dem Restaurant aufhielt.

Ich vermutete, dass Felix sich das Restaurant anders vorgestellt hatte. Vielleicht hätte ich ihn warnen sollen, damit er sich nicht deplatziert vorkam? Mit seinem derben Wollpullover und der hellbraunen Cordhose, die an den Knien bereits blank war, fiel er zwischen den modisch gekleideten Leuten ziemlich auf. Die Männer trugen teure Uhren und die Frauen Haut Couture und Schmuck, den sie sicherlich nicht in einem Modeschmuckladen gekauft hatten. Ich versuchte, die abschätzigen Blicke, die uns einige Gäste zuwarfen, zu ignorieren und verschwand sofort auf der Toilette, da meine Blase drückte. Felix studierte bereits die Karte und rieb sich sein Kinn, als ich mich zu ihm setzte. War es ihm zu teuer? Aber immerhin hatte er gerade ein Haus geerbt und konnte es sich leisten, während ich mit meinem Geld haushalten musste, denn ich hatte keinen Job und verließ mich ganz auf mein Buch, das so langsam wuchs wie ein Bonsai Bäumchen.

«Das hört sich alles sehr interessant an, auch wenn ich nicht genau weiß, was das alles ist», murmelte Felix und studierte lange die übersichtliche Karte.

«Ich nehme die Dorade.» Ich wählte das günstigste Gericht, obwohl Dorade nicht zu meinem Lieblingsfischen zählte. Ich neigte zur Bescheidenheit.

«Nimmst du keine Vorspeise?», wunderte sich mein Gegenüber und sah mich lächelnd an.

«Ich habe gar nicht so einen großen Appetit», log ich, denn ich hatte einen Bärenhunger und hätte ein ganzes Schwein verdrücken können.

«Ich werde das Menü nehmen. Willst du das nicht auch nehmen?»

«Überredet!»

Felix bestelle eine Flasche Weißwein, die im höheren Preisniveau lag. Da sich der Kellner nach unserem Aperitif Wunsch erkundigte, stießen wir mit einem Sherry auf Ilse an, die ihren netten Neffen sicherlich gerne kennengelernt hätte.

Da die Speisen die Größe von zwei Walnüssen hatten, schaffte ich, ohne Probleme, das sechsgängige Menü und fühlte mich danach nicht überladen. Felix konnte so lustig erzählen, dass ich den ganzen Abend über lachte und mir meinen vollen Bauch hielt. Die anderen Gäste schauten uns an als wären wir vom Mars, aber das störte mich nicht, da wir Spaß hatten und die anderen offensichtlich nicht.

Der Abend wurde spät und wir immer heiterer. Ich lud Felix auf einen Tee zu mir ein, den er sofort annahm. Ich hoffte, dass wir uns näherkamen, da mein dreißigster Geburtstag in großen Schritten auf mich zuraste.

Lange hatte ich nicht mehr so viel gelacht, was unglaublich guttat. Meine Sorgen und Ängste verloren sich für ein paar Stunden. Nach Mitternacht verabschiedete sich Felix, in den ich mich ein bisschen verliebt hatte. Das Leben an seiner Seite stellte ich mir unglaublich leicht und lustig vor. Er wäre sicherlich ein toller Vater, der nicht nur die Möbel für die Kinderzimmer schreinern konnte, sondern sich auch viel Zeit für den Nachwuchs nehmen würde. Ganz im Gegensatz zu Jan, der sich seine Kinder lieber vom Hals hielt.

Felix fand mich wohl nett, aber mehr auch nicht, denn er schaute nicht wie ein Mann, der von einer Frau mehr will, als sich nur nett mit ihr zu unterhalten. Mit seiner kräftigen Hand drückte er die meine zum Abschied, während ich ihm zum dritten Mal für das vorzügliche Essen dankte.

Am nächsten Morgen verschlief ich, da ich mir keinen Wecker gestellt hatte. Meine Eltern sollten gegen zwölf Uhr in Westerland ankommen. Ich wollte noch viele Dinge erledigen und geriet in Zeitdruck. Mutter meldete sich aus dem Zug, dass der Zug sich um eine Stunde verspätete, sodass ich mich beruhigte und in Ruhe meinen Haferbrei essen konnte. Ich kochte eine Gemüsesuppe, backte einen Dattelkuchen, putze das Badezimmer gründlich und fegte vor dem Haus. Gerade als ich alles fertig hatte, fuhr ein Taxi vor, aus dem Vater etwas schwerfällig ausstieg, während Mutter wie ein junges Mädchen ums Auto sprang, um ihrem älteren Mann zu helfen. Ich eilte aus dem Haus und breitete freudig meine Arme aus.

«Hallo! Ihr habt ja richtig schönes Wetter mitgebracht. Seid ihr hungrig?»

«Ja, sehr. Wir haben nur ein paar Brote gegessen.»

«Ich habe eine Suppe gekocht und einen Kuchen gebacken.»

«Nur eine Suppe?», fragte Vater enttäuscht und ließ sich aus dem Mantel helfen.

«Dein Vater möchte täglich sein Fleisch haben, sonst wird er knatschig. Ich habe ihm schon hundertmal erzählt, dass zu viel Fleisch ungesund ist, aber er will nicht hören und muss somit irgendwann fühlen.»

«Früher haben die Menschen auch täglich Fleisch gegessen», wendete mein Vater sich an mich und zog ein mürrisches Gesicht. Das fing ja gut an!

Während Mutter in einem fort plapperte und von Nachbarn und Leuten erzählte, die ich nicht kannte, löffelte Vater die Suppe, die ihm offensichtlich schmeckte, denn er aß bereits an seinem dritten Teller und würzte nicht nach.

«Jetzt erzähl doch mal von Pierre Gaston. Wie ist er so?»

«Ich habe dir doch bereits alles erzählt.» Ich beobachtete meinen Vater, der munter auf die weiße Tischdecke kleckerte.

«Und er war ganz alleine hier? Er hatte keine Frau dabei?»

«Nein, er war nicht alleine. An seiner Seite war ein sehr gutaussehender Mann», scherzte ich und wartete gespannt auf Mutters Reaktion.

Die Augen meiner Mutter weiteten sich und sie hielt den leeren Löffel in der Luft als wäre sie eine Wachspuppe.

«Ist er etwa schwul?»

Vater bekam nicht viel mit, da er mit dem Sattwerden beschäftigt war, aber bei dem Wort ‚schwul' horchte er auf und guckte uns verdattert an. «Wer ist schwul?»

«Niemand! Pierre hat einen Hund», löste ich das Rätsel und amüsierte mich über meine Eltern, die in einer Komödie mitspielen könnten.

«Ach, so!», bedeutete Mutter erleichtert, da ihr heiles Bild von Pierre vermutlich zerstört gewesen wäre.

«Wusstet ihr, dass Ilse einen Neffen hat?», wechselte ich das Thema und pustete in meine heiße Suppe.

«Ja, natürlich. Ilse war so traurig, dass ihr Bruder ihn nicht mal zu ihr auf die Insel geschickt hat.»

«Aber warum hatten Ilse und ihr Bruder denn keinen Kontakt?», wollte ich wissen und beobachtete, wie Vater verzweifelt versuchte, die vielen Flecken auf seiner Hose mit der Serviette zu entfernen. Seit seinem Schlaganfall hatte er Probleme beim Essen, was ihn sehr ärgerte und wir ignorierten, damit er sich nicht noch schlechter fühlte.

Mutter tupfte sich das Fett von den Lippen, lehnte sich zurück und zog ein ernstes Gesicht. «Das ist eine traurige Geschichte … », begann sie und musste offenbar überlegen, wo sie anfangen sollte.

Ich hörte gebannt zu. «Ilse kommt ja eigentlich aus Österreich. Dort besaßen ihre Eltern einen Bauernhof in den Bergen. Ich weiß nicht mehr genau, wo das war. Sie hatte einen Bruder und eine viel jüngere Schwester, die ungefähr zehn Jahre jünger gewesen sein muss. Das arme Ding war geistig behindert. Da Ilses Eltern viel Arbeit mit dem Hof hatten, musste Ilse sich um ihre Schwester kümmern, da ihre Eltern die Kleine nicht in eine Pflegeeinrichtung bringen wollten. Dann geschah das Unglück, welches Ilses Leben für immer veränderte. Es war ein heißer Sommertag. Ilse hatte gerade ihren 21. Geburtstag in einem bescheidenen Rahmen gefeiert. Sie und ihre Schwester, den Namen habe ich vergessen, gingen zu einem nahegelegenen See, um sich dort zu erfrischen. Als Ilse kurz hinter einem Busch verschwand, weil sie mal musste, war ihre Schwester offenbar in den See gegangen, obwohl sie nicht schwimmen konnte. Sie ist ertrunken und man gab Ilse dafür die alleinige Schuld. Ilses

Bruder, der an der kleinen Schwester sehr gehangen hatte, verzieh es Ilse nicht und ließ sie seinen Zorn jeden Tag spüren. Ein halbes Jahr nach dem tragischen Unglück, die Eltern vermieteten auch zwei Ferienwohnungen, kam Albert als Gast in ihr Haus, um dort einen zweiwöchigen Urlaub zu verbringen. Ilse wollte nur noch fort von Zuhause, da sie mit dem Hass des Bruders, den stillen Vorwürfen der Eltern und der Enge in den Bergen nicht mehr leben konnte. Dem zwei Jahre älteren Albert hatte sie sich anvertraut, hatte ihm ihr Leid geklagt und stieß das erste Mal auf Verständnis und Liebe. Albert besaß ein großes Herz und wollte das tottraurige Mädchen sofort aus der Hölle rausholen. Zwar hatte er noch keine eigene Wohnung, sondern lebte in dem Haus seiner Eltern, in dem Ilse bis zum Schluss gelebt hat. Albert nahm Ilse, gegen den Willen ihrer Eltern, mit nach Sylt, in ein ganz fremdes Land und eine Gegend, die so ganz anders war als ihre Heimat. Ilse erhielt bitterböse Briefe von ihren Eltern und ihrem Bruder, die sie sehr verletzten. Sie ist nie wieder in ihre Heimat gereist; hat ihre Eltern nicht sehen wollen und war auch nicht auf ihrer Beerdigung, da sie Ilses Herz kaputtgemacht hatten. Ein einziges Mal kam ihr Bruder mit seinem Sohn und seiner Frau zu Besuch nach Sylt, aber es gab keine Versöhnung, da keiner von beiden verzeihen konnte. Ilse flüchtete sich in die Malerei, die ihr dabei half, die belastende Vergangenheit zu verarbeiten. Albert war ein so guter Mann, bei dem sie Halt fand und der sie aufrichtig liebte. Dass Ilse keine Kinder bekommen konnte, war für sie ein zusätzliches Schicksal, mit dem sie lange Jahre gehadert hat.»

«Die arme Ilse. All die Jahre hat sie so eine Last mit sich herumtragen müssen. Ich verstehe nicht, warum ihr Bruder ihr nach so langer Zeit nicht verzeihen konnte. Sie hatte doch keine Schuld an dem Tod ihrer Schwester.»

«Nein, das hatte sie nicht, aber keiner hat ihr die Geschichte geglaubt. Sie glaubten alle, dass Ilse ihre Schwester absichtlich ins Wasser geschickt hatte, weil Ilse sie loswerden wollte, weil sie dachten, dass Ilse sich nicht weiterhin um die kranke Schwester kümmern wollte, um endlich frei zu sein. Man fand die Leiche erst ein paar Tage später am gegenüberliegenden Ufer. Ilse sagte mir einmal, dass sie vermutete, dass ihre Schwester sich durch den Gang ins Wasser von ihrem Leben befreien wollte.»

«Gibt es noch Nachtisch?», wollte Vater wissen und hatte die ganze Geschichte offenbar nicht verfolgt, da er teilnahmslos guckte.

«Es gibt später noch Kuchen.»

«Dann lege ich mich jetzt hin!»

«Ja, mach das, Papa. Das Bett ist schon fertig bezogen und ich habe oben ordentlich geheizt.»

Mutter half mir, die Küche zu machen und klagte mir ihr leid, denn Vater war seit seinem Schlaganfall nicht mehr der alte. Er redete wenig, obwohl er früher so unterhaltsam gewesen war. Er saß den ganzen Tag über nur in seinem Sessel und las in alten Büchern, die er schon alle gelesen hatte. Mutter konnte nichts mehr mit Vater anstellen. Er wollte nicht ins Theater, nicht Shoppen gehen und auch nicht mehr verreisen. Mutter befürchtete, zu versauern, obwohl sie noch so jung und vital war.

«Vielleicht wird Papa bald wieder agiler werden? Er bekommt doch regelmäßig seine Physiotherapie … »

«Das wird nichts mehr. Ich muss mich damit abfinden.» Mama fing an zu weinen und hielt sich das Geschirrtuch vors Gesicht, damit ich ihre Tränen nicht sah. Ich zog die Gummihandschuhe aus und drückte Mutter an meinen warmen Körper. Ich musste an Ilse denken, die kein leichtes Leben gehabt, aber dennoch ein freundliches Wesen besessen hatte.

Mutter legte sich aufs Sofa, während ich an meinem Buch arbeitete, aber ich konnte mich nicht konzentrieren und brachte keinen vernünftigen Satz zustande. Zudem kam Vater nach kurzer Zeit die steile Treppe herunter, die ihn sehr zu schaffen machte.

Wir tranken Tee. Vater stopfte ausgehungert den Kuchen in sich hinein und krümelte den Boden voll. Während Vater auf dem Sofa las, unternahmen meine Mutter und ich einen langen Spaziergang am Strand, bis unsere Nasen rot wurden und unsere Fingerspitzen begannen vor Kälte zu kribbeln.

Wie früher spielten wir unser Lieblingsspiel Scrabble und mussten feststellen, dass Vater Schwierigkeiten hatte, Worte zu finden, obwohl er früher immer die längsten Wörter gelegt hatte, ohne lange überlegen zu müssen. Da er selbst bemerkte, dass er kaum ein Wort zustande brachte und über sich selbst fluchte, brachen wir das Spiel vorzeitig ab und begannen damit, das Abendbrot vorzubereiten. Am späten Abend versuchte ich, an meinem Buch zu arbeiten, aber ich war innerlich derart aufgewühlt und musste zudem ständig an Pierre und Felix denken, die sich beide in mein Herz geschlichen hatten; doch ich offenbar nicht in ihres, was mich traurig stimmte.

Am nächsten Tag sollte Ilse auf dem Meer ihre letzte Ruhe

finden. Nun, da ich Ilses traurige Geschichte kannte, würde ich gewiss bei ihrer Seebestattung noch mehr Tränen über die Verstorbene, die zu all ihren Mitmenschen immer so herzensgut gewesen war, vergießen. Nun war sie endlich von der schweren Last ihrer Schuld befreit. Felix kannte die Geschichte nicht und ich wusste noch nicht, ob ich sie ihm erzählen sollte. Vielleicht sollte man die Vergangenheit einfach ruhen lassen?

Felix trug einen schwarzen Anzug, ein weißes Hemd und eine schwarze Krawatte, was ihm sehr gutstand und ihn älter aussehen ließ. Vater hatte seit seinem Schlaganfall im Bauchbereich stark zugenommen, sodass er nur mit Ach und Krach in seinen alten Anzug passte. Da bereits einige Freunde meiner Eltern das Zeitliche gesegnet hatten, war mein Vater im Besitz einer schwarzen Krawatte, die er beim Frühstück mit Honig bekleckerte. Da wir nicht mehr viel Zeit hatten, wurde Mutter ungehalten; nahm ihrem Mann, der wie ein zweijähriges Kind aß, den Binder wütend ab und versuchte, den Fleck zu entfernen, was ihr jedoch nicht gelang. Vater guckte deprimiert und ich tröstete ihn, da er schließlich nichts dafürkonnte, dass seine Feinmotorik nicht mehr gut funktionierte. Mutter war den ganzen Morgen über gereizt und schimpfte ständig mit ihrem Mann, was ich total ungerechtfertigt fand. Natürlich hatte sie es nicht leicht, aber sie hatte nun mal einen älteren Mann geheiratet und hätte damit rechnen müssen, dass er früher krank werden konnte.

Es war eine kleine Trauergemeinde, die den alten Kahn bestieg, der auf dem welligen Meer knarrend schaukelte und mir neben der Schwermut ein mulmiges Gefühl verlieh. Vater fiel fast auf dem rutschigen Deck hin, sodass wir ihn zu zweit stützten und unter Deck brachten, wo es heimelig warm war. Ausgerechnet an diesem Tag war die See rau und der Wind, der aus Osten kam, eiskalt, sodass ich in meinem Wollkleid und dem dünnen Mantel fror. Alle schwiegen betreten als wir den Hafen verließen. Felix zog eine wahre Trauermiene, obwohl er seine Tante nicht gekannt hatte. Vermutlich war er traurig, weil sein Vater all die Jahre den Kontakt zu seiner Tante unterbunden hatte.

Über eine halbe Stunde schipperten wir bei starkem Seegang aufs Meer hinaus und hielten uns mit ängstlichen Mienen an der Tischkante fest, da keiner dem betagten Kahn traute. Eigentlich sollte es Tee und Kuchen geben, aber der wurde, aufgrund der Wetterlage, nicht gereicht, da keine Tasse auf dem verschrammten Holztisch stehengeblieben wäre. Als der ächzende Motor aufhörte, zu dröhnen, folgten wir Felix an Deck; nur Vater blieb sitzen, da er zu unsicher auf den Beinen war.

Felix schraubte langsam den Deckel der Urne ab, wartete kurz und kippte Ilses Asche über Bord, in das tosende Meer, das uns Gischt, aber auch einen Teil der Asche ins Gesicht wirbelte. Etwas von Ilses Überresten landete an Deck, was Felix unsicher werden ließ. Wollte ein Teil von Ilse an Bord bleiben?

Nachdem Felix die Urne verschlossen hatte, versuchte er, mit seinem Fuß die Asche zur Seite zu fegen, jedoch spielte der Wind gegen ihn. Wir gingen wieder unter Deck und sprachen über Ilse, über ihre schönen Bilder und ihr stets freundliches Wesen.

Ich war froh, als ich wieder Land unter den Füßen hatte und

zitterte am ganzen Leib, sodass Mutter sich an mich drückte und meine Arme rieb, so wie sie es getan hatte, als ich klein gewesen war.

Felix hatte einen Tisch in meinem Lieblings Café reserviert und so fuhren wir nach dem offiziellen zu dem angenehmeren Teil. Ilses netter Neffe saß zwischen Mutter und mir und war offensichtlich erleichtert, dass er die Bestattung hinter sich hatte. Er hatte Ilses Wunsch erfüllt und musste sich nun um den Hausverkauf und das Entrümpeln ihrer Habseligkeiten kümmern.

Da Vater müde wurde, fuhren wir nach einer Stunde mit dem Taxi nach Hause. Felix war enttäuscht, dass wir nicht länger blieben und fragte mich, ob ich am Abend noch zu ihm in die Pension kommen würde. Ich sagte freudig zu und machte mir bereits Hoffnung, dass er mir seine Liebe gestehen würde, mir sagen wollte, dass ich eine tolle Frau bin und ob ich mir vorstellen könnte, zu ihm in die Berge zu ziehen.

Als ich Mutter von Felix Einladung erzählte, zog sie mich auf und meinte zu Vater, dass ich mich in den feschen Buben verguckt hätte, womit sie recht hatte, aber was ich nicht zugab, denn ich wusste ja nicht, ob meine Liebe auf Gegenliebe stieß. Bisher hatte es keine Anzeichen dafür gegeben, dass Felix Herz für mich schlug, was mich etwas frustrierte, aber vielleicht war er einfach nur zurückhaltend und wartete darauf, dass ich den ersten Schritt tat?

Da Vater das Badezimmer blockierte, er litt unter chronischer Verstopfung, die Mutter durch einen Einlauf auflösen musste, konnte ich mich weder schminken noch frisieren, was mich ärgerte. So musste ich farblos und mit unordentlichen Haaren mit dem Fahrrad zu der kleinen Pension fahren, in der Felix vielleicht sehnsüchtig auf mich wartete. Ich gönnte mir kein Taxi, da ich nicht wusste, wann ich mit den ersten Tantiemen rechnen konnte.

Felix stand im Garten und wartete auf mich. Er trug wieder einen dicken Pullover und eine Cordhose, die bei ihm nicht altbacken wirkte.

«Wollen wir uns in die Stube setzen und ein Glas Wein trinken?», fragte er gut gelaunt und rieb sich wieder seine Hände.

«Ja, gerne.»

In der heimeligen Stube, in der ein ordentliches Feuer im Kamin loderte, duftete es nach Gulaschsuppe. Wir wählten einen Tisch in der Nähe der Feuerquelle, da ich fröstelte.

«Nun bin ich froh, dass ich die Bestattung hinter mir habe. Auch wenn ich Ilse nicht kannte, ist der Abschied von einem Menschenleben doch immer schwer und macht einen die eigene Endlichkeit bewusst. Ich kann mir nicht vorstellen, dass ich irgendwann nicht mehr unter den Lebenden sein werde», sinnierte Felix und spielte mit den Bierdeckeln.

«Das kann ich mir auch nicht vorstellen, aber wir sind ja auch noch jung und haben hoffentlich noch etwas Zeit vor uns.»

«Ja, das hoffe ich doch sehr, denn ich hätte gerne Kinder, Enkel und Urenkel.»

Er wollte Kinder! Das passte gut, denn ich wollte auch welche und das möglichst schnell. Hatte er denn schon eine Frau im Auge? Sollte ich einen Annäherungsversuch wagen? Bevor er abreiste, musste ich unbedingt wissen, ob er mich so sehr mag, dass er sich ein Leben mit mir vorstellen könnte. Ich würde vermutlich mit ihm in den entferntesten Winkel ziehen, wenn es sein musste. Ich war selbst von meinen Gedanken überrascht. Offensichtlich hatte ich echte Torschlusspanik, die meine Entscheidungen stark manipulierte.

«Ich habe lange überlegt. Ich werde Ilses Haus nicht verkaufen. Es gefällt mir hier. Es ist ein schöner Kontrast zu den Bergen.»

Diese überraschende Nachricht freute mich sehr. Ich hätte es schade gefunden, wenn Ilses Haus an Spekulanten gegangen wäre. Felix würde somit nicht aus meinem Leben verschwinden.

«Das hätte Ilse sicherlich gefallen, dass ihr Haus, in dem ihr geliebter Albert sein gesamtes Leben verbracht hatte, nicht an Auswärtige geht, die nur ein paar Tage im Jahr ihren Urlaub auf der Insel verbringen.»

«Ich werde im Haus erstmal alles so lassen wie es ist und nach und nach ein paar Veränderungen vornehmen.»

«Im Sommer ist der Garten wunderschön. Es blühen viele Rosen, die Ilse zum Teil selbst gezüchtet hat.»

Felix blickte verträumt ins Feuer. Dachte er an die Rosen oder träumte er von mir?

«Weißt du, warum dein Vater und Ilse keinen Kontakt mehr hatten?»

«Nein, mein Vater hat nie über seine Schwester gesprochen. Er tat so, als wenn sie gar nicht existieren würde. Vielleicht finde ich im Haus Briefe oder ein Tagebuch … »

«Aber du bist mit deinem Vater doch einmal hier gewesen. Erinnerst du dich gar nicht mehr daran?», wollte ich wissen und legte meine Hand auf den Tisch, damit er mich bei Bedarf berühren konnte.

«Nein, leider nicht. Ich muss drei Jahre alt gewesen sein.»

Ich wollte Felix an diesem Tag, an dem er die Bestattung hinter sich gebracht hatte, nicht noch die traurige Geschichte von Ilse erzählen, die meine Mutter mir anvertraut hatte. Entweder hatte Ilse ein Tagebuch hinterlassen, sodass er die Gründe erfuhr oder er würde nie erfahren, warum es zum Bruch zwischen den Geschwistern gekommen war.

«Wie lange bleibst du noch?»

«Vorhin habe ich mir für morgen einen Flug gebucht. Ich habe einen dringenden Auftrag zu erledigen.»

Mein Herz wurde schwer. Ich würde wieder alleine sein, was ich ja eigentlich wollte, um ungestört arbeiten zu können.

Wir leerten eine Flasche Rotwein, der schwer war und mir Kopfschmerzen bescherte. Felix machte mir keine Komplimente, fragte nicht nach meiner Handynummer und legte auch nicht seine große Hand auf die meine. Ich hatte mir falsche Hoffnungen gemacht! Vielleicht saß in seinem Nachbardorf ein fesches Mädel, das seinen Dialekt sprach, das jeden Tag hübsche Dirndl trug und das er liebte? Sei es ihm gegönnt! Er war ein liebenswerter Naturbursche mit einem guten Charakter. Ich sollte mich endlich auf mein Buch konzentrieren und nicht verzweifelt Männern hinterherrennen, weil mir diese doofe 30 Angst bereitete.

Felix begleitete mich zu meinem Fahrrad. «Soll ich dich lieber rumfahren? So alleine in Dunkeln und dann noch mit Alkohol im Blut.»

«Du darfst doch auch kein Auto mehr fahren. Ich fahre ganz vorsichtig und wenn ich ein Polizeiauto sehe, dann steige ich schnell ab.»

«Es war sehr nett, dich kennengelernt zu haben und danke, dass du dich um Ilse gekümmert hast. Ich wünsche dir viel Erfolg beim Schreiben.»

Wir standen nur wenige Zentimeter auseinander. Er war wie ein Baum, der Kraft und Ruhe ausstrahlte. Wie gerne hätte ich mich an seine breite Brust geworfen oder seine Hände auf meinem Rücken gespürt. Doch es gab weder einen Kuss noch eine Umarmung, sondern nur einen warmen Händedruck, der mich zutiefst enttäuschte, da er mir deutlich machte, dass es sich um eine rein freundschaftliche Angelegenheit handelte. Ich schluckte diese bittere Tatsache lächelnd herunter. Heulend und Schlangenlinien fahrend fuhr ich nach Hause.

Nachdem ich meine Eltern in den Zug gesetzt hatte, war ich froh, wieder alleine im Haus zu sein. Ich zog in das große Schlafzimmer mit dem schönen Meerblick zurück und kaufte Gemüse und Obst, um meine gesunde Ernährung wieder aufzunehmen.

Felix war am frühen Morgen abgereist und wird am Abend in seiner kuscheligen Hütte sitzen und keinerlei Sehnsucht nach mir verspüren, dachte ich traurig. Aufgrund meiner schlechten Stimmung bekam mein Buch eine melancholische Note. Ich war froh, dass ich meine Arbeit hatte, in die ich mich den ganzen Tag über flüchten konnte und die mich von meiner Schwermut ein wenig ablenkte. Ich schrieb von morgens bis abends und schaffte viele Seiten.

Nach vier Wochen intensiver Arbeit bekam ich einen Überraschungsbesuch, der mich überhaupt nicht erfreute.

Gerade hatte ich unter meinen ersten Roman das Wort «ENDE» geschrieben, da hörte ich die Türklingel, die mich aus meiner Euphorie riss. Im ersten Moment dachte ich voller Freude, dass es Pierre sein könnte. Mit wild pochendem Herzen und voller Hoffnung riss ich die Tür auf. Mich guckte ein riesiger Strauß roter Rosen an. Mein Herz hüpfte so sehr vor Freude, dass ich einen spitzen Schrei ausstieß und es in meinen Bauch zu flattern begann. Der Kopf meines Liebsten war durch die Rosen verdeckt. Doch als die Blumen sich zur Seite bewegten, sah ich in Leons grinsendes, pausbäckiges Gesicht. Meine Stimmung sank abrupt in den Keller und meine Enttäuschung war derart mächtig, dass mir leicht schwindelig wurde. Was wollte Leon hier? Ich war kurz davor, die Tür vor seiner breiten Nase zuzuknallen.

«Hallo, ich … mache ein paar Tage Urlaub … und ich dachte, dass ich … », begann er stotternd und musste an meinem Gesichtsausruck bemerken, dass ich von seinem Besuch überhaupt nicht begeistert war.

«Was soll das, Leon?», fragte ich barsch, zog ein böses Gesicht und verschränkte meine Arme vor der Brust, die er vor einiger Zeit noch ungeschickt massiert hatte.

«Mehr als entschuldigen kann ich mich nicht. Du fehlst mir so, Viola. Warum gibst du mir keine zweite Chance? Jeder hat doch eine verdient. Ich habe einen großen Fehler gemacht und ich weiß jetzt erst, wie schön es mit dir gewesen ist.» Er zog ein Gesicht wie ein kleiner Schuljunge, der von seinem Lehrer ausgeschimpft wurde.

«Das mag ja sein, Leon, aber ich habe im Nachhinein festgestellt, dass es mit dir nicht schön gewesen ist und dass ich auf keinen Fall eine Fortsetzung unserer Beziehung möchte», erklärte ich ihm deutlich und bewunderte die prächtigen Rosen, die einen leichten Duft verströmten.

«Wir können doch nochmal in Ruhe reden? Ich werde mich auch ändern. Sag mir, was dir nicht gefiel und ich ändere es sofort», bettelte er verzweifelt und sah mich an, als wäre ich ein Richter, der ihn gerade zu einem Lebenslänglich verdonnert hat.

«Es ist vorbei, Leon! Ich möchte im Moment keine Beziehung und bin als Single total glücklich. Ich kann tun und lassen, was ich möchte und ... », versuchte ich ihm ruhig zu erklären, obwohl ich aufgewühlt war.

«Gut, dann nimm wenigstens die Rosen. Die waren nicht gerade … Ich wohne in der Pension «Deichweg», falls du … »

Ich schüttelte vehement den Kopf, nahm die Rosen, steckte meine kleine Nase hinein und schloss die Tür mit einem kalten

«Tschüss!»

Im Nachhinein tat es mir leid, dass ich meinen Ex so schroff abblitzen gelassen hatte, was eigentlich nicht meine Art war, aber Leon hatte es schließlich genauso mit mir getan. Er sollte am eigenen Leib erfahren, wie sehr so etwas schmerzen konnte.

Den wunderschönen Blumenstrauß stellte ich auf den Esstisch und überlegte mit einer plötzlichen Milde, ob ich mich mit Leon auf einen Tee treffen sollte, da mein Mitleid größer wurde als der Zorn, der in den letzten Wochen verflogen war. Vermutlich hatte Leon aus Liebeskummer so viel gegessen? Ich könnte ihm meine neue Diät vorschlagen, mit der ich bereits fünfzehn Kilo abgespeckt hatte. Mittlerweile passte ich, mit Ach und Krach, in Kleidergröße 38, worauf ich mächtig stolz war. Ich warf mir meine neue Regenjacke über und rannte in Filzpantoffeln auf die Straße, auf der Leon noch unentschlossen vor seinem Auto stand und gedankenverloren an einer Zigarette sog.

«Leon! Warte mal!»

Er trat seine Zigarette aus und zog ein freudiges Gesicht.

«Möchtest du auf einen Tee zu mir kommen?», fragte ich sehr freundlich und klimperte mit den Augen.

Er nickte betreten, schloss sein Auto mit der Funkfernsteuerung ab und folgte mir wie ein begossener Pudel ins Haus. Als wir noch ein glückliches Paar gewesen waren, hatten wir einige schöne Tage in diesem Haus verlebt, dachte ich, ohne dabei sentimental zu werden.

«Magst du Tee oder Kaffee?», erkundigte ich mich lächelnd und nahm ihm seine Jacke ab, die nach Rauch roch. Meine Stimmung hatte sich schlagartig verändert, denn mein Buch war fertig, der Frühling war in Sicht und ich freute mich über Gesellschaft.

«Lieber einen Kaffee», murmelte Leon und wunderte sich sicherlich über meine Gemütswandlung. Während er seine Schnürschuhe öffnete, verschwand ich in der Küche. Leon rieb sich die Hände, genau wie Felix es getan hatte, wenn er nicht wusste, was er sagen sollte.

«Hier hat sich nichts verändert», stellte er fest und lehnte sich gegen den Kühlschrank.

«Nein, alles beim Alten. Immer noch mit viel Zucker?»

«Nein, weniger Zucker. Ich habe ziemlich zugelegt und muss jetzt etwas aufpassen.» Er schaute auf seinen Bauch herunter, der aussah wie der einer Schwangeren, die sich im siebten Monat befindet. «Und du hast sehr viel abgenommen. Das steht dir sehr gut. Du siehst toll aus.»

«Danke! Ich fühle mich auch sehr gut. Ich habe meine Ernährung komplett umgestellt.»

«Toll! Und kommst du mit deinem Buch voran?»

«Es ist fertig!», sagte ich stolz und konnte es immer noch nicht glauben, dass ich es tatsächlich geschafft hatte, ein ganzes Buch zu schreiben.

«Das ging aber schnell. Hast du schon einen Verlag?»

«Nein, ich werde mir wohl auch keinen suchen. Ich werde mein Buch selbst herausbringen.»

«Oh, du wirst einen eigenen Verlag gründen?», fragte er erstaunt und drückte seinen Bauch heraus, sodass er wie eine Hochschwangere im neunten Monat ausschaute.

«Nein, es gibt verschiedene Möglichkeiten es als Selfpublisher herauszubringen. Das soll ganz einfach sein.»

«Wow! Das ist toll!»

Leon war nervös, denn er spielte die ganze Zeit über mit seinem Feuerzeug in der Hosentasche. Ich stellte fest, dass ich keine Gefühle mehr für ihn hegte und fragte mich, ob ich Leon jemals richtig geliebt hatte oder ob die Liebe nur von ihm ausgegangen war? Nachdem wir uns lange nicht gesehen hatten, kam er mir auf einmal langweilig und uninteressant vor. Zudem rauchte er, interessierte sich weder für Literatur noch Kultur und ernährte sich sehr ungesund. Eigentlich hatten wir überhaupt nicht zusammengepasst! Ich war froh, dass er mich verlassen hatte, denn ich hätte sicherlich nicht den Mut gehabt, es zu tun.

«Komm! Wir setzen uns ins Wohnzimmer.» Er nahm mir das schwere Tablett ab und stellte es vorsichtig auf dem Esstisch ab.

«Die Rosen sind wirklich wunderschön. Und wo wohnst du jetzt?», wollte ich wissen, obwohl es mich nicht interessierte.

«Ich wohne noch bei einem Freund, aber werde nächsten Monat umziehen.»

«Ah, schön! Magst du Kuchen?»

«Nein, danke. Ich esse nur noch morgens und abends etwas.»

«Wie geht es deinen Eltern und … » Ich stellte viele Fragen, da von Leon nicht viel kam und ich es nicht mochte, wenn wir uns anschwiegen und ich seinen traurigen Blick ertragen musste.

Kurz bevor er ging, machte ich ihm noch einmal deutlich, dass wir nie wieder ein Paar werden würden, da seine Interessen nicht mit meinen übereinstimmten. Leon zog ein enttäuschtes Gesicht und zuckte kommentarlos mit den Schultern. Natürlich tat er mir leid, aber ich musste es ihm so direkt sagen, damit er sich keine Hoffnung mehr machte.

«Wir können ja mal zusammen spazieren gehen oder ein Fischbrötchen am Hafen essen», schlug ich vor und öffnete die Haustür. Gerade als Leon rausgehen wollte, kam eine Gestalt im Dunkeln aufs Grundstück gelaufen, die ich nicht erkannte. Zunächst dachte ich, dass es der Zeitungsjunge wäre, aber als die Person näherkam, sah ich Pierre, der eine Daunenweste trug und seinen Schritt verlangsamte als er Leon entdeckte.

«Pierre!», rief ich überrascht und spürte, wie mein Herz einen kräftigen Hüpfer tat. Ich hatte ihn sehr vermisst und mir jeden Tag, jede Stunde, jede Minute gewünscht, dass er wiederkommt.

Leon warf dem smarten Ankömmling einen abschätzigen Blick zu, grüßte knapp und zog mich an sich, um mir zwei feuchte Küsse auf die Wangen zu drücken, die ich angewidert über mich ergehen ließ.

Als Pierre auf dem Fußabtreter stand, bemerkte ich sofort, dass etwas nicht stimmte. Wo war der fröhliche Pierre, in dessen Gesicht immerzu die Sonne schien? Ich machte mir Sorgen, dass etwas Schlimmes passiert war, was sich nach wenigen Minuten auch bestätigte.

Ohne sich auszuziehen, setzte er sich mit hängenden Schultern aufs Sofa und musste mit Tränen kämpfen; sein Unterkiefer zitterte. Nach wenigen Sekunden war mir klar, dass etwas mit Benny passiert sein musste.

«Nein! Nein!», schrie ich hysterisch und schüttelte den Kopf.

Tränen schossen mir in die Augen und ich heulte hemmungslos, da mir Benny ans Herz gewachsen war, obwohl ich ihn nur ein paar Mal gesehen hatte.

«Benny ist überfahren worden und war sofort tot. Er war erst zwei Jahre alt.» Pierre rieb sich die Augen und saß mit krummen Rücken auf dem Sofa. Ich konnte nicht aufhören, meine tiefe Trauer zu beenden, bis Pierre sich neben mich setzte und seine Arme um mich schlang. Wir weinten eine ganze Weile gemeinsam, bis er mich losließ und sich räusperte: «Ich hätte ihn bei dir lassen sollen.»

«Magst du einen Tee oder lieber einen Likör?»

«Ein Tee wäre schön. Mir ist so kalt. Ich fühle mich so einsam ohne Benny.» Pierre nahm seine Mütze ab und folgte mir in die Küche.

«Wie geht es dir?», wollte er wissen und ließ sich schwerfällig auf einen Küchenstuhl nieder, als würde ihn die tiefe Trauer seine körperliche Kraft rauben.

«Ganz gut. Ich bin mit meinem Buch fertig.» Die euphorische Freude über meine erbrachte Leistung wurde durch Bennys Tod stark gedämpft.

«Gratuliere! Und bist du zufrieden?» Pierre spielte mit dem Salzstreuer, der meinem Vater bei seinem letzten Besuch aus der Hand gefallen und kaputtgegangen war. Er hatte ihn unbedingt kleben wollen, da sein Vater ihn aus Russland mitgebracht hatte.

«Ich weiß nicht so recht. Mir gefällt es, aber ich habe keine Ahnung, wie es bei den Lesern ankommt.»

«Darf ich es lesen?»

Ich musste schlucken und überlegte eine Weile. Plötzlich spürte ich, dass ich Angst vor negativer Kritik hatte. Angst davor hatte, dass mein Buch großer Mist war. Vielleicht konnte ich gar nicht schreiben und sollte lieber wieder Bücher verkaufen?

Ich zögerte und sagte schließlich: «Ja, aber ich weiß nicht … es kann sein, dass es nicht gut ist.»

«Das werde ich dir dann ganz ehrlich sagen.»

«Gut, dann drucke ich dir morgen meinen Roman aus. Wie lange bleibst du?»

«Leider nur übers Wochenende. Am Montag drehe ich wieder. Ich habe … Benny verbrennen lassen und … seine Asche … Ich dachte, dass ich ihn hier im Garten beerdige, denn er hatte sich hier so wohl gefühlt.» Pierres Augen füllten sich erneut mit Tränen. Ich drehte mich zur Spüle, um mein verweintes Gesicht zu verstecken.

«Kommst du morgen zu mir? Dann können wir … Benny gemeinsam beerdigen. Er mochte dich.»

Einerseits war ich tottraurig, dass Pierre seinen geliebten Hund verloren hatte, andererseits freute ich mich, da er mich zur Beerdigung einlud.

«Ich komme gerne. Benny war mir sehr ans Herz gewachsen.»

Pierre erhob sich schwerfällig, als wenn er innerhalb kurzer Zeit um zehn Jahre gealtert war. «Danke für den Tee. Wir sehen uns dann morgen.»

Als ich hinter ihm dir Tür geschlossen hatte, brach ich in großes Geheul aus und hatte Bilder von dem hübschen Hund im Kopf, wie er am Strand entlang rannte, wie er mich mit seinen lieben Augen ansah, wie er sein Herrchen mit schiefem Kopf bei Tisch anbettelte ...

Aufgrund der traurigen Nachricht litt ich an Appetitlosigkeit und musste mir meinen morgendlichen Haferbrei reinwürgen. Um einen klaren Kopf zu bekommen, machte ich einen langen Spaziergang am Strand, obwohl es regnete und ein kalter Wind über die Insel fegte. Kurz nachdem ich mich mit einem Tee aufgewärmt hatte, klingelte Pierre und wollte wissen, ob ich Zeit hätte, um Benny unter die Erde zu bringen.

«Ich komme gleich rüber. Gib mir ein paar Minuten.»

Ich zog mir das schwarze Wollkleid an, das ich bei Ilses Beerdigung getragen hatte und musste an Felix denken, der sich nicht wieder bei mir gemeldet hatte. Ich steckte mein Manuskript in einen Umschlag und ging mit schwerem, aber gleichzeitig auch pochendem Herzen zu Pierre, der ebenfalls dunkle Kleidung trug und noch immer den traurigen Gesichtsausdruck hatte, der sich sicherlich noch einige Monate hielt.

«Ich habe schon alles vorbereitet.» Wir gingen in den Garten, der noch trostlos ausschaute. Neben einem großen Buxbaum, der kugelrund geschnitten war, hatte Pierre bereits ein kleines

Loch gegraben. Die kleine Urne stand auf dem Terrassentisch. Ich zitterte vor Kälte oder Traurigkeit und zog den Kragen meines Mantels hoch. «Ist dir kalt?», erkundigte sich Pierre, der sehr aufmerksam war. «Ja, etwas. Der Wind ist heute eisig.»

Rasch ging Pierre ins Haus und kam mit einem großen Schal zurück, den er mir liebevoll um den Kopf wickelte. Ich genoss seine Fürsorge und hatte keine Ahnung, was er für mich empfand. War ich für ihn die nette Nachbarin, bei der man sich jederzeit sein Herz ausschütten konnte oder hatte er sich in mich verliebt? Am Vortag hatte er Leon gesehen, der mich geküsst hatte, hoffentlich dachte er nicht, dass er mein Freund war oder bei mir die Männer ein- und ausmarschierten? Vielleicht sollte ich das später klarstellen?

Pierre nahm die Urne ganz behutsam in beide Hände und stellte sie in die kleine Grube.

«Tschüss, mein Kleiner! Hier hast du einen schönen Platz. Ich vermisse dich und es tut mir leid, dass ich nicht besser auf dich aufgepasst habe.» Pierres schöne Augen füllten sich mit Tränen. Seine Worte rührten mich und auch ich weinte und tupfte vorsichtig meine Augen trocken, da ich Wimperntusche trug, die nicht wasserfest war.

«Ich habe noch zwei Rosen. Warte kurz!» Pierre ging in die Garage und kam mit zwei roten Rosen wieder, deren Stängel er gekürzt hatte. Er reichte mir eine und legte seine Rose auf die Urne. Ich tat es ihm nach und sagte: «Tschüss, Benny! Du bist ein toller Hund gewesen und ich werde dich nie vergessen.» Danach schaufelte Pierre mit einer kleinen Handschaufel das Loch zu; verfestigte die Erde darauf und steckte ein kleines Holzkreuz, das er offenbar selbst gebastelt hatte, in den weichen Boden.

«Ich habe uns eine Suppe gekocht, wenn du magst, können wir die jetzt essen?», sagte er mit schwacher Stimme und ließ seinen Blick nicht vom Grab, als wenn er auf Benny aufpassen wollte.

«Ja, gerne. Mir ist kalt und eine Suppe ist gut.»

Im Wohnzimmer brannte würziges Holz in dem imposanten Kamin, der ein Vermögen gekostet haben musste. Ich setzte mich auf die rustikale Bank neben dem Kamin, um mich aufzuwärmen, während Pierre die Suppe erwärmte.

Es war so still im Haus und ich konnte mir denken, warum Pierre mich eingeladen hatte. Die Stimmung war gedrückt, auch wenn Pierre sich bemühte, sich ein Lächeln abzuringen.

«Ich hoffe, dass du Tomatensuppe magst?», fragte er, als er die, mit blauen Blümchen verzierte, Terrine auf den Tisch stellte. Ich nahm Platz und legte mir die weiße Stoffserviette auf die Oberschenkel, die Pierre aufwändig gefaltet hatte. Normalerweise hätte Benny jetzt neben mir gesessen und gebettelt.

Wir löffelten schweigend unsere Suppe, die vorzüglich schmeckte.

«Hast du die Suppe aus frischen Tomaten gekocht?», unterbrach ich die drückende Stille.

«Ja, ich habe die Tomaten aus Berlin mitgebracht. Bei mir um die Ecke ist ein kleiner Laden, der die besten Tomaten weit und breit hat.»

«Sehr lecker! Pierre, wenn dir mein Buch nicht gefällt, musst du mich nicht schonen. Es ist mir wichtig, zu erfahren, wie es wirklich ist.»

«Keine Sorge, ich sage meistens immer meine ehrliche Meinung. Ich bin schon sehr gespannt und werde nachher gleich anfangen, zu lesen.»

Da Pierre in keiner guten Verfassung war und zudem Kopfschmerzen hatte, verabschiedete ich mich nach der Suppe, obwohl ich gerne noch geblieben wäre.

«Danke, dass du gekommen bist», bedankte er sich zum Abschied und hauchte mir das erste Mal Küsschen auf die Wangen.

Da ich mein Handy zuhause gelassen hatte, fand ich bei meiner Rückkehr mehrere Nachrichten vor, die ich lustlos las. Leon fragte, ob wir am Nachmittag spazieren gehen wollen, aber da ich noch immer fror, hatte ich keine Lust, mich dem kalten Wind auszusetzen. Stattdessen lud ich ihn in mein Lieblings Café ein, denn ich hatte großes Verlangen nach einem Stück Torte, das manchmal reinster Balsam für die Seele sein konnte.

Leon holte mich ab. Er fuhr noch immer seinen klapprigen Opel, den er sich an vielen Wochenenden, an denen ich gerne etwas gemeinsam mit ihm unternommen hätte, aufgemotzt hatte und der aus einem dicken Auspuff ziemlich schlechte Luft ausspuckte. Der Mann, der mir auf einmal so fremd geworden und im Vergleich zu Pierre ein kleines Licht war, hielt mir die Tür auf und schloss sie sehr vorsichtig, da er Angst um seine alte Dame hatte.

«Du siehst so traurig aus», stellte er sofort fest, obwohl er früher meine Gefühle nicht deuten konnte.

«Ich war vorhin auf einer Beerdigung.»

«Oh, ist ein Nachbar gestorben?» Der Auspuff dröhnte so laut, dass ich Leon kaum verstand.

«Nein, der Hund meines Nachbarn ist gestorben.»

Leon fing an zu prusten, was mich total ärgerte, denn ich wusste, dass er keine Hunde mochte und Tiere für ihn nur zum Essen auf der Welt waren. «Entschuldige, aber … »

Ich schwieg und wusste, warum ich nicht mehr mit Leon zusammen sein wollte. Es wird unser Abschiedsessen werden, dachte ich wütend und riss mich stark zusammen, um ihn nicht anzugiften.

Wir ergatterten den letzten Tisch, der sich an der Garderobe befand; nicht der beste, aber immerhin mussten wir nicht warten.

Leon erzählte mir begeistert von einem Kumpel, der sich einen Oldtimer in Amerika gekauft hatte, was mich überhaupt nicht interessierte. Nach wenigen Sekunden hörte ich ihm nicht mehr zu und war gedanklich bei Pierre, der sicherlich betrübt in seiner großen Villa saß und auf das leere Hundekörbchen starrte. Würde er sich einen neuen Hund zulegen?

An diesem Nachmittag stieß mich alles an Leon ab und ich fragte mich, wie ich es zwei Jahre lang mit ihm ausgehalten hatte. Er besaß wenig gute Manieren und redete hauptsächlich über Autos und Dinge, die für mich uninteressant waren. Er bemerkte einfach nicht, dass er mich langweilte und mich mit seiner Art, wie er den Kuchen aß, wie er den heißen Kaffee schlürfte, sich den Mund mit dem Handrücken abwischte und zwischendurch schniefte, einfach nur noch abschreckte. Ich lud ihn großzügig ein und ließ mich in seiner knatternden Karre nach Hause fahren. Zum Abschied sagte ich: «Ich brauche jetzt wieder meine Ruhe zum Arbeiten. Ich wünsche dir alles Gute, Leon.»

Er sah mich perplex an und dachte offenbar, dass es sich mit uns wieder eingerenkt hatte. «Sehen wir uns nicht mehr?», fragte er verwundert und lehnte sich an sein Auto, das er immer gründlicher geputzt hatte als seine Zähne.

«Nein! Tschüss, Leon. Ich wünsche dir noch eine schöne Zeit auf der Insel», sagte ich mit Nachdruck und wendete mich zum Gehen um.

Er kam schnaufend hinter mir her und packte mich grob an der Schulter. «Ich habe mich doch bei dir entschuldigt und bin extra auf diese beschissene Insel gekommen, auf der alles nur teuer ist. Hast du einen Neuen? Den Typen, dem ich hier letztens begegnet bin?», schrie er laut und bekam einen aggressiven Gesichtsausdruck, den ich auch nicht mehr an ihm leiden konnte. Zum Glück hatte er den Schauspieler nicht erkannt.

«Erstens habe ich keinen Neuen und zweitens war es mir nicht wichtig, dass du dich entschuldigst. Nachdem du weg warst, habe ich gemerkt, dass es mir besser geht und du mir überhaupt nicht fehlst», erklärte ich ihm ruhig und entzog ihm meinen schmerzenden Arm.

Leon schnaubte wie ein wildes Pferd und sammelte offensichtlich böse Worte in seinem Kopf, die er jedoch nicht ausspuckte. Er warf mir einen bitterbösen Blick zu, der alles sagte und ging in großen Schritten zu seinem Auto; ließ den Motor laut aufheulen und brauste mit hoher Geschwindigkeit davon. Ich war froh, dass das Kapitel beendet war und hatte etwas Sorge, dass Leon sich an mich rächen oder mich gar stalken könnte, aber wischte die Ängste rasch zur Seite.

Ein tiefer, grauer Himmel hing über der Insel, der mein angeschlagenes Gemüt noch mehr verfinsterte. Sollte ich Pierre zum Abendbrot einladen? Ich wollte nicht aufdringlich wirken und ließ es daher bleiben.

Trotz des ungemütlichen Wetters ging ich an den Strand und versuchte, meinem Leben die positiven Seiten abzugewinnen. Ich habe es sehr gut, redete ich mir ein, aber Zweifel schlichen sich immer wieder ein, denn ich wusste nicht, ob ich vom Schreiben leben konnte und ob ich jemals einen Mann finden würde, der mich richtig glücklich machte. Ich musste an Felix denken, der in seiner schönen Bergwelt saß und vielleicht gerade mit einem feschen Madl Kaiserschmarrn verdrückte.

Als ich in die Ferne starrte, sah ich Benny auf mich zu rennen, aber es war ein anderer Hund, der gut erzogen Abstand hielt und offenbar roch, dass ich schlechte Laune hatte. Nachdem ich in schnellen Schritten und mit vielen, schweren Gedanken im Kopf eine ganze Zeit gelaufen war, bemerkte ich überrascht, dass ich bereits im nächsten Ort war. Da meine Füße in den unbequemen Gummistiefeln zu schmerzen begannen, verließ ich den Strand und setzte mich auf eine Bank, die sich an der Straße befand. Es begann bereits zu dämmern und es waren nur noch wenige Leute unterwegs. Ich hatte noch eine lange Strecke an Rückweg vor mir. Mein Po wurde kalt, ich verspürte Durst und bemerkte, dass meine Zehenspitzen vor Kälte kribbelten.

An dieser Stelle gab es keinen Bus und da ich mein Handy nicht dabei hatte, konnte ich auch kein Taxi rufen. Vielleicht sollte ich per Anhalter fahren, überlegte ich kurz, warf den Gedanken aber über Bord, da ich viel zu ängstlich war. Dennoch ging ich an die Hauptstraße, um zu gucken, ob nicht zufällig ein Taxi des Weges kam. Ich wartete ein paar Minuten und wollte gerade wieder an den Strand gehen, da kam eine dunkle Limousine angefahren, die aussah wie Pierres Auto. Erst fuhr es an mir vorbei, dann sah ich die Bremslichter leuchten und wusste, dass das Schicksal ihn mir geschickt haben musste. Ein innerer Jubelschrei ging durch meinen fröstelnden Körper und ich öffnete erleichtert die Beifahrertür.

«Hallo, kannst du mich vielleicht mitnehmen?» Ohne seine Antwort abzuwarten, ließ ich mich auf das helle Leder plumpsen und spürte sofort die wohlige Wärme.

«Was machst du hier?», wunderte sich Pierre und sah wieder etwas fröhlicher aus.

«Ich bin etwas zu weit und zu spät gelaufen. Ich war so in Gedanken verloren, dass ich gar nicht bemerkt habe, wie viele Kilometer ich schon gegangen bin. Dich schickt der Himmel! Ich hatte nach einem Taxi Ausschau gehalten und dann kamst du.»

Pierre grinste und schüttelte den Kopf über das verrückte Huhn. In seinem bequemen Auto war es herrlich leise, kein Vergleich zu Leons Karre, die nicht mal eine Sitzheizung hatte.

«Ich war eben im Fischladen und habe viel zu viel eingekauft. Hast du heute Abend schon etwas vor?»

Wie schön das Leben manchmal sein konnte! Wie Wünsche

plötzlich, ohne große Anstrengung, in Erfüllung gehen konnten!

«Eigentlich habe ich abends nie etwas vor. Die nächste Disco ist zehn Kilometer entfernt, meine beste Freundin ist verstorben und meinem Ex habe ich gerade deutlich gemacht, dass es für immer mit uns vorbei ist.»

«Ach! War das der Typ, dem ich letztens … »

«Ja, das war Leon. Ein wahrer Fehlgriff.» Ich öffnete meine Jacke und warf einen Blick in den Schminkspiegel. Meine Wangen waren rosig und meine Haare vom Wind strubbelig.

Pierre lachte herzhaft und ich freute mich, dass er wieder fröhlich sein konnte.

«Ich habe auch ein paar Fehlgriffe hinter mir. Aber das wird mir nicht mehr passieren.»

Es war das erste Mal, dass er mir etwas über sein Beziehungsleben erzählte. Ich hatte ihn nie direkt gefragt und hätte ich das getan, hätte er mir vielleicht auch freizügig Auskunft gegeben. Auf welchen Typ Frau stand er? Ich hätte ihn gerne gefragt, ließ es aber bleiben, da ich Angst hatte, dass er mir deutlich machte, dass ich nicht in sein Beuteschema passte.

Pierre fuhr langsam an den Kantstein und zog die Handbremse an. «Passt es dir gegen 20 Uhr?»

«Ja, das ist perfekt. Soll ich noch etwas mitbringen?»

«Nein, ich habe alles im Haus. Ich habe schon die Hälfte deines Buches durch. Ich werde gleich weiterlesen.»

Ein Stich ging durch mein Herz, da er eine ernste Miene zog, die nichts Gutes verhieß oder irrte ich mich?

«Prima! Danke!»

Ich legte mich in die schaumbeladene Wanne; hörte leise Musik und schloss die Augen, hinter denen sich ein romantischer Film abspielte: Ich sitze bei Kerzenlicht und Kamingeknister mit Pierre auf einem weichen Sofa; er legt seinen Arm um mich und gesteht mir seine innige Liebe. Er schwärmt von meinem Buch und meint, dass er noch nie so etwas Schönes, Gefühlvolles und stilistisch Wundervolles gelesen hat. Er bewundert meine Schreibkunst und sagt, dass ich ein Edelstein bin, um den sich alle Verlage reißen werden. Er zieht mich zu sich und küsst mich sanft auf meine bebenden Lippen …

Durch die schrille Türklingel wurde ich aus dem schönen, jedoch sehr unrealistischen Traum gerissen. Bewegungslos blieb ich in der Wanne liegen und horchte. Nach wenigen Minuten hörte ich eine Autotür und quietschende Reifen. Dem Auspufflärm nach zu beurteilen, konnte es Leon gewesen sein. Er lässt mich nicht in Ruhe! Was soll ich tun, wenn er mich stalkt, dachte ich aufgebracht. Wie oft hatte ich schon gelesen, dass verlassene Männer durchdrehen und ihre Freundinnen umbringen. Panische Angst beschlich mich und ich beendete das wohlige Bad. Vielleicht hatte Leon mir eine Nachricht hinterlassen? Ich hüllte mich in einen Bademantel und öffnete die Tür. Dort fand ich ein Kuvert auf der Fußmatte; es trug Leons ungelenke Handschrift. Zornig und neugierig zugleich riss ich den Umschlag auf, in dem die Ringe zum Vorschein kamen, die wir uns gemeinsam bei einem Juwelier, zwei Monate nachdem wir uns kennengelernt hatten, gekauft hatten. Nun hatte Leon offenbar begriffen, dass es endgültig vorbei war. Ich legte die schlichten, goldenen Ringe emotionslos in eine Schublade und freute mich auf Pierre und den Fisch, denn ich hatte den ganzen Tag über nichts gegessen, außer einem schrumpeligen Apfel.

Mein bester Rock, den ich anziehen wollte und lange nicht getragen hatte, war zu weit geworden und rutschte mir fast über die Hüften. So wählte ich ein Kleid, das nicht zu groß wirkte, aber irgendwie stand mir die Farbe nicht mehr. Ich musste mir dringend neue Klamotten kaufen! Meine Haare brachte ich in eine raffinierte Hochsteckfrisur, schminkte mich dezent, da mir zu viel Farbe nicht stand.

Fünf nach acht klingelte ich am Nachbarhaus. Ich vermisste das Bellen und die herzliche, tierische Begrüßung.

Pierre trug ein Geschirrhandtuch über der Schulter und konnte wieder zaghaft lächeln.

«Ich habe dir noch ein paar Haferkekse mitgebracht.»

Ich zog meine Schuhe aus und folgte Pierre in die Küche, in der es sehr ordentlich aussah. Auf dem Küchentisch stand eine ovale Glasplatte, auf der verschiedene Fischsorten lagen, die liebevoll mit Salatblättern und Tomaten dekoriert waren. Der Gastgeber holte zwei Baguettes aus dem Ofen, die herrlich dufteten.

Mein Puls war die ganze Zeit über extrem hoch, da ich voller Spannung auf Pierres Urteil, das niederschmetternd sein konnte, wartete, wie ein Verurteilter auf seine Hinrichtung.

«Hast du dich von deinem langen Spaziergang erholt?»,

erkundigte er sich grinsend und schnitt das knusprige Brot in gleichgroße Stücke. Die Krümel flogen dabei auf die Arbeitsplatte und den Boden, der wie geleckt aussah.

«Ich habe ein heißes Bad genommen und fühle mich wieder gut.» Ich verschwieg ihm, dass in mir ein Vulkan tobte, der ausschließlich durch seine Beurteilung zum Stillstand gebracht werden konnte.

Wir setzten uns an den festlich gedeckten Tisch, der bei mir nur an Feiertagen so schön aussah. Mit gestrecktem Rücken und den Händen auf der Tischkante wartete ich ausgehungert auf das köstliche Essen.

«Magst du Weißwein?»

«Ja, gerne.»

Pierre verschwand im Keller, sodass ich Zeit hatte, mich im Raum umzusehen. Ich bewunderte die geschmackvolle Dekoration und das besondere Mobiliar, das ich mir nicht leisten konnte. Kurz stellte ich mir vor, in dieser luxuriösen Villa zu leben, aber es erschien mir gar nicht schöner als in unserem gemütlichen Häuschen, das durch den atemberaubenden Meerblick weitaus attraktiver war.

«Ist dir warm genug?», erkundigte Pierre sich besorgt, während er mir einen sicherlich guten Tropfen in das verschnörkelte Kristallglas goss.

«Es ist schön warm bei dir.»

Wir aßen den köstlichen, frischen Fisch und unterhielten uns über die Restaurants auf der Insel. Ungeduldig wartete ich darauf, dass er endlich auf mein Buch zu sprechen kam. Ich hatte keine Ahnung, wie ich reagieren würde, wenn er mir schonend mitteilte, dass mein Erstlingswerk leider nicht lesenswert war. Würde ich in Tränen ausbrechen und am Boden zerstört sein? Würde ich das Schreiben sofort aufgeben und meinen alten Arbeitgeber anrufen? Konnte ich auf Pierres Urteil überhaupt zählen? Immerhin war er ein Künstler und hatte auch viele Bücher gelesen.

Nachdem er mir das dritte Glas Wein eingeschenkt hatte und wir auf dem weichen Sofa Platz genommen hatten, kam mir die Szene in den Sinn, die ich in der Wanne geträumt hatte.

Während ich träumte, begann Pierre zögerlich: «Ich bin fast durch …» Er unterbrach seinen Satz und trank einen Schluck Wein. Vermutlich suchte er die richtigen, milden Worte, um mich nicht zu sehr zu verletzen. Mein voller Magen krampfte sich zusammen und mein Puls war derart hoch, dass ich mein Herz schmerzhaft spürte.

«Was soll ich sagen?» Pierre stellte das Glas vorsichtig auf dem Designer Couchtisch ab und sah mich ernst an, während ich kurz vor einer Ohnmacht stand. Von seinem Urteil hing meine Zukunft ab!

Kurz bevor er weiterreden wollte, spielte sein Handy, dass er stets in der Hosentasche trug, eine Melodie, die mir bekannt vorkam.

«Entschuldige, bitte!» Er warf einen kurzen Blick aufs Display und legte das Handy an sein linkes Ohr. Konnte er mit rechts nicht mehr so gut hören? Er stand auf, sprach leise und ging vor dem großen Fenster auf und ab. Zwischendurch raufte er sich die Haare, warf mir prüfende Blicke zu, als wenn er Sorge hatte, dass ich verschwinden könnte. Nach wenigen Minuten beendete er das Gespräch und setzte sich wieder zu mir.

«Entschuldige! Ich bekam gerade die Nachricht, dass wir nicht weiterdrehen können. Der Regisseur liegt im Krankenhaus. Es ist aber nichts Ernstes. Ich habe jetzt eine Woche frei.»

Ich war happy! Ich dankte der höheren Macht, die mir an diesem Tag ständig zu Hilfe kam, aber dennoch zitterte ich weiter, da ich nicht wusste, wie das Urteil für mein Buch ausfiel.

«Das ist doch schön! Also ich meine nicht, dass der Regisseur im Krankenhaus liegt, sondern dass du eine Woche frei hast.» Ich hoffte natürlich sehr, dass Pierre auf der Insel blieb; in meiner Nähe war und sich Hals über Kopf in mich verliebte.

«Ja, das sind gute Nachrichten. Ich kann eine kleine Auszeit gut gebrauchen. Ich bin irgendwie ausgebrannt und merke, dass mir das Leben auf der Insel guttut. Gerade nach Bennys… »

Ich kaute nervös auf meiner Unterlippe herum und klemmte meine Hände zwischen die Knie.

«Wo waren wir stehengeblieben? Ach ja, dein Buch.»

Ich wurde blass wie ein Leichentuch und konnte die Anspannung kaum noch aushalten. Meine Augen klimperten nervös. Pierre sah mich nicht an, sondern starrte auf Bennys Decke, die noch immer auf dem Sofa lag.

Wieder nahm er ein Schluck Wein und räusperte sich, während ich neben ihm fast starb.

«So etwas habe ich noch nie gelesen!», warf er dramaturgisch und mit lauter Stimme in den Raum. Seine Worte trafen mich wie kleine Kanonensalven, da ich aus seiner Aussage interpretierte, dass er so etwas Grottenschlechtes noch nie zuvor gelesen hatte.

Ich schwieg betreten; all meine Hoffnung, vom Schreiben gut leben zu können, zerplatzte wie eine schillernde Seifenblase.

«Dein Roman ist einfach unglaublich! Du hast die seltene Gabe, mit einer außerordentlichen Leichtigkeit, den Leser zu verzaubern. Du besitzt das einzigartige Talent, mit Worten so geschickt zu jonglieren, dass jeder Satz ein wahrer Genuss ist und man ihn gerne viermal lesen möchte. Deine Story ist einfach nur schön und muss unbedingt verfilmt werden.»

Hörte ich richtig oder bildete ich mir sein überschwängliches Lob ein?

Ich konnte kaum einen Ton herausbringen, da meine Kehle vor Freude fast überlief. «Ist das dein Ernst?»

«Mein voller Ernst. Du bist ein Naturtalent. Ich bin mir sicher, dass dein Buch ein Bestseller werden wird. Ich kann dir bei der Verlagssuche helfen, wenn du es möchtest.»

Ich konnte meine Freude über seine Worte, die mir so viel bedeuteten, nicht zurückhalten und fiel Pierre um den Hals. Er duftete gut und seine Haare kitzelten mein Gesicht.

Er war sichtlich gerührt über meine Begeisterung und lachte das erste Mal nach Bennys Tod ausgelassen.

«Ich bin so erleichtert. Ich habe wirklich alles gegeben und jeden Satz lange überdacht. Soll ich noch etwas ändern? Gefällt dir das Ende?»

«Ja, alles ist perfekt. Komm! Lass uns auf dein Buch anstoßen.

Hast du dir schon einen Titel überlegt?»

«Nein, das ist schwer. Ich habe lange nachgedacht, aber war bisher mit keinem Titel zufrieden.»

Pierre erhob sich, ging an dem leeren Hundekörbchen vorbei, in dem noch ein angeknabbertes Stofftier lag und kam mit einer Flasche Sekt zurück.

Ich war so glücklich, so stolz auf mich und zufrieden mit mir, dass ich den richtigen Schritt getan hatte, dass ich Schreiben konnte und ins kalte Wasser gesprungen war. Wenn Pierre mir nun noch offenbaren würde, dass er mich liebt, wäre ich vor lauter Glück explodiert.

«Auf dein Buch und dass du damit deinen ersten großen Erfolg feiern kannst.»

«Danke! Und dir wünsche ich viel Erfolg mit deinem neuen Film», ergänzte ich und trank das Glas mit einem Rutsch leer, da der Fisch sehr salzig gewesen war und einen unlöschbaren Durst erzeugte.

Der Alkohol reduzierte meine Hemmung, sodass ich mich traute, intimere Fragen zu stellen, die mich brennend interessierten. Ich wollte mehr über Pierres Leben erfahren, über seine Kindheit, sein gesamtes Leben, das bisher sicherlich bunt und ereignisreich gewesen war; neben dem sich das meine gewiss verstecken konnte.

Doch Pierre hielt sich sehr bedeckt. Ich hatte die Vermutung, dass er etwas verdrängte, dass da etwas war, dass ihn belastete, ihn an einigen Tagen schwermütig machte und am vollkommenen Glücklichsein hinderte.

Pierre erzählte mir von seiner Schauspielkarriere, von Kollegen, die ich nicht kannte, und von seinen Drehs im Ausland, die ihn an viele schöne Plätze gebracht hatten. Jedoch ließ er bei all seinen Schilderungen seine Kindheit und Jugend aus, ebenso seine Beziehungen, die allesamt gescheitert waren, wie ich aus dem Internet wusste. Pierre kam mir vor wie ein Suchender, der bisher noch nicht das gefunden hatte, was er sich vorstellte und daher unzufrieden war, was er jedoch hinter einer strahlenden Fassade versteckte. Ich besaß die Fähigkeit, hinter die Fassaden zu gucken und das wahre Ich eines Menschen zu erkennen.

Der hohe Alkoholkonsum, der lange Spaziergang und die vorgerückte Zeit machten mich so müde, dass ich meine Augenlider kaum noch aufhalten konnte. Nur mit Mühe kam ich aus dem weichen Sofa heraus und warf einen traurigen Blick in Bennys Körbchen. Pierre musste es unbedingt entfernen, um nicht ständig an diese Tragödie erinnert zu werden.

«Vielen Dank für den leckeren Fisch und vielen Dank, dass du mein Buch gelesen hast. Dein Urteil bedeutet mir wirklich sehr viel. Ich bin total erleichtert, dass es dir gefällt. Es macht mir sehr viel Mut. Schlaf gut!» Ich wartete auf seine Verabschiedung, die herzlicher ausfiel. Pierre küsste meine Wangen und drückte mich kurz an sich. Es tat so gut, ihn zu spüren, sodass ich die Augen schloss und mir wünschte, dass er mich nicht mehr losließ.

«Dein Buch ist wirklich gut, Viola. Du kannst stolz auf dich sein, so ein schönes Werk in einer so kurzen Zeit verfasst zu haben. Danke für deine nette Gesellschaft. Ohne dich wäre ich in meiner Trauer hängengeblieben wie in einem klebrigen Spinnennetz. Schlaf gut.»

Seine Worte rührten mich; ich konnte gerade noch Tränen

unterdrücken, die in den letzten Tagen reichlich geflossen waren. Vor lauter Euphorie fühlte ich mich zehn Kilo leichter und schwebte förmlich über den geschwungenen Fußweg bis nach Hause. Pierre stand noch in der Friesentür und rief mir hinterher: «Wollen wir morgen einen Spaziergang unternehmen?»

«Ja, gerne! Ich kann dir meine Lieblingsecke auf der Insel zeigen.» Ich winkte ihm fröhlich zu und bemerkte, dass sein Lächeln entspannter war und er sich in meiner Gesellschaft wohlfühlte.

Er wartete darauf, bis ich die Pforte meines Grundstücks erreicht hatte und schloss dann erst seine Haustür, um sicher zu gehen, dass mir auf dem kurzen Weg nichts passierte. Auch wenn er sich nicht in mich verliebt hatte, wollte er mir offensichtlich ein guter Freund sein, dessen Freundschaft ich gerne annahm, auch wenn es eine Zeit lang schmerzen würde, dass er meine Gefühle nicht erwiderte.

Pierres Urteil über mein Buch bedeutete mir sehr viel und ich war mir sicher, dass er es gut einschätzen konnte, ob meine Zeilen Leser in den Bann ziehen konnten. Voller Euphorie sah ich mich bereits bei einer Lesung, bei der einige Hundert Zuhörer begeistert applaudierten, nachdem ich die besten Passagen aus meinem Werk vorgelesen hatte. Im Nachhinein betrachtet, war es mir nicht schwergefallen, mein Erstlingswerk zu verfassen und ich konnte es kaum abwarten, ein weiteres Buch zu schreiben, aber zunächst musste ich mich um die Veröffentlichung meines ersten Werkes kümmern und es bewerben.

Am nächsten Morgen fühlte ich mich wie eine frisch erblühte Rose. Die Geschichte mit Leon war endgültig beendet, ich war mit Pierre befreundet, der meine Gesellschaft offensichtlich schätzte und die Entscheidung, eine Schriftstellerin zu werden, war vielleicht die beste Entscheidung meines Lebens gewesen. Das Leben war auf einmal wunderschön! Beschwingt kochte ich mir meinen Morgenbrei und freute mich auf die Stunden mit Pierre, der mir vielleicht bald sagen würde, dass er sich nicht nur in mein Buch, sondern auch in mich verliebt hatte.

Voller Sehnsucht wartete ich darauf, dass mein Nachbar sich meldete. Um die Wartezeit totzuschlagen, putzte ich das Haus gründlich und besserte mein Aussehen alle zehn Minuten nach. Gegen elf Uhr stand Pierre vor meiner Tür; eingepackt in eine dicke Daunenjacke und einer schwarzen Mütze, die er sich tief ins Gesicht gezogen hatte. Seine Hände steckten lässig in den Hosentaschen.

«Guten Morgen! Wollen wir gleich los?» Sein herzerwärmendes Lächeln war zurück und er machte einen entspannten Eindruck.

«Ich muss mich nur noch anziehen. Komm doch solange rein!»

Im Haus duftete es nach Orangenreiniger; die Fliesen glänzten, sodass Pierre sich nicht traute, über den frisch gewischten Boden zu laufen. Er blieb vor der geschlossenen Haustür im Flur stehen und sah sich um, als wäre er das erste Mal in diesem Haus. Er schaute mir schweigend dabei zu, wie ich mir einen langen Wollschal um meinen dünnen Hals schlang und die Stiefel schloss, die an den Waden recht stramm saßen, sodass es einige Anstrengung benötigte, um den Reißverschluss zu schließen. Da man an dem nördlichsten Punkt der Insel nirgendwo einkehren konnte, hatte ich das alte, schon etwas ramponierte, Picknickkörbchen vom Dachboden geholt und es mit Obst, Käse, einen Traubensaft und Geschirr gefüllt.

Ich lotste Pierre über die Insel in Richtung Norden und erzählte ihm ein paar geschichtliche Hintergründe, die ich wiederum von meinem Großvater aufgeschnappt hatte. «Wusstest du, dass Sylt einen Haken hat?» Pierre sah mich verdattert an und schüttelte ratlos den Kopf. Sein Haar stand kreuz und quer. «Für viele, besonders für mich, ist der Haken das Schönste an der Insel. Ganz im Norden geht Sylt von West nach Ost in eine Nehrung über, die wie ein angewinkelter Arm aussieht, also wie ein Ellenbogen. Die 330 bis 1200 Meter schmale, langgestreckte Halbinsel befindet sich nördlich von List. List ist die nördlichste Ortschaft Deutschlands. Der Ellenbogen entstand 1362, als sich der, von der Westküste Sylts, fortgespülte Sand während einer schweren Sturmflut hier ablagerte. Auf der nördlichsten Landstelle Deutschlands befinden sich, mit den beiden Leuchttürmen List Ost und List West, die nördlichsten Gebäude Deutschlands. Heute sind große Teile der kargen Landschaft Brutgebiete für seltene Vögel und dürfen nicht betreten werden. Der Königshafen ist nie ein Hafen im heutigen Sinn gewesen, sondern er erhielt seinen Namen nach einer Seeschlacht im Dreißigjährigen Krieg, aus dem ein dänischer König siegreich hervorgegangen war. Im Königshafen liegt die kleine und unbewohnte Sylter Nebeninsel Uthörn mit einem Vogelschutzgebiet.

Bei gutem Wind zieht es Kite-Surfer an diese Stelle. Sie müssen sich jedoch sehr genau an ihr abgegrenztes Revier halten, um die Seelöwen nicht zu stören. Meistens ist es aber still und einsam auf der Wattseite und man hat dieses wunderschöne Stückchen Land ganz für sich alleine.»

Nach meinem längeren Monolog sah Pierre mich erstaunt mit geöffnetem Mund an. «Wow! Was du alles weißt! Du könntest auch noch als Inselführerin arbeiten.»

«Du kannst das Auto dort parken.»

Als wir ausstiegen, begrüßte uns ein eisiger Wind, der durch Mark und Bein ging, aber da wir uns beide dick eingepackt hatten, konnte uns die Kälte nicht viel anhaben. Pierre nahm den Picknickkorb, der etwas unpraktisch zu tragen war, aber er beschwerte sich nicht. Über Schafsweiden liefen wir am Nordufer des Königshafens bis zur Spitze des Ellenbogens. Von dort kamen wir an die Stelle, an der das ruhige Watt auf die starken Strömungen der Nordsee trifft. «Baden ist hier verboten», erklärte ich Pierre, der begeistert auf das wilde Meer schaute.

Als der Leuchtturm List-Ost in der urwüchsigen Dünenlandschaft auftauchte, war Pierre ganz aus dem Häuschen; zückte sein Handy und machte mehrere Aufnahmen. Er freute sich wie ein kleiner Junge, der zum ersten Mal in seinem Leben das Meer gesehen hatte. Etwas später erreichten wir den Zwillingsbruder. «Diese beiden nördlichsten Leuchtfeuer sind natürlich sehr beliebte Fotomotive. Sie dienten auch mehrfach als maritime Kulisse für Filmaufnahmen», erklärte ich meiner Begleitung, die sich begeistert zeigte und überwältigt war von dieser unberührten Natur, die ein krasser Gegensatz zu seinem Berlin war.

Wir spürten nicht den eisigen Wind, der an uns zerrte; ich nicht, weil mich die Nähe zu Pierre wärmte und Pierre nicht, weil seine kindliche Begeisterung seine Glieder erhitzte.

«Wirst du die nächsten Wochen noch auf der Insel bleiben?», erkundigte er sich und tupfte seine tropfende Nase trocken.

«Ich werde bald nach Hamburg fahren, um meine Eltern und meine Schwester zu besuchen. Zudem muss ich ein paar Dinge regeln. Danach werde ich aber so schnell wie möglich wiederkommen.»

«Ich habe dir schon eine Liste mit Verlagen zusammengestellt und werde ein paar Leute ansprechen, die ich kenne.»

Es bewegte mich sehr, dass er sich für mich einsetzte, obwohl wir uns noch nicht lange kannten.

«Das ist sehr lieb von dir. Ich bin wirklich glücklich, dass ich so einen tollen Nachbar habe. Hast du Appetit? Dort ist eine Bank. Wir könnten eine kleine Pause einlegen.»

«Gerne! Ich bin schon ziemlich hungrig.»

Aus dem Picknickkorb zauberte ich zwei Sitzkissen, eine kleine Decke und Geschirr, was ich zwischen uns stellte. Es war zwar ziemlich ungemütlich, aber der Blick war gigantisch.

«Es ist ein unglaublich beeindruckender Platz. Danke, dass du mich hier hingeführt hast. An diesem Ort kann man all seine Sorgen vergessen. Das wird ab sofort auch mein Lieblingsplatz sein. Ich werde, so oft es geht, nach Sylt kommen und wenn ich alt bin, werde ich meinen Lebensabend hier verbringen», sinnierte er und knabberte an einer Möhre.

Noch immer wusste ich kaum etwas über Pierres bisheriges Leben, außer dass er schnell Karriere gemacht und offensichtlich viel Geld verdient hatte. Da wir uns vertrauter und durch Bennys Tod ein bisschen zusammengewachsen waren, versuchte ich, meinen Freund, zum Erzählen zu bewegen. «Wo bist du aufgewachsen?»

Pierres Gesichtsausdruck verdunkelte sich plötzlich und mir war sofort klar, dass ich einen wunden Punkt getroffen hatte. Kurz dachte ich, dass er mich nicht verstanden hätte, da der Wind laut an unseren Ohren entlang peitschte, aber nach einer Weile des Zögerns sagte er ernst: «Ich hatte keine schöne Kindheit.»

Sollte ich ihn weiter ausfragen oder ihn in Ruhe lassen, um keine alten Wunden aufzureißen, die offenbar noch nicht verheilt waren? Ich schwieg betreten und hoffte, dass er sich mir öffnete. Pierre fixierte mit seinen Augen das tosende Meer; seine Hände drückten sich tief in die Jackentaschen. Ich nahm war, dass er sich verspannte und litt, da er offenbar an schlechte Zeiten erinnert wurde, die in ihm tobten und die er nicht alleine besiegen konnte. Nachdem wir lange Minuten schweigend auf den Ozean gestarrt hatten, platzte der Knoten endlich und Pierre sprach in einem traurigen Tonfall: «Meine Mutter ist auch eine Schauspielerin gewesen. Als ich ganz klein gewesen bin, hatten wir drei Wohnsitze. Einen in Nizza, einen in Berlin und einen in Kalifornien. Mit elf Jahren steckte meine Mutter mich in ein Internat, obwohl ich bei ihr bleiben wollte. Dort hatte ich eine schlimme Zeit. Ich wurde gemobbt, da ich schüchtern war und ein pickliges Gesicht hatte. Freunde hatte ich keine, da keiner den Mumm besaß, sich mit einem Außenseiter zusammenzutun. Ich wurde sehr krank, aber meine Mutter hatte keine Zeit, sich um mich zu kümmern, da sie immerzu drehte und sehr auf ihre Karriere fixiert war. Sie holte mich nicht zu sich, obwohl ich sie anbettelte und sogar damit drohte, mir das Leben zu nehmen. Sie meinte, dass ich im Internat besser aufgehoben wäre und dass sie mich bald holen würde. Als ich fünfzehn war, bekam ich mit, dass sie dem Alkohol verfallen war und keine Rollenangebote mehr bekam, da jeder von ihrer Sucht wusste. In ihrer Verzweiflung heiratete sie einen reichen Produzenten, der sich überhaupt nicht für mich interessierte und den ich nur zu Weihnachten und meinem Geburtstag sah. Er bezahlte das Internat und machte mir teure Geschenke. Einen Tag vor meinem 17. Geburtstag starb meine Mutter an einer Überdosis Tabletten. Ich weiß nicht, ob sie sich das Leben genommen hatte oder ob es ein Versehen gewesen war. Ich blieb noch bis zum Abitur auf dem Internat und bekam dann, dank meines Stiefvaters, einen Platz an einer Berliner Schauspielschule. Eigentlich wollte ich nie Schauspieler werden, aber nach dem Tod meiner Mutter hatte ich plötzlich den Wunsch, diesen Beruf auszuüben.»

Pierre drehte seinen Kopf zur Seite, damit ich seine Tränen nicht sah. Ich nahm seine warme Hand, die auf der Bank ruhte und drückte sie fest. «Das tut mir wirklich sehr leid, was du durchmachen musstest. Hast du deinen leiblichen Vater nie kennengelernt?»

«Ich weiß nicht, wer mein Vater ist und ob er noch lebt. Mutter hatte immer viele Affären. Sie verliebte sich so leicht und wurde von vielen Männern ausgenutzt. Vermutlich wusste sie selbst nicht, wer mein Vater war. Sie war eine labile Person und hatte selber eine schwere Kindheit durchgemacht. Ich bin nicht mehr wütend auf sie.»

«Lebt dein Stiefvater noch?» Pierre ließ meine Hand nicht los, was mich erfreute. Dass er sich mir anvertraute, erfreute mich und ich wollte versuchen, ihm bei der Bewältigung seiner traurigen Vergangenheit zu helfen.

«Er ist vor fünf Jahren gestorben und hat mir sein gesamtes Vermögen vererbt. Er war immer gut zu mir und war sogar stolz auf mich als ich berühmt wurde. Ich hatte nicht damit gerechnet, dass er mich als sein Erbe einsetzt. Geld war mir nie wichtig. Ich habe mich nach Liebe und Geborgenheit gesehnt, nach einer Familie gesehnt, die ich nicht hatte.»

Darum konnte er sich also die Villa leisten!

«Dann hast du gar keine Familie mehr?» Ein junges Paar kam des Weges und grüßte uns freundlich.

«Nein, leider nicht.»

Ich drückte seine Hand noch fester und spürte eine tiefe Verbundenheit.

«Und deine Beziehungen … Warum sind sie gescheitert?» Ich kam mir vor wie eine Psychologin, die versuchte, seiner Depression auf den Grund zu gehen.

«Ich vermute, dass ich nicht beziehungsfähig bin. Ich hielt es nie länger als ein Jahr mit einer Frau aus. Es liegt eindeutig an mir. Ich bin kein umgänglicher Typ, glaube ich.» Er lachte bei dieser Vermutung kurz auf und rieb sich die kalte Nase.

«Aber das kann ich überhaupt nicht bestätigen. Du bist so unterhaltsam und fröhlich. Ich fühle mich total wohl in deiner Gesellschaft.» Ich liebe dich, Pierre! Meine wahren Gefühle konnte und wollte ich ihm nicht gestehen, da er sich mit

Bestimmtheit nicht in mich verliebt hatte.

«Lieb von dir, aber du kennst mich noch nicht richtig. Ich hätte jetzt Lust auf eine heiße Suppe. Wollen wir uns ein Restaurant suchen?»

Er wollte offensichtlich nicht länger über sich sprechen, da die Vergangenheit seine Gegenwart verdunkelte, aber immerhin hatte ich an diesem Tag einiges über ihn erfahren.

Nachdem wir durchgefroren und unsere Beine schwer geworden waren, saßen wir mit roten Wangen in einem gemütlichen Lokal und löffelten eine scharfe Kürbissuppe. Auf einmal drehte Pierre den Spieß um und fragte mich aus. Da ich, im Gegensatz zu ihm, eine glückliche Kindheit und Jugend durchlebt hatte, fiel es mir nicht leicht, ihm von meinem schönen Kinderleben zu erzählen.

«Und dein Beziehungsstatus?», erkundigte er sich neugierig und zerkrümelte das Brot auf seiner Serviette.

«Ich bin ein glücklicher Single und genieße meine neue Freiheit. Ich hatte mich mit einem Mann eingelassen, der überhaupt nicht zu mir passte, aber das habe ich erst nach zwei Jahren bemerkt. Nun werde ich mich voll und ganz auf meine Karriere als Autorin konzentrieren und dann werde ich sehen … »

«Du wirst sehr erfolgreich werden, da bin ich mir ganz sicher. Tut mir leid, aber ich muss jetzt los. Heute Nachmittag bekomme ich Besuch.»

Pierre beglich mit einem großzügigen Trinkgeld die Rechnung und fuhr in einer fröhlichen Stimmung flötend nach Hause. Vielleicht hatte es im gutgetan, mir von sich zu erzählen? Beim

Abschied hauchte er mir Küsschen auf die Wangen und vereinbarte kein weiteres Treffen, was mich etwas enttäuschte. Vielleicht blieb sein Besuch länger? Ich hätte gerne noch mehr Zeit mit ihm verbracht. Mit der täglichen Einsamkeit konnte ich noch nicht so gut umgehen. Ilse fehlte mir zum Plaudern. In einer Woche würde Pierre wieder fort sein, dachte ich traurig und flüchtete mich den restlichen Tag über in ein spannendes Buch.

Am nächsten Tag stand ich ständig am Küchenfenster und observierte Pierres Grundstück, um in Erfahrung zu bringen, ob er Damenbesuch hat. Jedoch war keine Menschenseele zu sehen. Ich ging alleine spazieren, kochte mir lustlos mein Mittagessen, las unter einer molligen Decke ein gutes Buch und trank Unmengen Friesentee. Meine Gedanken drifteten immer wieder ab. Mein Herz sehnte sich nach dem Mann, der ein paar Meter von mir entfernt wohnte und vielleicht mit einer hübschen Blondine im Bett viel Spaß hatte, anstatt an mich zu denken.

Kurz bevor ich ins Bett gehen wollte, erhielt ich einen besorgniserregenden Anruf. Mein Vater war, mit Verdacht auf einen leichten Schlaganfall, ins Krankenhaus eingeliefert worden.

Am nächsten Morgen nahm ich den ersten Zug nach Hamburg. Bevor ich abreiste, klingelte ich bei Pierre, um mich zu verabschieden. Nicht mein Nachbar öffnete die Tür, sondern eine junge Frau stand mit zerzausten, blondierten Haaren in einem zu großen Bademantel vor mir und bescherte mir Herzschmerzen, die sich mit der großen Sorge um meinen Vater zu einem Ohnmachtsgefühl entwickelten, das ich tapfer überspielen musste.

«Hallo … ich bin die Nachbarin. Ich wollte … Pierre sagen, dass ich heute abreise. Wenn Sie ihm das bitte ausrichten könnten ... » Die schlanken, langen und gut gebräunten Beine der bildhübschen Frau, die mir der geöffnete Bademantel präsentierte, waren beneidenswert. Ihr feminines Püppchen Gesicht hatte durch den Schlaf nicht gelitten. Wenn ich morgens aus den Federn kroch, zierten Schlaffalten meine Haut und meine Augen waren so schmal wie der Schlitz eines Briefkastens.

«Hi! Werde ich Pierre ausrichten. Er schläft noch.»

Ich wartete einen Moment, in der Hoffnung, dass mein Freund noch kommen würde, aber seine Geliebte schloss bereits die Tür, da sie offenbar zu frieren begann und rasch wieder zu ihrem Freund unter die Decke schlüpfen wollte.

Ich hätte laut schreien und heulen können. Am Vortag hatte die Welt noch rosa und wunderschön ausgesehen und heute? Heute war sie auf einen Schlag düster und grau. Ich war entsetzt, enttäuscht und traurig und verfluchte das ewige Auf und Ab des Lebens. Mein Vater lag vielleicht im Sterben, Pierre liebte eine Frau, die ihm bestimmt nicht guttat und ich hatte mich ungeplant in einen Mann verliebt, der seelische Narben trug und vielleicht niemals in der Lage war, ein unbeschwertes Leben zu führen.

Ich fuhr direkt vom Hauptbahnhof ins Krankenhaus. Mutter saß an Vaters Bett und hielt seine gelähmte Hand in der ihren. Bei diesem deprimierenden Anblick überfiel mich eine gewaltige Angst, meinen Vater zu verlieren. Eine Angst, die ich bereits bei seinem ersten Schlaganfall schmerzhaft durchlitten hatte.

Neun Tage blieb ich in Hamburg; verbrachte viel Zeit bei meinem Vater im Krankenhaus und stand meiner Mutter bei der Hausarbeit zur Seite. Nach ein paar Tagen vermisste ich meine geliebte Insel und vor allem Pierre, bei dem meine Gedanken permanent hingen.

Nachdem Vater stabiler war, fuhr ich zurück nach Sylt, meiner neuen Heimat, in der ich mein Glück vermutete. Pierre war nicht mehr da. Offenbar gingen seine Dreharbeiten weiter. Ich hatte seine Handynummer, aber rief ihn nicht an, da ich ihn nicht beunruhigen und stören wollte.

Da mir in einer schlaflosen Nacht eine gute Idee für ein neues Buch gekommen war, begann ich voller Euphorie mit meinem zweiten Roman. Ich war erstaunt, wie leicht mir das Schreiben auf einmal von der Hand ging und wie konzentriert ich arbeiten konnte. In den kurzen Schreibpausen tauschte ich ein paar von Ilses Bildern aus, kaufte Dekoration und probierte neue Rezepte aus. Nach dem Mittagessen unternahm ich meistens lange Spaziergänge am Strand oder radelte zum Ellenbogen; setzte mich auf die Bank, auf der ich mit Pierre bei eisiger Kälte gepicknickt hatte und fragte mich, wie es meinem Nachbarn erging. Dachte er an mich oder spielte ich in seinen Gedanken gar keine Rolle?

Die Tage wurden länger und milder. Kurz vor Ostern wurde Sylt von Menschen überflutet, sodass man in jedem Winkel auf Touristen stieß und es mit der beschaulichen Ruhe vorbei war. Beinahe täglich fuhr ich an Ilses Haus vorbei, das verwaist vor sich dahinschlummerte und meiner Seele wehtat. Wie gerne hätte ich mit Ilse einen Klönschnack gehalten oder ihren leckeren Kuchen gegessen, den sie immer extra für mich gebacken hatte.

Als ich mit einer kräftezehrenden Bronchitis im Bett lag und mir die Lunge aus dem Leib hustete, fühlte ich mich verdammt einsam. Meine Glieder schmerzten und ich sah aus wie ein Geist, sodass mich mein eigenes Spiegelbild erschreckte.

An diesen schrecklichen Tagen sehnte ich mich nach einem Menschen, der sich um mich kümmerte. Da meine Mutter sich jedoch um meinen Vater kümmern musste und meine Schwester sich um ihre Kinder kümmern musste, hatte ich niemanden, der mich versorgen konnte. Als ich fiebrig und geschwächt im Bett lag und dachte, dass ich unbemerkt sterben könnte, wünschte ich mir, wieder ein Kind zu sein, um von der lieben Mutter mit einem Butterpflaster und Zwiebelsirup gesund gepflegt zu werden.

Es dauerte eine ganze Woche bis ich mich wieder nach draußen traute, um einkaufen zu gehen. Ich hatte so sehr abgenommen, dass ich in Kleidergröße 36 passte. Als ich mir endlich wieder etwas kochen konnte, klingelte es kurz vor der Mittagszeit an der Tür. Da ich mir ein paar Kleider und Röcke bestellt hatte, dachte ich, dass es der Postbote wäre, aber auf dem Fußabtreter stand nicht die Post, sondern Felix, der mir wie ein gesunder, großer Baum vorkam, während ich wie ein zartes Pflänzchen war, das langsam zu Kräften kommen musste.

«Hallo! Da bin ich wieder. Ich hoffe, dass ich nicht störe? Ich hatte vor ein paar Tagen schon mal geklingelt, aber da bist du wohl unterwegs gewesen?»

«Felix! Was für eine Überraschung. Komm rein!» Er trug eine knallrote Windjacke und hatte eine neue Frisur, die ihm besser stand als die längeren Haare, die sich lockig in den Nacken geschlichen hatten

«Ich koche gerade. Möchtest du mit mir essen? Ich habe genug und freue mich über Gesellschaft.» Es tat gut, mal wieder mit jemanden zu reden und eine andere Stimme im Haus zu hören als die eigene.

«Wenn du genug hast, dann sage ich nicht nein.» Er hängte seine Windjacke an die volle Garderobe und zog seine Schuhe aus.

«Es dauert noch ein bisschen. Du kannst dich zu mir in die Küche setzen.»

«Ich kann dir aber auch gerne helfen?», bot er sich an und rieb sich seine Hände, was mich zum Schmunzeln brachte.

«Gut, dann kannst du die Karotten und die Zucchini schneiden.»

Obwohl ich Felix noch nicht lange kannte, gab es zwischen uns eine gewisse Vertrautheit, die bei einigen Menschen bereits beim ersten Treffen gegeben ist. Felix brachte mich sogleich zum

Lachen, was schön war, denn ich hatte lange nicht mehr gelacht, sondern mehr geweint und mit dem Schicksal gehadert. Er erzählte mir von seiner letzten Arbeit, seinen Dorfbewohnern und dem vielen Schnee, der noch immer in den höheren Lagen den Boden bedeckte. Ilses Neffe wollte eine Woche auf Sylt bleiben und das Haus aufräumen. Ich war glücklich, dass ich wieder jemanden auf der Insel zum Reden hatte und spürte, dass Felix mein Herz bewegte. Das Gefühl war nicht so intensiv wie bei Pierre, aber es war eine kleine Regung vorhanden, die sicherlich größer werden konnte

Felix blieb über drei Stunden bei mir und heiterte mich auf, sodass sich die dunklen Wolken über meinem Leben für eine kurze Zeit verzogen. Nachdem er gegangen war, fühlte ich mich besser und hatte sogar die hübsche Frau, die sich Pierre geangelt hatte, fast vergessen.

An den nächsten Tagen verabredete ich mich mit Felix zu langen Spaziergängen, ging mit ihm Fischbrötchen essen oder genoss mit ihm in meinem Lieblings Café, das auch zu Felix Lieblingslokal geworden war, Kuchen und Pharisäer. Unsere Beziehung blieb jedoch, zu meinem Bedauern, rein freundschaftlich, denn er unternahm keinerlei Annäherungsversuche oder machte mir Komplimente, über die ich mich außerordentlich gefreut hätte.

An unserem letzten, gemeinsamen Abend erzählte er mir von Leonie. Die junge Frau lebte in Felix Nachbarort und war vier

Jahre jünger als er. Er zeigte mir ein Bild von dem hübschen Mädel, das ein nettes Gesicht besaß. Als er sich verträumt ihr Foto betrachtete, bekam er einen melancholischen Gesichtsausdruck und glasige Augen. Man merkte ihm deutlich an, dass er sie sehr lieben musste. Nun war ich mir sicher, dass aus unserer Freundschaft keine Liebe werden konnte, was mich nicht erschütterte, da mein Herz für Pierre schlug.

«Leonie arbeitet bei ihren Eltern auf dem Hof. Eigentlich hat sie in Salzburg studiert, aber als ihr Vater krank wurde, ist sie wieder nach Hause zurück und hilft nun ihren Eltern.»

«Und warum seid ihr nicht zusammen?»

Wir saßen auf einer Decke am Strand und hielten unsere blassen Gesichter in die gleißende Sonne. Ich griff in den feinen Sand und ließ ihn durch meine Finger rieseln, was ich schon als Kind so gerne getan hatte. Ich mochte die winzigen Körner, besonders unter meinen nackten Füßen.

«Sie hat einen Freund, aber der … ist ein Windhund.» Felix bekam einen wütenden Gesichtsausdruck und ballte seine Faust, als wenn er Leonies Freund am liebsten die Fresse poliert hätte.

«Und warum ist er ein Windhund?», fragte ich grinsend und fand eine Muschel, die ich mir eingehend betrachtete.

«Er macht krumme Geschäfte und hat Leonies Eltern vorgeschlagen, den Hof zu verkaufen, der seit drei Generationen in ihrem Besitz ist. Er will nur an Leonies Geld.»

«Aber Leonie liebt den Windhund?»

«Ich weiß nicht! Ich kenne Leonie schon so lange und ich kann nicht verstehen, was sie an diesem Kerl findet. Ich habe sie mehrmals gewarnt, aber sie hat mich nur ausgelacht.» Felix schlug mit seinen flachen Händen wütend in den warmen Sand und bekam dabei einen zornigen Gesichtsausdruck.

«Schwierige Geschichte! Vielleicht erkennt sie bald von selbst, dass er sie nur ausnehmen will.»

«Ich weiß nicht.»

«Hast du ihr denn deine Liebe gestanden?»

«Nein», sagte er leise und legte sich auf den Rücken.

«Vielleicht solltest du das endlich mal tun, bevor es zu spät ist. Du hast doch nichts zu verlieren.» Und was war mit mir? Ich könnte doch auch mutig sein und Pierre erzählen, dass mein Herz heftig auf ihn reagiert.

«Ich bin einfach zu feige.» Er setzte sich wieder hin und schaute aufs Meer hinaus, was meditativ wirkte und die Wut über seinen Nebenbuhler sichtlich abschwächte.

«Spring über deinen Schatten. Vielleicht hat Leonie sich diesen Windhund nur genommen, weil du ihr deine Gefühle nicht offenbart hast», spekulierte ich und wollte Felix unbedingt helfen, damit wenigstens er sein Glück, seine Liebe fand.

«Versprochen, ich werde es machen. Danke, dass du mir so viel Mut machst. Ich bin ja ständig bei Leonie, da ich ihr auf dem Hof helfe. Sie ist mir auch so dankbar dafür und ...» Da Felix sentimental wurde und glasige Augen bekam, fiel ich ihm ins Wort. «Sie weiß, dass du ein treuer und hilfsbereiter Mensch bist, der ihr vielleicht viel mehr bedeutet als der andere Typ. Bring ihr ein schönes Mitbringsel von Sylt mit und lade sie ein, mit dir hier ein paar Tage zu verbringen.»

«Danke für deine Beratung. Du hast recht, ich muss jetzt handeln, bevor ihr der Depp noch einen Heiratsantrag macht.»

Wir ließen unsere Schuhe am Strand stehen und liefen mit hochgekrempelten Hosenbeinen durch die kalte Nordsee. Ich war nicht besonders traurig, dass Felix eine andere Frau im Auge hatte; ich war eher glücklich darüber, einen Freund gewonnen zu haben, mit dem ich heitere, entspannte Stunden verbringen konnte. Alle Anzeichen sprachen dafür, dass Pierre sich in meinem Herzen eingenistet hatte, aber das durfte ich nicht zulassen; ich musste versuchen, ihn langsam als potentiellen Partner zu vergessen, denn er konnte jede Frau haben, die ihm gefiel und offenbar hatte er bereits eine gefunden, mit der ich äußerlich nicht mithalten konnte, auch wenn ich in den letzten Monaten schlank geworden war.

Als Felix abgereist war, fiel ich in ein kleines, dunkles Loch und versuchte mit aller Kraft, mich auf mein neues Buch zu konzentrieren, denn das war schließlich mein neuer Job, mit dem ich auf Dauer meinen Lebensunterhalt finanzieren wollte. Mich drängte nichts zurück in meinen alten Job, denn ich hatte eine neue Freiheit gewonnen, die ich, wenn es möglich war, nicht wieder aufgeben wollte.

Mein Manuskript hatte ich an die Verlage geschickt, die Pierre mir empfohlen hatte. Ich hatte großen Bammel vor einer herben Enttäuschung und wartete täglich mit Magenschmerzen auf die Post oder einen Anruf. Hatte Pierre seine ehrliche Meinung gesagt oder wollte er mich nicht verletzen? Konnte er beurteilen, was ein gutes Buch ausmachte?

An einem Wochenende fuhr ich zu meinen Eltern nach Hamburg. Mein Vater machte eine ambulante Reha. Es ging ihm, den Umständen entsprechend, ganz gut, jedoch war er noch stiller geworden und machte auf mich einen depressiven Eindruck. Mutter tat mir leid, denn sie konnte mit ihrem Mann nicht mehr auf Reisen gehen und spielte die Pflegerin mit einem verkrampften Lächeln.

Auch meiner Schwester stattete ich einen kurzen Besuch ab. Bei ihr hing der Haussegen noch immer schief. Sie weinte sich bei mir aus, was meine Stimmung noch weiter trübte. Vanessa hatte den geschmacklosen Seitensprung ihres Mannes noch nicht verwunden und vertraute mir heulend an, dass sie, seitdem sie wusste, dass Jan mit einer Prostituierten im Bett gewesen war, nicht mehr mit ihm schlafen konnte, was Jan wiederum unzufrieden stimmte, da er ja schließlich seine männlichen Bedürfnisse hatte. Es war ein endloser Teufelskreis, der sich offensichtlich nicht durchbrechen ließ. Mein Rat, den ich ihr jedoch nicht vorschlug, war, dass es das Beste wäre, wenn sich das junge Paar für eine gewisse Zeit trennte. Aber da zwei kleine Kinder in der traurigen Geschichte hingen, mussten sie selber sehen, was sie tun mussten, um sich nicht gegenseitig zu zerstören.

Da ich mich nach der kurzen Stippvisite auf dem Festland nach Ruhe und Meer Luft sehnte, fuhr ich früher als geplant auf meine Insel zurück.

Im Briefkasten lag Post von drei Verlagen. Als ich die Briefe in der Hand hielt, schlug mein Herz bis zum Hals, denn immerhin hing mein Leben an dem Erfolg meines Erstlingswerks. Einen flüchtigen Moment überlegte ich, was ich tun sollte, wenn mich mehrere Verlage auf einmal unter Vertrag nehmen wollten.

Bevor ich die Briefe öffnete, packte ich mit zittrigen Händen meine Reisetasche aus, kochte mir einen Tee und ging auf die Toilette, auf der ich ein Stoßgebet nach oben schickte. Seufzend setzte ich mich schließlich an den Esstisch und betrachtete mir eingehend die Briefe, die alle gleich dick waren. Nachdem ich einen großen Teebecher geleert hatte, fasste ich mir ein Herz und riss den ersten Umschlag blitzschnell auf. «Leider müssen wir Ihnen mitteilen …» Nachdem ich das Wort «leider» gelesen hatte, überkam mich eine niederschmetternde Enttäuschung, die meinen gesamten Körper wie ein bitteres Gift durchflutete. Ich sackte auf dem Stuhl zusammen und konnte mich nicht regen. Um festzustellen, dass ich noch reagieren konnte, stopfte ich mir einen selbst gebackenen Haferkeks in den Mund und kaute auf der trockenen Masse herum, ohne etwas zu schmecken.

Auch der nächste und der übernächste Brief enthielt eine negative Antwort. Sie mussten sich irren! Hatten Sie mein Manuskript verwechselt oder vielleicht gar nicht gelesen? Das konnte nicht sein! Pierre war von meinem Roman begeistert; hatte sogar gemeint, dass er so etwas Schönes noch nie zuvor gelesen hatte. Was sollte ich nun glauben? Wer irrte sich? Wer erkannte mein wahres Talent? Ich tröstete mich mit dem Gedanken, dass einige großartige Schriftsteller für ihre ersten Werke Absagen erhalten hatten, die dann später zu Welt Bestsellern wurden. Vielleicht war das bei mir genauso? Ich durfte auf keinen Fall verzagen und musste weiterhin an mich glauben, riet mir eine leise Stimme.

Jedoch verfinsterten die Briefe meine Laune, die ohnehin nicht die beste war. Mich beschlichen starke Selbstzweifel. Warum sollte ich gut schreiben können? Ich hatte zwar Hunderte von Büchern gelesen, aber das Handwerk des Schreibens nicht erlernt; hatte weder Literatur studiert noch an einem Volkshochschulkurs mit dem Thema «Schreiben lernen» teilgenommen.

Da ich Kopfschmerzen bekam und total frustriert war, ging ich an den Strand und ließ mir den Kopf frei pusten. Erst die Enttäuschung mit Felix und Pierre, dann der zweite Schlaganfall meines Vaters, Ilses Tod, der Ehekrach meiner Schwester und nun auch noch beruflicher Misserfolg. Was sollte noch alles kommen? Irgendwie hatte ich kein Glück im Leben, redete ich mir ein, aber dachte im nächsten Moment, dass ich nicht jammern durfte, denn ich hatte ein Dach über dem Kopf, eine Familie, lebte in einem sicheren Land und vor allem auf einer traumhaften Insel, die einen jeden Tag versüßte. Trotzdem bekam ich die lähmende Traurigkeit nicht aus meinem Kopf und konnte nicht sagen, ob mir Tränen aus den Augen kullerten oder ob es der plötzlich einsetzende Regen war, der mir ins Gesicht peitschte. Durchgenässt und fröstelnd erreichte ich mein gemütliches Heim und legte mich in die Badewanne. Doch auch das warme Wasser und die duftende Schaumkrone konnten mich nicht beruhigen, denn eine herzeinengende Existenzangst beschlich mich. Ich sah mich gedanklich wieder Bücher verkaufen, anstatt welche zu schreiben. Nach einer kurzen Depression setzte ich mich an den Computer und schrieb mir meinen Kummer von der Seele; gab mein Bestes, um ein neues Buch zu schreiben, das die Leser lieben sollten.

Getrieben von dem Ehrgeiz, erfolgreich zu werden, bewegten sich meine Finger über vier Stunden lang sehr lebendig über die

Tastatur. Danach nahm ich erschöpft mein Handy zur Hand und starrte auf Pierres Nummer. Lange überlegte ich, ob ich ihm von den Briefen erzählen sollte, in der Hoffnung, dass er mir Mut machte und die Urteile als Fehlurteile abstempelte. Der gefragte Schauspieler war sicherlich schwer beschäftigt oder lag mit seinem Püppchen im Bett, das vermutlich scharf darauf war, Pierre zu heiraten. Ich legte das Handy weit weg und schrieb bis nach Mitternacht weiter. Danach war ich erschöpft und mein Nacken brannte, da es viel Kraft kostete, die volle Konzentration und die Gedanken auf das Aneinanderreihen von Sätzen zu kanalisieren.

Die nächsten Tage verbrachte ich die meiste Zeit am Computer; unternahm zwischendurch Spaziergänge oder Radtouren und aß hauptsächlich Obst und Gemüse. Ich geißelte mich zur Arbeit und glaubte an mich, da Pierre an mich glaubte.

Nachdem ich vier Wochen lang diszipliniert und ohne größere Störungen durchgearbeitet hatte, war mein zweites Buch fertig, was ein unbeschreiblich gutes Gefühl war. Mir machte das Schreiben mittlerweile großen Spaß und ich war mir sicher, meine neue Leidenschaft gefunden zu haben. Nun brauchte ich nur noch Leser, die meine Bücher mochten.

Von Pierre hatte ich nichts mehr gehört und hatte keine Ahnung, wann er wieder Zeit fand, nach Sylt zu kommen. Voller Spannung wartete ich auf die Antworten der Verlage, denen ich mein Manuskript geschickt hatte. Vermutlich hatten sie sich nicht mal die Mühe gemacht, mein Buch zu lesen und es in den Schredder gesteckt. Da ich wusste, dass man Durchhaltevermögen brauchte, schickte ich mein erstes Buch an zehn weitere Verlage und überarbeitete mein zweites Werk.

Meine Schwester besuchte mich mit ihren Jungs für ein verlängertes Wochenende. Die Kleinen freuten sich, denn sie liebten es, im Sand zu buddeln oder den bunten Drachen dabei zuzuschauen wie sie blitzschnell in den Himmel aufstiegen und dort kreuz und quer vom Wind bewegt wurden.

Nachdem wir die Kinder erfolgreich ins Bett gebracht hatten, saßen wir bei einem Glas Wein erschöpft auf dem Sofa. Vanessa eröffnete mir, dass sie den Entschluss gefasst hatte, sich von Jan zu trennen. Ich war überrascht, denn ich war mir sicher, dass ihr finanzielle Sicherheit vorgehen würde, denn sie hatte, kurz nachdem sie sich in Jan verliebt hatte, die Uni abgebrochen; besaß keinen Hochschulabschluss und keine Ausbildung. Wie wollte sie alleine klarkommen? Ich bewunderte ihren Mut und begrüßte ihre Entscheidung, die sie sich lange überlegt hatte.

«Dass, was Jan getan hat, wäre für mich auch unverzeihlich und ein Grund, mich zu trennen. Ich werde dich voll und ganz unterstützen.»

«Danke! Ich kann jetzt gut seelischen Beistand gebrauchen. Die Jungs kommen diesen Sommer in den Kindergarten und ich werde mein Studium fortsetzen. Ich habe es so oft bereut, dass ich für Jan alles hingeschmissen habe. Es ist zwar schön, eine junge Mutter zu sein, aber ohne Abschluss ist es einfach blöd. Ich habe richtig Lust, an die Uni zu gehen und nicht den ganzen Tag nur bei den Kindern zu sitzen, die auf meinen Nerven herumtrampeln und mir schlechte Laune machen. Ich denke, dass ich viel ausgeglichener sein werde, wenn ich wieder rauskomme. Davon profitieren die Jungs dann ja auch, wenn sie eine entspannte Mutter haben», versuchte sie sich zu rechtfertigen.

Vanessa nahm sich zögerlich einen von meinen Dinkel Kräckern, die nicht sehr lecker aussahen, dafür aber gut schmeckten.

«Das wird dir sicherlich guttun. Ich fand es auch immer schade, dass du kurz vor Schluss dein Studium geschmissen hast. Ich hätte auch gerne Germanistik studiert, aber habe ja leider nur einen Realschulabschluss. Damals habe ich mir nicht zugetraut, aufs Gymnasium zu gehen, obwohl die Lehrer mir eine Gymnasialempfehlung gegeben hatten.»

«Du hättest dein Abi locker geschafft. Du könntest es doch nachholen und dann studieren.»

«Ich werde dreißig!»

«Ja und? Es gibt viele Rentner, die noch mit siebzig an die Uni gehen.»

«Ich weiß nicht. Ich warte jetzt erstmal ab, was aus meinen Büchern wird und dann … »

«Ich drücke dir ganz doll die Daumen. Ich würde mich freuen, eine berühmte Schwester zu haben und würde dich dann zu deinen Lesungen begleiten.»

«So weit ist es leider noch nicht. Magst du noch Wein?»

«Ja, gerne. Und du bist jetzt glücklich als Single? Ist das nicht ein bisschen einsam hier?»

«Nein, gar nicht! Ich liebe die Ruhe und kann mich richtig gut auf das Schreiben konzentrieren.»

«Was ist mit dem Nachbar? Ist er nochmal hier gewesen?»

Da Vanessa meine engste und einzige Vertraute war, die mir auch alles anvertraute, erzählte ich ihr von Pierre und Felix. Ich erzählte ihr auch von meinen wahren Gefühlen und den Frauen, die mir leider im Weg standen.

«Das tut mir leid! Vielleicht war die Frau im offenen Bademantel gar nicht Pierres Freundin? Vielleicht seine Schwester oder so?», versuchte sie mir Mut zu machen und streichelte über meine Hand, die von den vielen Aufenthalten im Freien schon ganz braun geworden war.

«Wer weiß! Ich hätte auch gerne Kinder und einen Mann, der sein Auto nicht mehr pflegt als seine Zähne. Und auch nicht so einen Ehebrecher wie Jan», scherzte ich und schaute in Vanessas hübsches Gesicht, mit dem sie auch als Laufstegschönheit arbeiten könnte.

«Du wirst sicherlich bald einen finden. Vor allem, wenn du erfolgreich bist, werden dir die Männer in Scharen hinterherrennen.»

Es tat gut, mit meiner Schwester über meine Gefühle zu reden und Mut zugesprochen zu bekommen, der mich an manchen Tagen verließ.

Als die drei abgereist waren, fühlte ich mich im Haus wie in einer verlassenen Gruft. Um nicht sentimental zu werden, schrubbte ich das Haus, räumte um und ging täglich mehrmals einkaufen, um unter Leute zu kommen.

Auch von den zehn anderen Verlagen bekam ich negative Antworten, die mir verdammt wehtaten und mich frustrierten. Doch ich wollte mich dadurch nicht abschrecken lassen, zumal Vanessa und drei Freundinnen meinen Roman großartig fanden.

Die Natur explodierte nach ein paar warmen Tagen und ich verbrachte viel Zeit im Strandkorb; mit meinem Laptop auf den Oberschenkeln und einem kühlen Getränk in Reichweite. Einen schöneren Arbeitsplatz konnte es nicht geben, denn der Blick aufs Meer war überaus inspirierend, aber lenkte mich auch hin und wieder ab, da ich ins Träumen geriet. Das Meer rauschte mal laut, mal leise; der Wind spielte mit meinen Haaren und die Sonne erwärmte meinen sonnenhungrigen Körper. Ich war noch immer dabei, mein zweites Buch zu überarbeiten, da ich den Mittelteil und das Ende komplett neu geschrieben hatte.

Als ich die Augen geschlossen hatte und die gleißende Sonne im Gesicht genoss, hörte ich eine Autotür ins Schloss fallen und wurde sofort hellhörig. Als ich Pierres Auto auf dem Nachbargrundstück sah, hüpfte ein Glücksgefühl in mir wie ein Flummi auf und ab.

Am liebsten wäre ich sofort rüber gerannt, aber ich wollte Pierre nicht überfallen wie ein ausgehungerter Mensch, der sich nach Gesellschaft sehnte. Zwei Stunden musste ich mich gedulden bis Pierre klingelte. In dieser Zeit des Wartens hatte ich mich auf seinen Besuch vorbereitet; hatte meine Haare gekämmt, Rouge aufgetragen und die Wimpern getuscht. Da mir all meine

Sommerkleider zu groß geworden waren, hatte ich mir in Westerland ein Dutzend farbige Kleider und Röcke gekauft, die ich voller Stolz und Freude trug. Der Zuckerverzicht, der mir überhaupt nicht mehr schwerfiel, hatte sich ausgezahlt, denn endlich konnte ich Kleider tragen, von denen ich lange geträumt hatte.

Mein Herz klopfte bis zur Kinnspitze und in meinem Bauch war die Hölle los. Voller Euphorie riss ich die Haustür auf und schaute nicht zuerst in Pierres schönes Gesicht, sondern auf das kleine Fellbündel, das schüchtern neben Pierres Füßen saß und mich etwas schüchtern mit seinen kleinen Knopfaugen anschaute. Mein Herz floss sofort dahin und ich ging in die Knie, um das kleine Wesen zu begrüßen. Pierre ließ ich links liegen.

«Oh, mein Gott! Ist der süß!»

«Hallo, Viola!», begrüßte mich Pierre heiter und hielt die Leine fest in der Hand, da er sicherlich große Angst hatte, erneut seinen Hund zu verlieren.

Nachdem ich das Tier ausgiebig gekrault und es meine Hände zaghaft mit seinem kleinen Züngelchen abgeleckt hatte, erhob ich mich voller Entzückung und holte mir meine Küsschen bei Pierre ab.

«Komm mit auf die Terrasse! Ich hole uns eine Limonade.» Barfuß tippelte ich in die Küche und freute mich über Bennys Nachfolger.

Da ich am Morgen eine große Kanne Zitronenlimonade selbst gemacht hatte, füllte ich sie rasch in zwei Gläser und spürte, dass meine Hände vor Aufregung leicht zitterten. Der Hund schnupperte interessiert an meinen Schuhen und Pierre hatte im Strandkorb Platz genommen als ich glücklich über den Besuch in den Garten kam.

«Ich habe es ohne Benny nicht ausgehalten», fing Pierre an zu erzählen und zog vorsichtig an der Leine, da der Hund begann, an meinem Schuh zu knabbern.

«Heißt er auch Benny?», wollte ich wissen und konnte nicht aufhören, das kleine Fellknäuel anzuschauen.

«Nein, es ist ein Mädchen und sie heißt Jenny.» Pierre lachte ausgelassen und schien glücklich mit seiner Jenny zu sein. War Jenny vielleicht der Name einer Verflossenen oder seiner aktuellen Freundin? War er alleine auf der Insel oder packte im Haus eine junge Frau gerade ihren Koffer aus oder räkelte sich im Whirlpool, um sich von der langen Reise zu erholen?

«Willkommen, Jenny!» Ich reichte meinem Besucher das sprudelnde Glas. «Die Limonade habe ich selbst gemacht. Vorsicht! Sie ist etwas sauer.»

«Die riecht schon mal gut.» Pierre nahm einen kleinen Schluck und verzog den Mund sehr übertrieben, was ich mit einem Lachen kommentierte. Es war so schön, dass mein Nachbar wieder bei mir war und einen guten Eindruck machte.

«Es tut mir leid, dass ich solange nichts von mir hören gelassen habe, aber ich war sehr beschäftigt. Hatte noch eine kleine Rolle in einem französischen Film und ein paar Shootings.»

Ich nickte nur und streichelte Jenny, in die ich mich sofort verliebt hatte, was nicht schwer war, denn sie war so niedlich wie ein Kuscheltier und besaß ein sonniges Gemüt.

«Was ist aus deinem Buch geworden? Hast du es an die Verlage geschickt, die ich dir vorgeschlagen habe?»

Ich zog ein ernstes Gesicht und nahm meine Hand aus dem warmen Fell. «Nur Absagen!»

«Was? Das glaube ich nicht! Du machst einen Witz?»

«Nein, leider ist das kein Witz. Ich habe es dann auch sein lassen und keine Verlage mehr angeschrieben.»

Pierre knallte wütend das Glas auf den Tisch, als wenn er sich jetzt sofort die Verlage vorknöpfen wollte.

«Die sind doch total inkompetent! Die können nicht mal einen Diamanten zwischen all den Sandkörnern erkennen», schrie er laut, sodass Jenny Angst bekam. So wütend hatte ich Pierre noch nie erlebt.

«Vielleicht ist es nicht das, was zurzeit gefragt ist?», vermutete ich und nippte an der Limonade.

«Das ist doch Blödsinn! Dein Buch ist das Beste, was ich seit langem gelesen habe. Ich habe eine Idee!»

Ich riss meine Augen auf und war glücklich, dass er sich für mich interessierte und mir helfen wollte. Auch wenn er keine Gefühle für mich hegte, war ich zufrieden damit, eine gute Freundin zu sein, der er sich anvertraut hatte.

«Und was für eine Idee hast du?»

«Du bringst dein Buch selbst heraus. Letzte Woche hat mir eine Bekannte erzählt, dass sie ihr Buch in Eigenregie veröffentlicht hat und sie hat bereits einige Hundert Bücher verkauft.»

Ich verzog mein Gesicht und guckte Pierre ungläubig an, da mir das unmöglich erschien.

«Dann muss ich alles alleine machen? Werbung, Lesungen organisieren, Marketingstrategien ausarbeiten und und und … », stellte ich nicht gerade begeistert fest. Ich hatte zwar auch schon davon gehört, aber mein Ziel war es, von einem renommierten Verlag unter Vertrag genommen zu werden, der alles für mich erledigte. Ich wollte nur schreiben und mich nicht um die administrativen Dinge kümmern.

«Das hat aber viele Vorteile. Ich schicke dir mal einen Link dazu und du guckst ihn dir in Ruhe an.»

«Ja, das werde ich tun. Danke für den Tipp. Wie ist der Film geworden?», lenkte ich von mir ab, da ich an mir und meinen Büchern noch immer etwas zweifelte.

«Er ist toll geworden. Es ist unglaublich, dass man auch mit wenig Geld gute Filme machen kann. Ich würde mich nicht wundern, wenn wir ein paar Preise einheimsen.»

«Das würde mich sehr freuen. Ich drücke die Daumen.»

«Ich glaube, dass Jenny Hunger hat. Ich werde dann mal. Danke für die Limo. Die schmeckt richtig lecker.»

«Wie lange bleibst du?»

«Eine Woche und dann geht es nach Italien. Ich drehe da eine richtig schöne Schnulze.»

«Die muss ich mir dann wohl mal ansehen.»

Ich drückte Jenny zum Abschied einen Kuss auf das Köpfchen,

da ich mich in sie verliebt hatte und nicht nur in sie.

Pierres Anwesenheit beflügelte mich. Vor lauter Glück schwebte ich in meinen hübschen Kleidern und mit einem neuen, guten Körpergefühl durchs Haus.

Den Link, den Pierre mir, bezüglich des Selfpublishings, geschickt hatte, las ich äußerst interessiert. Es hörte sich überzeugend an, zumal ich nicht viel Geld in die Hand nehmen musste, um mein Buch zu veröffentlichen. Jedoch brauchte ich ein Lektorat, ein Korrektorat und einen Cover Designer. Doch auch diese Leistungen konnte ich im Internet finden und begann sofort hochgestimmt zu recherchieren.

Als ich gerade dabei war, mehrere Lektorate anzuschreiben, klingelte es an der Haustür. Ich vernahm ein leises Bellen und wusste sofort, dass Pierre sich vielleicht nach mir gesehnt hatte.

Jenny sprang, mit ihrem kleinen Schwanz wedelnd, an mir hoch und mochte mich offenbar genauso gerne wie Benny es getan hatte.

«Hi, störe ich?» Pierre trug ein weißes Hemd und eine kurze, dunkelblaue Shorts; er hatte bereits ordentlich Farbe bekommen, die seine Attraktivität steigerte. Wie sehr ich ihn liebte, dachte ich traurig und kraulte den kleinen Hund, der zarte Knochen besaß.

«Ich bin gerade dabei, ein paar Lektorate anzuschreiben. Dass mit dem Selfpublishing hört sich wirklich gut an.»

«Du solltest es probieren und parallel noch weitere Verlage anschreiben. Ich wollte dich fragen, ob du Lust hast, heute

Abend bei mir zum Essen vorbeizukommen? Ich wollte ein neues Rezept ausprobieren.»

Freude durchflutete meinen Körper. Ich war mir sicher, dass er alleine angereist war.

«Gerne! Ich bin gespannt, was du kochst. Ich werde mich jetzt noch um mein Buch kümmern.»

«Wenn du Hilfe brauchst … », bot er sich an und ich bildete mir ein, dass er mir tief in die Augen blickte.

«Lieb von dir, aber ich versuche erstmal alleine klarzukommen. Ich kann mich gar nicht von Jenny trennen. Sie ist so süß.»

«Ich habe sie aus dem Tierheim geholt. Sie wurde … auf einem verlassenen Fabrikgelände gefunden und war … halb tot.» Pierres Gesicht verfinsterte sich und er kämpfte mit Tränen.

«Mein Gott! Ich kann nicht begreifen, wie grausam Menschen sein können. Dann bis heute Abend. Ich freue mich!»

Als ich die Haustür geschlossen hatte, führte ich einen kleinen Freudentanz auf und war voller Optimismus, dass mein Nachbar doch mehr für mich empfand als ich vermutete. Wie schön das Leben doch sein konnte! Es war Frühling, ich hatte Hoffnung, dass ich meine Bücher erfolgreich in Eigenregie herausbringen konnte und Pierre mochte mich, wie sehr, dass würde ich vielleicht an diesem Abend herausbekommen.

Ich nahm telefonisch mit einem Lektorat Kontakt auf und schluckte über die Preise. Noch hatte ich Erspartes, aber ich musste Miete für meine Hamburger Wohnung bezahlen und das

Leben auf der Insel kostete auch Geld, denn ich bezahlte die Nebenkosten fürs Haus alleine.

Am Nachmittag unternahm ich einen langen Spaziergang und gönnte mir einen Cappuccino in einer Strandbar, in der es rappelvoll war, denn das gute Wetter lockte alle nach draußen.

Ich fieberte dem Abend entgegen; nahm ein Bad, schminkte mich und probierte verschiedene Frisuren aus. In einem neuen Bioladen hatte ich ein paar besondere Lebensmittel gekauft, die ich mir nett verpacken ließ und die ich Pierre schenken wollte.

Eine Minute vor der vereinbarten Zeit betätigte ich Pierres Türklingel. Jenny bellte und mein Nachbar öffnete mir mit einem einladenden Lächeln; hauchte mir Küsschen ins Gesicht und nahm mein Geschenk erfreut entgegen.

Jenny heftete sich an meine Fersen und sprang fröhlich an meinen Beinen hoch.

Als ich ins Esszimmer trat, stockte mein Herz. Die junge Frau, mit dem offenen Bademantel, saß auf meinem Platz und schaute in ihr, mit glitzersteinen übersätes, Handy. Sie ignorierte mich zunächst, sprang aber auf, als Pierre mich vorstellte.

«Das ist meine nette Nachbarin Viola und das ist Mia.»

Wer war diese künstliche Schönheit, die mit ihren aufgeplusterten Lippen und dem bombastischen, mit Silikon vollgepumpten, Busen, der prall aus der Bluse lugte, aussah wie all die operierten, unter dicker Schminke versteckten Frauen, die unter Selbstzweifeln leiden mussten?

«Hallo, Mia.» Ich reichte ihr meine Hand, die sich gewaltig sträubte. Am liebsten wäre ich auf der Stelle schreiend und voller

Enttäuschung nach Hause gelaufen. Warum hatte Pierre mir nicht gesagt, dass er mit dieser blinkenden Begleitung auf der Insel war?

«Hi!», sagte die junge Frau leise, die ich auf Anfang zwanzig schätzte und die sich mir gegenüber distanziert und desinteressiert verhielt. Sie passte überhaupt nicht zu Pierre. War das etwa seine neue Freundin? Sie war vielleicht etwas fürs Auge und fürs Bett, aber weiter doch nichts!

Während Pierre in der Küche verschwand und uns alleine ließ, wendete ich mich Jenny zu, damit ich mich nicht mit Mia unterhalten musste, auf die ich schrecklich eifersüchtig war und die ich zum Teufel wünschte.

«Und du wohnst nebenan?», fragte meine Konkurrentin und packte ihr Handy in ein Case, das ebenfalls funkelte, da es mit ein paar farbigen Steinchen verziert war.

«Ja. Und du kommst aus Berlin?»

«Nein, aus Monaco.»

«Oh, wie schön. Ich bin zwar noch nie dort gewesen, aber habe Bilder gesehen, die … »

«Voilà!» Pierre kam mit einer großen Auflaufform, aus der es kräftig dampfte, zu uns.

«Das duftet köstlich», schwärmte ich übertrieben und warf einen Blick zu Mia, die einen gelangweilten Eindruck machte und offensichtlich kein großes Interesse daran hatte, sich mit mir zu unterhalten.

«Der ist vegan. Mia ist Veganerin», informierte der Koch mich und zog sich die Topflappenhandschuhe aus, die er auf einen freien Stuhl warf.

«Ich esse auch kein Fleisch mehr, aber auf Joghurt und Käse kann ich noch nicht verzichten», sagte Pierre und bemerkte offenbar, dass die Hennen sich nicht mochten und sich im schlimmsten Fall sogar die Augen auspicken konnten.

Mia hatte wohl keine Lust zum Reden und nippte an ihrem Weinglas. Ihre langen, dunkel lackierten Fingernägel imponierten mir, da ich immer nur abgebrochene, farblose Nägel trug. Ich kam mir neben der Prinzessin wie Aschenputtel vor und war mir sicher, dass ich Pierre mit meinem Äußeren sicherlich nicht beeindrucken konnte, da er anderes gewohnt war; mehr Bling Bling und so.

Der Gastgeber füllte zuerst mir, dann Mia auf, die nur eine Spatzenportion wollte. Ich schätzte ihre Kleidergröße auf XS oder gab es noch etwas darunter?

«Es wird immer schöner auf der Insel. Langsam wird alles grün und bunt. Ich fand es im Winter auch schon schön, aber jetzt! Und wenn der Himmel so blau ist wie gestern, sieht das Meer einfach herrlich aus», schwärmte Pierre und aß hastig.

«Bist du das erste Mal auf Sylt?», wollte ich von Mia wissen, die gelangweilt an dem Gemüse nagte, vielleicht um ihren Lippenstift nicht zu ruinieren.

«Ja. Ich finde es hier aber zu kalt und zu windig.» Sie hatte einen leichten Dialekt und sprach ohne Betonung, sodass mich das Zuhören nervte.

Klar, in Monaco ist es viel wärmer und vielleicht interessanter, wenn man auf High Society Hotspots steht.

Da Pierre bemerkte, dass die Damen keine gute Laune hatten, erzählte er die ganze Zeit über von seinen vorletzten Dreharbeiten. Pia schwieg, zog ein mucksches Gesicht und zückte zwischendurch ihr Glitter Handy. Sicherlich passte es ihr nicht, dass ihr Freund mich eingeladen hatte. Da ich dieses Dreiertreffen einfach nur fürchterlich fand und keine Ahnung hatte, was Pierre sich dabei gedacht hatte, verabschiedete ich mich nach dem veganen Tiramisu und schob vor, noch ein wichtiges Telefonat führen zu müssen.

All meine Hoffnung, dass Pierre und ich zusammenkommen könnten, hatte sich auf brutale Art ganz unverhofft zerschlagen. Aber wie naiv war ich auch gewesen, zu glauben, dass der schöne, erfolgreiche Pierre Gaston sich mit einer grauen Maus zusammentun würde?

Ich weinte mir die herbe Enttäuschung von der Seele und flüchtete mich in ein Buch, in dem es wenigstens ein Happyend gab. Ich war wütend auf Pierre. Wie konnte er sich in so ein unnatürliches Mädchen verlieben? Natürlich waren ihr Busen und die schlanke Taille verführerisch, aber ich hätte wirklich gedacht, dass Pierre mehr Stil besaß. Mia wollte sich doch nur in seinem Erfolg und Geld suhlen und mit ihm über die roten Teppiche schreiten, um ihre künstliche Schönheit zur Schau zu tragen.

Am nächsten Morgen hatte ich keine Motivation aufzustehen, zumal es regnete und dicke graue Wolken wie eine Herde Vieh über die Insel getrieben wurden. Doch da ich arbeiten musste, stellte ich meine Füße auf den Boden und rieb mir das Gesicht, um in den Tag, der mir sicherlich keine Freude bringen würde, zu starten.

Während ich in meinem Haferbrei stocherte, las ich Nachrichten auf dem Handy. Felix hatte mir geschrieben. «Liebe Viola, ich hoffe, dass es dir gut geht und deine Buchprojekte voranschreiten? Wie ist das Wetter auf der Insel? Mitte Mai werde ich mit Begleitung kommen. Du kannst ja mal raten, wer mich begleiten wird. Ich bin total happy und danke dir für deine Beratung. Ich freue mich, dich wiederzusehen. Bis dahin liebe Grüße. Felix»

Ich freute mich für Felix, auch wenn mir seine Nachricht etwas wehtat, denn ich glaubte noch immer, dass wir gut zusammengepasst hätten. Pierre hatte Mia, Felix seine Leonie und ich, ich hatte niemanden; nicht mal einen Hund, mit dem ich kuscheln konnte. In vier Monaten war mein dreißigster Geburtstag. Würde ich es vorher noch schaffen, einen Mann zu finden, in den ich genauso verliebt war wie in Pierre?

Sylt war im Frühjahr voll wie ein Warenhaus zum Schlussverkauf. Ich brauchte mich nur mal ins rege Nachtleben begeben und schauen, was an potentiellen Partnern auf mich zukam. Jedoch hatte ich keine Lust, alleine eine Bar zu betreten, um mich dort anbaggern zu lassen.

Um mich abzulenken, befasste ich mich mit dem Veröffentlichen meines Buches und schrieb noch ein paar Verlage an, da ich mehrgleisig fahren musste.

Am Nachmittag klingelte Pierre und stand ohne Hund und ohne Frau auf meiner Fußmatte. Ich verhielt mich etwas abweisend, auch als er mich fröhlich anlächelte und mir seine obligaten Küsschen auf die Wangen hauchte.

«Hi, sorry, dass ich störe. Kannst du mir mit Curry aushelfen?»

«Ja, einen Moment.» Ich flitzte in die Küche, wühlte in der unaufgeräumten Schublade nach dem Gewürz und stand wenige Sekunden später wieder vor Pierre, der sich gegen die Hauswand gelehnt hatte.

«Super! Danke!»

Er lud mich nicht zum Essen ein! Er wollte mit seiner Mia alleine sein und verwöhnte dieses faule Wesen, dass sich nur um die Unversehrtheit ihrer Nägel und der guten Präsentation ihres Busens kümmerte. Ich sah sie gedanklich, wie eine Prinzessin, auf der Récamiere liegen, während Pierre, der sie vergötterte, sie von vorn bis hinten bediente. War sie auch eine Schauspielerin oder einfach nur eine verwöhnte Tochter von einem reichen Tier? Mich interessierte es nicht wirklich und ich versuchte, Pierre endlich als potentiellen Lebenspartner abzuhaken. Er war einfach nur mein Nachbar und fertig! Ich nahm mir vor, mich nicht mehr mit ihm zu treffen, da es mir nur Schmerzen bereiten würde.

«Du kannst das Curry behalten. Ich wünsche euch einen guten Appetit», sagte ich spröde und zog dazu ein ernstes Gesicht, als wäre er ein Vertreter, der mir etwas andrehen wollte.

«Alles OK mit dir?»

«Ich habe Kopfschmerzen», log ich, anstatt ihm die Wahrheit

entgegenzuschreien: «Ich bin total eifersüchtig auf deine aufgetakelte Puppe, die ich schrecklich unsympathisch finde und vor der du dich in Acht nehmen musst!»

«Oh, dann gute Besserung. Brauchst du eine Tablette?», fragte er besorgt und sah mich mitleidig an.

«Danke, habe ich. Tschüss!»

Nein, ich weinte nicht, da es nichts brachte und ich mich schon ein wenig damit abgefunden hatte, dass Pierre nicht mehr frei war und keine Gefühle für mich hegte, außer freundschaftliche. Ich wollte ihn auch gar nicht zum Freund haben, dachte ich verletzt und arbeitete fleißig weiter, damit ich wenigstens bald beruflichen Erfolg vorweisen konnte.

Pierre sah ich ab und zu mit seiner Mia im Garten; er winkte mir zu, aber kam nicht zum Klönen rüber und lud mich auch nicht mehr ein.

Einen Tag vor seiner Abreise verabschiedete er sich mit Jenny, die er unter den Arm geklemmt hatte, von mir. Er wünschte mir viel Glück für mein Buch und verschwand in bester Stimmung, denn er war frisch verliebt und freute sich vermutlich auf seine Arbeit, mit der er erfolgreich war.

Als er fort war, fehlte er mir, auch wenn ich dieses Mal nicht viel von ihm gehabt hatte.

Mein erstes Buch hatte ich an ein Lektorat geschickt und wartete ungeduldig auf die Überarbeitung. Derweil schrieb ich an einer neuen Idee; fuhr täglich mit dem Fahrrad zwanzig Kilometer und kochte aufwändige Gerichte. Mir fehlte ein Gesprächspartner, eine Person, mit der ich einen Kaffee trinken gehen oder mit der ich mich an den Strand legen konnte, um über das Leben zu sinnieren. Immer wieder stiegen Zweifel in mir auf, ob ich beruflich die richtige Entscheidung getroffen hatte. Bald würde sich zeigen, ob es für mein Buch Interessenten gab oder es zu einem Ladenhüter wurde.

Fast täglich fuhr ich an die nördlichste Spitze, meinem Lieblingsplatz auf der Insel, und schaute minutenlang aufs Meer, das jeden Tag eine andere Farbe hatte.

Doch leider war ich zu dieser Jahreszeit nicht mehr alleine an meinem Ruheort; zahlreiche Touristen kamen vorbeigelaufen oder angeradelt und fotografierten diese besondere Stelle.

Als ich an einem kühleren Tag auf meiner Stammbank saß und meinen Gedanken nachhing, stand auf einmal ein Mann vor mir, der wissen wollte, ob er sich neben mich setzen dürfte. Ich nickte und rückte ganz an die Seite der Bank.

Nachdem mein Sitznachbar etwas getrunken und einen Apfel verzehrt hatte, sagte er: «Das ist ein wunderschöner Ort.»

Ich sah ihn an und musste feststellen, dass er gutaussehend war und einen sympathischen Eindruck machte.

«Es ist mein Lieblingsort.» Ich nahm meine Sonnenbrille ab und zog meinen Pferdeschwanz stramm.

«Sind Sie von hier?», wollte er wissen und legte einen Arm lässig über die Lehne der Bank, die durch das raue Wetter schon ziemlich angegriffen war.

«Nein.» Ich gab mich etwas einsilbig, da ich es nicht mehr gewohnt war, Konversation mit Fremden zu führen.

«Ich bin das erste Mal auf Sylt und ziemlich beeindruckt.»

«Ja, es ist schon ein wunderschöner Ort. Wo kommen Sie her?» Da ich merkte, dass der Mann gerne plauderte, wollte ich nicht unfreundlich sein.

«Aus München. Aber ich bin kein Münchner. Und Sie? Wo kommen Sie her?»

«Aus Hamburg und ich bin eine waschechte Hamburgerin.»

«Hamburg ist eine sehr schöne Stadt. Ich bin gerne dort und werde auf der Rückreise dort noch zwei Tage verbringen.»

Offenbar war er alleine auf reisen. Da wir sofort ins Gespräch kamen und ich mich an diesem Tag einsam fühlte, radelte ich mit Marko zurück und gab ihm ein paar Tipps, was man auf Sylt noch alles machen sollte.

«Ganz in der Nähe gibt es ein sehr schönes Café mit Meerblick. Wenn Sie Lust haben, könnten wir dort einen Kaffee trinken? »

«Gerne!» Marko zeigte sich erfreut und war ziemlich sportlich, denn er trat kräftig in die Pedale, sodass ich Mühe hatte, hinterherzukommen.

Da ich kein Schloss dabeihatte, kettete Mark sein Fahrrad an das meine. So schnell konnte man jemanden kennenlernen, dachte ich erfreut und genoss meine attraktive, männliche Begleitung.

«Was will man mehr? Ein wunderschöner Meerblick und ein Stück Kuchen. Das ist pure Entspannung», schwärmte Marko und ordnete sein Haar, das unter dem Helm etwas durcheinandergeraten war.

Wir bestellten beide eine Erdbeertorte und Grünen Tee. Bei Marko hatte ich sofort ein gutes Gefühl. Ich musste mich nicht verstellen und bemerkte, dass er die richtige Portion Humor besaß und auch über sich selbst lachen konnte.

Nachdem wir den Kuchen verputzt hatten, wusste ich bereits ziemlich viel über den Mann, der ein sonniges Gemüt besaß und zudem sehr charmant war. Ich konnte ihn mir gut an meiner Seite vorstellen. Mark arbeitete als Anwalt in einer großen Firma, ging gerne Wandern und Skilaufen, besaß eine Eigentumswohnung in Schwabing, hatte eine Schwester und Eltern, die am Chiemsee lebten und zu dem er ein gutes Verhältnis hatte. Er redete ausschließlich in der Ich-Form, sodass ich vermutete, dass er keine Freundin hatte, was mich wunderte, denn er war ein gutaussehender, erfolgreicher Mann, der fünf Jahre älter war als ich und einen umgänglichen Eindruck machte. Vielleicht hatte er sich gerade von seiner Frau getrennt oder liebte Männer?

Da wir uns beide wohlfühlten und die Sonne sich hinter den dicken Wolken durchgekämpft hatte, bestellten wir uns noch einen Cocktail und plauderten heiter weiter. Ich erzählte Marko nicht, dass ich Bücher schrieb, da ich bisher noch nichts veröffentlicht hatte. Vielleicht musste ich bald wieder Bücher verkaufen oder begann ein Studium?

Die Sonne verabschiedete sich langsam und wir machten uns

auf den Heimweg. An einer Kreuzung, an der sich unsere Wege trennten, stoppten wir, um uns zu verabschieden.

«Hast du Lust, mir heute Abend beim Essen Gesellschaft zu leisten?», fragte er direkt und sah mich erwartungsvoll an.

Ich überlegte einen Moment. Da ich Marko mochte, mich einsam fühlte und sich aus uns eventuell etwas entwickeln konnte, sagte ich zu und fuhr rasch nach Hause bevor die Dunkelheit einbrach.

Das Hotel, in dem Marko sich einquartiert hatte, war hochpreisig und lag nur zwei Kilometer von meinem Haus entfernt.

Ich machte mich nach langer Zeit mal wieder schick und rief mir ein Taxi, da es regnete.

Marko saß bereits im Restaurant als ich den hübsch dekorierten Raum betrat. Er stand auf, reichte mir seine Hand und rückte mir den Stuhl zurecht. Auch er hatte sich für unser Treffen hübsch gemacht; er trug ein dunkles Sakko und ein weißes Hemd, an dem zwei Knöpfe geöffnet waren. Die Speisekarte war sehr übersichtlich und die Preise gepfeffert, sodass ich hoffte, dass der Anwalt, der sicherlich gut verdiente, mich einladen würde.

Marko war anders als Felix und auch anders als Pierre; er redete viel, konnte aber auch eine gewisse Zeit zuhören. Er stellte mir viele Fragen und war interessiert, was vielleicht durch seinen Beruf bedingt war? Nach vorgerückter Stunde erzählte ich ihm von meinen schriftstellerischen Aktivitäten, die er bewundernd zu Kenntnis nahm. Er wollte genau wissen, was in den Büchern passierte und zeigte großes Interesse, was mich erfreute. Zudem kannte er einen Münchner Verleger, der auch Belletristik im Programm hatte. Er bot mir an, mein Manuskript mitzunehmen und es seinem bekannten Verleger ans Herz zu legen. Voller Euphorie schöpfte ich neue Hoffnung und freute mich, dass Marko mir zufällig über den Weg gelaufen war. Auch wenn wir uns angeregt unterhielten, viel lachten und uns sympathisch waren, rührte sich mein Herz überhaupt nicht. Es hing noch immer an Pierre und es würde wohl Monate dauern, bis es ihn endlich losließ.

Nach Mitternacht fuhr ich mit dem Taxi nach Hause. Für den nächsten Tag hatte ich Marko zum Tee zu mir eingeladen, damit er sich das Manuskript abholen konnte.

Nach langer Zeit bekam ich endlich wieder Besuch und hatte einen Anlass, um einen Kuchen zu backen. Ich entschied mich für eine Möhrentorte, die ich mit kleinen Marzipan Möhrchen verzierte.

Marko kam über vierzig Minuten zu spät, was mich sehr ärgerte, denn ich konnte Unpünktlichkeit nicht ausstehen. Der Kaffee war bereits kalt und meine Laune im Keller. Dennoch riss ich mich zusammen und ließ mir meine Enttäuschung nicht anmerken.

Außerdem mochte er meinen zuckerfreien Kuchen offenbar nicht, denn er ließ ein halbes Stück auf seinem Teller liegen, den er demonstrativ zur Seite schob.

Schnell stellte ich fest, dass er viel zu viel redete, mir zu viel und zu langatmig über seine Arbeit, seine wunderschöne Kindheit am Chiemsee, von seinem Segel Club und seiner Studienzeit in München erzählte, sodass es in eine gewisse Prahlerei ausartete, die mir unsympathisch war. Ich wusste, dass wir auch keine guten Freunde werden konnten und schob einen Termin vor, um Mark loszuwerden. Dennoch drücke ich ihm mein Manuskript in die Hand und war froh, als ich wieder meine Ruhe hatte. Da Marko am nächsten Tag abreiste, kam es zu keinem weiteren Treffen.

Es war nicht leicht, einen passenden Mann zu finden, dachte ich resigniert und warf mich wieder in meine Arbeit, die mir Spaß machte und mir auch ein Stück von der Einsamkeit nahm.

Als mein Buch endlich aus dem Lektorat zurückkam, war ich ziemlich geschockt; zum einen über die hohen Kosten und zum anderen über die unzähligen Verbesserungsvorschläge, die ich jedoch brav abarbeitete. Zwischenzeitlich hatte ich einen versierten Cover Designer beauftragt, der mir ein wunderschönes Titelbild entworfen hatte, das perfekt zu meiner Geschichte passte und in das ich mich sofort verliebte.

Zwei Tage nach seiner Rückkehr hatte Marko mein Manuskript schon zu seinem bekannten Verleger gebracht. Ich war gespannt auf das Urteil und wartete voller Ungeduld.

Nachdem ich mein erstes Buch überarbeitet hatte, schickte ich es ins Korrektorat, für das ich wieder tief in die Tasche greifen musste. Mittlerweile hatte ich mich für ein Distributor entschieden und leitete alles in die Wege, um mein Buch in Kürze zu veröffentlichen. Es war alles recht einfach und unkompliziert gewesen und ich fieberte dem Tag entgegen, an dem mein Buch endlich erschien.

Da ich mich mal wieder bei meinen Eltern sehen lassen musste, fuhr ich für ein paar Tage nach Hamburg. Der Mann meiner Schwester war ausgezogen und lebte in einer kleinen 1-Zimmer-Wohnung. Jan wollte das Haus, das im Grundbuch auf seinen Namen eingetragen war, verkaufen, was meiner Schwester nicht gefiel, denn die Kinder fühlten sich wohl in dem Haus und Vanessa wollte partout nicht auf das angenehme Leben verzichten.

Als ich sie besuchte, bemerkte ich, wie blank ihre Nerven lagen und wie ungeduldig sie im Umgang mit den Jungs war. Ich fragte mich, ob sie genug Kraft haben würde, um ihr Studium zu meistern, das sie unbedingt in Angriff nehmen wollte.

Meinem Vater ging es nicht gut; er machte einen deprimierten Eindruck. Den ganzen Tag über saß er in seinem Sessel und hatte keinen Elan rauszugehen, was meine Mutter bedauerte. Nach ein paar Tagen in Hamburg sehnte ich mich nach meiner Insel.

An einem herrlichen Sonnentag kehrte ich zurück in mein

Inselparadies. Als ich aus dem Taxi stieg, sah ich Pierres Auto auf seiner Auffahrt stehen. Ich freute mich riesig, aber hatte einen bitteren Beigeschmack, da vermutlich wieder diese aufgestylte Mia bei ihm war.

Es dauerte nicht mal eine Stunde, da klingelte es an meiner Haustür. Da ich geahnt hatte, dass Pierre mich besuchen würde, hatte ich mir rasch ein hübsches Kleid angezogen und meine Wimpern getuscht, damit ich zumindest ein bisschen mit Mia mithalten konnte.

Ich tat überrascht, als ich die Tür öffnete. Zuerst fiel mein Blick auf Jenny, die sofort an mir hochsprang und fiepte. Pierre hatte längere Haare und trug einen Bart, der ihn älter und nicht schöner machte.

«Hallo, Viola. Ich bin wieder da!», sagte er freudig und hauchte mir Küsschen, die er vermutlich überall großzügig verteilte, auf die Wangen.

«Hallo, wie schön!», kam es von mir etwas kühl. Ich konzentrierte mich auf Jenny, die eifrig meine Hände abschleckte.

«Wie groß sie geworden ist.»

«Ja, das geht schnell. Wie geht es dir?»

«Hast du kurz Zeit?»

«Ja!»

«Dann komm rein. Magst du etwas trinken?»

«Ja, gerne.» Pierre war barfuß und ging direkt auf die Terrasse, während ich in der Küche verschwand. Ich spürte, wie mein Herz pulsierte und musste mir eingestehen, dass ich Pierre noch immer liebte, jede Minute an ihn denken musste und jede Nacht von ihm träumte, auch wenn mein Verstand mit dem Kopf schüttelte. Ich war so aufgeregt, dass mir ein Löffel auf den Boden fiel und ich den Tee nicht finden konnte.

Mein Nachbar saß im Strandkorb und hatte Jenny auf seinem Schoß als ich in den Garten kam, in dem es überall blühte und grünte. Ich nahm auf einem Korbstuhl Platz und schaute den beiden lächelnd und mit weichem Herzen beim Kuscheln zu.

«Ist der Bart für eine Rolle?»

«Ja. Er gefällt mir überhaupt nicht und kommt in drei Wochen wieder ab. Und? Wie weit bist du mit deiner Veröffentlichung?», fragte er interessiert und griff nach der Teetasse.

«Ich bin kurz davor, mein Buch hochzuladen. Ich kann dir das Cover zeigen.» Ich holte mein Handy und zeigte ihm voller Stolz das Bild.

«Wow! Das ist toll! Das passt perfekt zur Geschichte. Und du hast noch keinen positiven Bescheid von einem Verlag bekommen?»

«Nein, aber ehrlich gesagt, finde ich das mit dem Selfpublishing viel besser. So fließen alle Tantiemen, sofern es denn welche geben sollte, in meine eigene Tasche. Zudem kann ich alles selbst bestimmen. Vor allem geht es viel schneller. Wenn ich das Buch morgen hochlade, kann man es übermorgen schon kaufen.»

«Ja, das ist toll! Wie gesagt, eine Bekannte von mir vertreibt ihre

Bücher auch so und ist sehr zufrieden.»

Pierre sprach kein Wort über Mia und ich fragte auch nicht nach und hoffte sehr, dass er erkannt hatte, dass das keine Frau für ihn war.

«Und wie lange kannst du dieses Mal bleiben?» Ich hoffte so sehr, dass er länger auf der Insel blieb, denn ich fand es schrecklich, immerzu auf das leere, tote Haus zu schauen.

«Acht Tage. Die Auszeit brauche ich auch dringend. Der letzte Dreh hat mich echt geschlaucht. Ich will zukünftig auch etwas kürzertreten. Es ist einerseits schön, erfolgreich zu sein, aber es bringt auch viel Negatives mit sich. Ich werde bald vierzig und überdenke gerade mein Leben. Eigentlich will ich so wie bisher nicht mehr weitermachen. Mein Job kommt mir manchmal so unwichtig vor. Wenn ich sehe, was auf der Welt so abläuft, müsste ich etwas tun, was der Menschheit nützt, was der Erde hilft, damit sie nicht zerbricht.»

«So ging es mir auch. Ich habe mich auch gefragt, ob ich die nächsten 30 Jahre weiterhin Bücher verkaufen möchte und ob mich das auf Dauer erfüllt. Nun bin ich froh, dass ich den Schritt in eine andere Richtung gewagt habe, auch wenn es vielleicht erst holperig losging, bin ich voller Zuversicht, das Richtige getan zu haben.»

«Ich bewundere deinen Mut. Vor allem, weil du noch Geld verdienen musst. Ich habe Angst davor, dass ich etwas aufgebe, das ich nach einiger Zeit vermissen werde. Ich bin es gewohnt, Erfolg zu haben, auf Rote Teppiche und interessante Veranstaltungen eingeladen zu werden. Wenn ich das plötzlich nicht mehr habe … »

«Aber ist dir das so wichtig? Vielleicht würde es dir viel mehr Freude und Zufriedenheit bringen, wenn du dich für soziale Zwecke engagierst? Gerade du als berühmte Person könntest so viel mehr erreichen als Hänschen Müller. Du musst ja auch nicht einen Film nach dem anderen drehen. Reicht nicht auch eine Produktion pro Jahr?», redete ich mich in Rage und bekam einen roten Kopf, da ich Pierre dabei helfen wollte, sein Leben neu zu ordnen. Ich wollte, dass es ihm besser ging und hatte Sorge, dass er von seinem Turbo Leben aufgefressen wurde.

«Ich bekomme sehr viel interessante Angebote, die ich einfach nicht ablehnen mag.»

«Das kann ich verstehen. Vermutlich würde ich das auch nicht tun.»

Pierre zog ein nachdenkliches Gesicht und setzte Jenny behutsam auf dem Boden ab, da sie unruhig wurde.

«Ich hätte so gerne eine Familie … Bisher habe ich noch keine Frau gefunden, mit der ich Kinder haben, mit der ich alt werden wollte. Ich strebte danach, mit einer hübschen Partnerin an meiner Seite zu glänzen. Wollte allen zeigen, schaut mal her, ich kann die schönsten Frauen haben. Doch all meine Beziehungen waren ein Desaster. Bei keiner Frau habe ich mich fallenlassen können oder geborgen gefühlt. Mitunter hatte ich das Gefühl, dass meine Partnerinnen sich in den berühmten Schauspieler verliebt hatten und nicht in den eigentlich sehr sensiblen Pierre, der mit seinem Leben hadert und seine Vergangenheit nie aufgearbeitet hat.»

Ich überlegte eine Weile und beobachtete Jenny, die auf dem Grundstück ausgelassen herumtollte.

«Und was ist mit Mia?»

«Mia?», fragte er überrascht und rieb sich den Bart, der von ein paar grauen Haaren durchsetzt war.

«Ist sie deine aktuelle Freundin?», wollte ich wissen und bekam rote Wangen, da mir die Frage unangenehm war.

«Nein! Um Gottes Willen! Mia ist die Frau eines bekannten Regisseurs. Er hatte mich gebeten, Mia mal mit nach Sylt zu nehmen, da er gerade für drei Monate in Australien dreht. Sie hat sich hier aber gelangweilt und es war ihr zu kalt.»

Ich war erleichtert und meine Hoffnung, dass er etwas für mich empfand, stieg erneut. Immerhin war er frei!

«Nun erhole dich erstmal und genieße die gute Luft und die Ruhe.»

«Es tut mir wirklich gut, hier zu sein und ich würde gerne mehr Zeit auf der Insel verbringen. Auf Sylt kann ich meine leeren Akkus voll aufladen. Vor allem tut es gut, mit dir zu reden, Viola. Ich kann mich wirklich glücklich schätzen, in meiner Nachbarin eine gute Freundin gefunden zu haben.»

Ich nickte und mein Herz wurde schwer, denn er sah mich offensichtlich nur als gute Freundin, bei der man sich jederzeit ausweinen und einen guten Tee trinken konnte.

«Ich wollte gleich einkaufen. Soll ich dir etwas mitbringen oder wollen wir gemeinsam fahren?», bot Pierre mir an, da er wusste, dass ich kein Auto besaß. Ich freute mich über seine Aufmerksamkeit, die mir bewies, dass er an mich dachte und gerne mit mir seine Zeit verbrachte. Da es für mich tatsächlich beschwerlich war, alle Einkäufe mit dem Rad zu erledigen, nahm ich sein Angebot gerne an.

Eine Stunde später fuhren wir mit seiner schwarzen Limousine zu einem größeren Supermarkt. Ich hatte Jenny auf dem Schoß und träumte davon, Pierres Frau zu sein; täglich mit ihm zusammen zu sein, mit ihm gemeinsam zu kochen, lange Spaziergänge zu unternehmen und ihn zu küssen.

Ich machte Pierre Vorschläge, was er kochen und welche Lebensmittel er kaufen könnte, die beim Abnehmen halfen. Am Set aß er viel zu ungesund; naschte zwischendurch haufenweise Schokoriegel, von denen er einen kleinen Bauchansatz bekommen hatte, den er unbedingt loswerden wollte; zumal er sich bei seinem nächsten Film in Badehose präsentieren musste. Mit vollgeladenem Kofferraum kehrten wir zurück. Pierre half mir beim Ausladen und fragte: «Wollen wir vielleicht heute Abend bei mir gemeinsam kochen? Dann sparen wir uns Zeit und Arbeit?»

Natürlich wollte ich! Ein bisschen hatte ich darauf spekuliert, mit Pierre den restlichen Tag zu verbringen. «Ja, gerne! Du kannst entscheiden, was wir kochen.»

Ich war happy! Happy, weil Mia nicht seine Freundin war, happy, weil Pierre meine Nähe suchte und happy, weil ich mein Buch am nächsten Tag hochladen wollte.

Eine Stunde vor unserem Treffen versuchte ich das Beste aus meinem Äußeren herauszuholen, jedoch übertrieb ich es nicht und blieb meinem dezenten Stil treu. Da es ungewöhnlich warm war, konnte ich ein leichtes Kleid anziehen, das ich in einer kleinen Boutique im Sonderangebot gefunden hatte. Die Verkäuferin hatte sich fast überschlagen, weil sie meinte, dass das Kleid wie für mich geschneidert war.

In bester Stimmung schnitt ich ein paar Blumen im Garten ab, steckte Leckerlis in meine Handtasche, die ich für Jenny besorgt hatte, und ging, mit weichen Knien und einem ganzen Schwarm von Schmetterlingen im Bauch, die paar Schritte zu Pierre hinüber.

Die Haustür stand offen, da er mich erwartete. Jenny war mit seinem Herrchen in der Küche und bettelte.

«Viola!», rief Pierre aus, als wäre er überrascht, dass ich da bin.

«Ich habe Blumen für dich mitgebracht. Darf ich Jenny etwas geben?»

«Ja, aber nicht so viel, sonst wird sie noch so fett wie ich.»

Er legte meine Blumen auf dem Esstisch ab und reichte mir eine nagelneue Schürze.

«Was möchtest du gerne machen? Zwiebeln schneiden … »

Im Hintergrund lief dezente Musik. Pierre hatte bereits eine Flasche Wein geöffnet und während wir beide konzentriert schnippelten und ab und an am Wein nippten, lächelten wir uns immer wieder an. Wir waren ein tolles Team! Hoffentlich wurde Pierre langsam bewusst, wie gut wir miteinander harmonierten, wie gut wir uns unterhalten konnten und wie sehr wir beide das Leben auf der Insel genossen.

Es dauerte über eine Stunde bis das Essen fertig war. Wir deckten gemeinsam den Tisch auf der überdachten Terrasse und freuten uns auf das Essen, das köstlich duftete und sehr appetitlich ausschaute. Ich hatte Pierre das Rezept empfohlen, da es kalorienarm war und dennoch satt machte.

Die Stunden mit Pierre machten mich rundum glücklich. Ich war mir sicher, dass er der Mann war, den ich auf der Stelle heiraten und mit dem ich Kinder haben wollte. Pierre war mein Mann! Pierre war mein Leben! Wenn er es schaffen würde, seinen Job an den Nagel zu hängen, für immer nach Sylt zu ziehen und mich bei meinen Büchern unterstützte, wäre unser Leben perfekt.

Als die Sonne sich verabschiedet hatte, wurde es schlagartig kühl und wir gingen ins Haus.

Da einige Wände in dem geräumigen Wohnzimmer sehr kahl waren, bekam ich die spontane Idee, Pierre Ilses Bilder, die auf unserem Dachboden schlummerten, zu schenken, doch ehe ich ihm diesen Vorschlag unterbreiten konnte, ging sein Telefon. Es wurde ein langes Gespräch, das er mit seinem Manager führte. Nachdem Pierre das Telefonat beendet hatte, seufzte er und ich hatte das Angebot mit den Bildern schon wieder vergessen.

Pierre nahm Jenny auf seinen Schoß und vergrub sein Gesicht in ihrem weichen Fell. Er sehnte sich nach aufrichtiger Liebe, nach Streicheleinheiten, nach einer Frau, bei der er sich fallenlassen konnte und der es nicht wichtig war, dass er Geld und Erfolg hatte.

Gegen elf Uhr fing Pierre an zu gähnen; für mich ein klares Zeichen, dass ich mich verabschieden sollte.

Wieder hatte es von seiner Seite keinerlei Annäherungsversuchte, keine Komplimente oder Liebesbeweise gegeben, was mich mächtig enttäuschte. Sollte ich ihm endlich meine wahren Gefühle offenbaren? Nein, ich wollte abwarten, bis er bemerkte, dass er sich in meiner Gegenwart wohlfühlte, dass er bei mir ganz der sein konnte, der er war, nämlich ein sentimentaler Mann, der ein Scheinleben führte, ein Mann mit Altlasten, die ihn noch immer beschäftigten, ein Mann mit Zweifeln, die mit fortgeschrittenem Alter größer wurden.

Am nächsten Tag war der große Tag, dem ich lange entgegengefiebert hatte. Ich veröffentlichte mein erstes Buch im Internet und war dermaßen aufgeregt, dass mein Puls sich den ganzen Tag über nicht beruhigte. Nun würde sich zeigen, wie den Lesern mein Werk gefiel. Ich musste darauf gefasst sein, dass die Käufer mein Buch schlecht bewerteten und mir niederschmetternde Rezensionen schreiben konnten. Mein Buch war zum Abschuss freigegeben!

Um mich abzulenken, unternahm ich einen langen Spaziergang. Am Nachmittag sah ich Pierre an seinem Auto. Ich ging zu ihm und erzählte ihm aufgeregt, dass mein Buch nun online war. Er gratulierte mir überschwänglich und saugte nebenbei sein Auto aus.

«Hast du Lust auf Kuchen?», fragte ich euphorisch und nahm Jenny auf den Arm, die mir das Gesicht abschleckte. Ich musste in diesem Moment daran denken, mein eigenes Baby auf dem Arm zu haben und spürte, wie intensiv ich mich nach dem Muttersein sehnte.

«Kuchen ist immer gut, aber eigentlich will ich abnehmen … »

«Keine Sorge! Mein Kuchen ist ohne Zucker und ohne Weißmehl.»

«Dann kann ich wohl nicht nein sagen.»

Voller Eifer rührte ich den Kuchenteig und fragte mich, ob schon jemand mein Buch bestellt hatte. Als der Kuchen im Ofen war, schaute ich nach meinen Verkaufszahlen, die stündlich aktualisiert wurden. Ich traute meinen Augen nicht und bekam einen gehörigen Schrecken als ich den Balken meiner Verkäufe sah. 50 Personen hatten mein Buch innerhalb von wenigen Stunden gekauft! Ich konnte es nicht glauben und vermutete, dass es ein Irrtum sein musste. So schnell konnte man Bücher verkaufen!

Als Pierre kam, fiel ich ihm ungehemmt vor lauter Freude um den Hals. Er gab mir einen Kuss auf die Stirn und drückte mich kurz an seinen Körper, was ich genoss.

«Stell dir vor, schon über fünfzig Leute haben mein Buch gekauft!», sagte ich aufgebracht und konnte mich nicht wieder beruhigen, da es unglaublich aufregend war.

«Was? Das ist ja Wahnsinn! Ich habe dir doch gesagt, dass dein Buch fantastisch ist.»

«Sie haben es gekauft, aber noch nicht gelesen», krochen erste Zweifel in mir hoch.

«Sicherlich haben sie die Leseprobe gelesen und die hat sie begeistert», vermutete Pierre und freute sich sichtlich mit mir.

«Ich bin so happy! Das habe ich dir zu verdanken. Du hast mich auf das Selfpublishing aufmerksam gemacht.»

«Ich freue mich mit dir. Darauf müssen wir unbedingt anstoßen. Ich habe drüben noch eine Flasche Champagner im Kühlschrank stehen, die werde ich rasch holen.» Er ließ Jenny bei mir, mit der ich schmuste und ihr erzählte, wie glücklich ich sei und dass ich ihr Herrchen über alles liebte.

Pierre wedelte mit der Flasche und ich holte die guten Sektkelche aus der Vitrine, die meine Großeltern zur Silberhochzeit geschenkt bekommen hatten. Wenn Pierre und ich in diesem Jahr heiraten würden, wäre er 65 und ich 55 Jahre, wenn wir es 25 Jahre miteinander aushalten würden, dachte ich als er die Gläser füllte.

«Auf dein Buch!», sprach er den Toast aus, während ich schwieg und den Augenblick genoss.

«Und was hast du Leckerens gebacken?» Pierre leckte sich die Lippen; er aß genauso gerne Kuchen wie ich; eine weitere Gemeinsamkeit, die wir hatten.

«Heute gibt es einen Möhrenkuchen mit zarten Möhrchen, Ahornsirup, Orangensaft, Nüssen und Öl und noch ein paar anderen gesunden Zutaten.» Ich schnitt Pierre ein großes Stück ab und merkte, wie viel Spaß es mir machte, für ihn zu backen, denn er war ein dankbarer Abnehmer für meine gesunden Gerichte, die er alle toll fand und für die er sich interessierte.

«Der ist unglaublich lecker! So süß und saftig.»

«Ich hatte erst ein Rezept aus dem Internet, aber die Zutaten gefielen mir nicht und dann habe ich ein bisschen rumexperimentiert und nun bin ich zufrieden mit dem Ergebnis.»

«Du solltest auch noch Kochbuchautorin werden», schlug er mir vor und stopfte den Kuchen in sich hinein.

«Daran hatte ich auch schon gedacht. Eigentlich hatte ich zuerst die Idee gehabt, ein Tagebuch zu verfassen, in dem ich berichte, was ich esse, wie ich mich fühle und wie viel ich abnehme. Ich hatte sogar schon mit dem Schreiben begonnen, aber als ich nach Sylt kam, legte ich das Manuskript in eine Schublade und schrieb meinen Roman.»

«Was ist denn überhaupt mit deinem zweiten Buch? Ist es schon fertig?»

«Ja, schon seit ein paar Wochen.»

«Und warum hast du es mir noch nicht zum Lesen gegeben?»

«Du bist ja nicht hier gewesen.»

«Ich muss es lesen. Ich bin ein großer Fan deiner Werke. Du schreibst wie am Fließband. Ich glaube, dass ich für ein Buch zwei Jahre brauchen würde.»

«Aber wenn man den ganzen Tag nichts zu tun hat, dann hat man doch viel Zeit.»

«Zeit allein bringt auch nichts. Wenn man keine Ideen hat und die Gedanken nur schleppend zu Papier gebracht werden, macht das Schreiben sicherlich keinen Spaß.»

«Die ersten Tage lief es bei mir auch nicht gut und ich hatte große Bedenken, aber irgendwann platzte der Knoten und dann sprudelte es wie aus einem Brunnen», erklärte ich Pierre und spürte ein nie dagewesenes Glückgefühl in mir brennen, das meine Haut zum Kribbeln brachte.

«Das ist wahrlich beneidenswert. Nicht jedem fällt diese besondere Gabe zu. Es freut mich wirklich für dich, dass du deine wahre Berufung gefunden hast. Ich bin vielleicht ein guter Schauspieler, aber ob das meine Berufung ist? Da ich Zweifel an meiner Tätigkeit habe, ist es vielleicht nicht das, was mich zufrieden macht?», begann er erneut, mit seinem Leben zu hadern. Ich war mir sicher, dass Pierre etwas in seinem Leben verändern musste, bevor er abstürzte. Ich wollte ihm unbedingt helfen, ihn auf den richtigen Weg bringen und mit all meiner Kraft unterstützen, auch wenn er mich nicht liebte.

Am Abend hatte ich bereits über zweihundert Bücher verkauft und kletterte auf Platz 2 der Rangliste. Von Null auf Hundert sozusagen. Ich konnte es nicht glauben und schwebte wie auf einer Wolke. Es war unglaublich beflügelnd, Erfolg bei einer Sache zu haben, die man mit viel Herzblut und Freude erschaffen hat. Vor lauter Aufregung konnte ich nicht einschlafen und schaute mir stündlich meine Verkaufszahlen an, die stetig anstiegen. Ich verdiente mein erstes Geld mit meiner Schreiberei! Konnte ich davon auf Dauer leben? Würden die Verkäufe anhalten? Wird mein zweites Buch auch so gut ankommen? Bekam ich gute Rezensionen? Es schlichen sich auch Ängste und Zweifel zwischen die Freude, da ich wusste, dass das Leben ein stetes Auf und Ab war.

Am nächsten Morgen hielt das prickelnde Glücksgefühl weiterhin an. Ich sprang beschwingt aus dem Bett und schaute voller Spannung auf meine neuesten Verkaufszahlen. Über dreihundert Bücher innerhalb eines Tages! Ich war so aufgeregt, dass ich Yoga machen musste, um mich zu beruhigen. Als ich Porridge kochte, klingelte mein Handy. Vanessa meldete sich mit einer leisen, ernsten Stimme, die nichts Gutes verhieß.

«Papa ist … ist am frühen Morgen …» Sie konnte den Satz nicht vollenden und brach in Geheul aus.

«Nein!», schrie ich verzweifelt. Der plötzliche Sturz von dem bombastischen Glücksgefühl, das ich noch vor ein paar Sekunden in mir gespürt hatte, in diesen tiefen, schrecklichen Schmerz, ließ mich beinahe ohnmächtig werden.

«Ich setze mich in den nächsten Zug.»

Kopflos warf ich ein paar Sachen in meine Reisetasche, schloss die Fensterläden, stieg wie unter Drogen ins Taxi und saß heulend im Zug nach Hamburg. Ich dachte weder an Pierre noch an meine Verkaufszahlen; in mir war nur noch eine immense Trauer über den unerwarteten Tod meines geliebten Vaters und der Vorwurf an mich, dass ich nicht bei ihm gewesen bin als er von uns ging.

Mutter machte einen recht gefassten Eindruck. Vanessa und die Jungs waren bereits bei ihr, um sie zu trösten. Es herrschte eine bedrückende Atmosphäre im Haus. Vaters Sessel, auf dem er seine letzten Tage verbracht hatte, und der große, leere Aschenbecher standen wie ein stilles Mahnmal im Raum und machten die Lücke, die er hinterließ, nur allzu deutlich. Mutter hatte schon Einiges in die Wege geleitet, denn offenbar war sie auf Vaters Ableben vorbereitet gewesen.

Ich blieb zwei Wochen in Hamburg. Die Beerdigung meines Vaters war das Schlimmste, was ich bis dahin erlebt hatte. Die Trauer war so groß, dass ein Ausnahmezustand in meinem Kopf herrschte. Tränen flossen in einem fort. Ich spürte eine unbeschreibliche Leere in mir und konnte keine Freude mehr empfinden, da das Leben sich schlagartig verändert hatte und nichts mehr so war wie zuvor. Nie wieder werden wir mit Vater Weihnachten feiern, nie mehr zu seinem Geburtstag Mutters Frankfurter Kranz essen und nie wieder werde ich Vaters vertrautes Rasierwasser riechen. Das Leben würde fortan ein anderes sein.

Da Mutter nicht alleine sein mochte, fuhren wir zu zweit nach Sylt. Ich machte das Schlafzimmer für sie frei und übernahm den Haushalt und die Küche, da Mutter zu nichts Lust hatte. All die Jahre hatte sie davon geträumt, mit ihrem Mann auf die Balearen auszuwandern. Ihr Traum war zerplatzt und sie musste sich neue Lebensziele setzen. Pierre war wieder fort als wir auf die Insel kamen. Nach meiner überstürzten Abreise hatte ich ihm eine kurze SMS hinterlassen und ihn darüber informiert, dass mein Vater verstorben ist. Ich hatte mich so sehr auf die Woche mit Pierre gefreut; hatte gehofft, ihn durch all meine Liebe und Aufmerksamkeit an mich binden zu können. Das Leben verlief nicht nach Plan, sondern machte was es wollte.

Meine Bedürfnisse und meine Träume traten schlagartig in den Hintergrund. Wir mussten unsere Trauer irgendwie verarbeiten und quälten uns durch die düsteren Tage, an denen uns nur der Schlaf Ruhe vor der Traurigkeit brachte.

Mutter redete wenig und wollte oftmals alleine spazieren gehen, was mich noch trauriger machte. Wandelte sie vielleicht auf den Spuren vergangener Tage?

Seit Vaters Tod hatte ich kein Interesse mehr gehabt, nach meinen Verkaufszahlen zu gucken, denn es erschien mir einfach nicht mehr wichtig.

Nachdem ich etwas in den Alltag zurückgekehrt war, schaltete ich den Computer ein und rief meine Verkaufsstatistik auf. Mich traf ein Blitz! Ungläubig starrte ich auf den hohen Balken. In zwei Wochen hatte ich über zweitausend Bücher verkauft. Sollte das der Trost für Vaters Tod sein? Musste etwas Schlechtes passieren, um mit etwas Gutem belohnt zu werden?

Als Mutter von ihrem Spaziergang zurückkehrte, berichtete ich ihr herzklopfend und voller Euphorie von meinem Erfolg. Sie versuchte, so zu tun, als würde sie sich freuen, aber sie war noch in ihrem tiefen Kummer gefangen und musste langsam in ihr neues, einsames Leben zurückfinden.

Wäre Pierre doch hier! Dann hätten wir ordentlich gefeiert. Seine Vermutung, dass mein Buch gut war, hatte sich voll und ganz bestätigt. Zukünftig konnte ich auf sein Urteil zählen und ihn als Testleser einsetzen.

Ich musste meine Freude und Aufregung unterdrücken, da Mutter still litt und ihre Trauerzeit brauchte. Nach einer Woche wollte sie zurück nach Hamburg fahren, was mir entgegenkam, denn ich musste mich um meine Bücher kümmern und mein Leben weiterleben, in dem ich noch viel vorhatte.

Vanessa und ich redeten auf meine Mutter ein, dass sie verreisen sollte, um sich abzulenken, aber sie wollte täglich zum Friedhof gehen, wollte ihren Mann nicht alleine lassen. Sie redete viel an seinem Grab, auf dem sie ein unglaubliches Blütenmeer gepflanzt hatte, das auf dem Friedhof sehr auffiel. Vielleicht erzählte sie Vater auch von meinem Erfolg, den er leider nicht mehr mitbekommen hatte.

Kurz nachdem Mutter abgereist war, erreichte mich ein Brief aus München. Der Verlag, den meine flüchtige Bekanntschaft mir empfohlen hatte, wollte mein Buch unter Vertrag nehmen. Ich freute mich, aber wollte beim Selfpublishing bleiben, mit dem ich überaus erfolgreich war.

Die ersten Rezensionen ließen nicht lange auf sich warten und ich bekam durchweg sehr gute Bewertungen, was mich zum Weinen brachte und darin bestärkte, beruflich das Richtige zu tun. Einige Leser schrieben sogar, dass sie mein Buch zweimal gelesen hatten, was mich rührte und mir sehr viel bedeutete. Ich kann nicht beschreiben, wie viel mir die Worte meiner Leser, denen ich schöne Lesestunden bescherte, bedeuteten. Nun hatte ich die Gewissheit, dass ich auch, ohne das Erlernen der Schreibkunst, Romane verfassen konnte. Vermutlich fiel mir das Schreiben so leicht, weil ich unzählige Bücher verschlungen hatte.

Der grandiose Erfolg beflügelte und motivierte mich so sehr, dass ich mit Feuereifer an meinem dritten Buch arbeitete.

Von Pierre hörte ich nichts. Er hatte mir nur per SMS sein Mitleid bekundet und mir viel Kraft gewünscht. Sicherlich drehte er gerade wieder und fand keine Zeit, nach Sylt zu kommen.

Nachdem sich meine Trauer nach ein paar Wochen abgeschwächt hatte, war mein Kopf wieder ganz frei und ich konnte unbeschwert schreiben; genoss die langen Spaziergänge und das Baden in der Nordsee. Meine immensen Buchverkäufe blieben nicht ohne Folgen. Ich stand auf einigen Bestsellerlisten ganz oben, bekam Angebote von mehreren Verlagen, Einladungen von verschiedenen Seiten und erhielt vor allem viele Leserzuschriften, sodass ich neben dem Schreiben noch viele andere Dinge zu tun hatte.

Es wurde Sommer und ich genoss das Leben im Freien; bekam Besuch von ehemaligen Kolleginnen und fuhr nach Hamburg zu meiner Mutter, die für drei Wochen mit einer Bekannten nach Ibiza reisen wollte, was mich sehr freute, denn sie brauchte Ablenkung.

Mein Leben hatte sich komplett verändert. Ich konnte es noch immer nicht fassen, dass ich das war, die mit so viel Glück und Erfolg überschüttet wurde. Jedoch beschlichen mich auch Bedenken, dass der Erfolg nicht lange anhalten könnte.

Als ich an einem heißen Tag vom Schwimmen nach Hause lief, sah ich Pierres Limousine auf seiner Auffahrt stehen. Mein Herz blieb vor Freude kurz stehen und meine Knie wurden weich. Ich hatte ihn solange nicht gesehen, hatte ihn sehr vermisst und jeden Tag unglücklich auf die leere Villa gestarrt. Nun war er endlich wieder da!

Ich duschte rasch, zog mir ein kurzes Kleid an und zwirbelte meine feuchten Haare zu einem Dutt zusammen. Da ich nach

Vaters Tod unter Appetitlosigkeit gelitten hatte, passte ich in Kleidergröße 34, was mir gar nicht gefiel, denn mein Busen war kleiner geworden und ich fand mich zu dürr; aber das Zunehmen sollte kein Problem sein.

Voller Unruhe wartete ich auf Pierre, der sicherlich bald zu mir kommen würde, doch nach drei Stunden hatte er sich noch immer nicht bei mir gemeldet. Ungeduldig schaute ich alle paar Minuten aus dem Küchenfenster, konnte aber weder ihn noch Jenny sehen. Ging es ihm vielleicht nicht gut?

Erst gegen Abend vernahm ich ein Lachen im Garten, das von einer Frau stammte. Hatte er etwa wieder eine neue Freundin? Mein Glück trübte sich sofort ein und ich verlor die Hoffnung, dass Pierre und ich jemals ein Paar wurden. Ich flüchtete mich geknickt in meine Arbeit, aber konnte mich nicht konzentrieren. Offenbar konnte ich nicht gleichzeitig Glück im Job und Glück in der Liebe haben. Das war wohl zu viel verlangt! Hätte ich zwischen beiden wählen dürfen, hätte ich mich für die Liebe entschieden.

Pierre traf ich am nächsten Morgen, als er mit einer prallen Brötchentüte und einer Flasche Milch aus dem Auto stieg. Ich kam gerade von meinem morgendlichen Nordsee Bad, das mir an diesem Tag keine gute Laune gemacht hatte.

«Viola!», rief er freudig und hatte ja keine Ahnung, was er mir mit seinem Damenbesuch antat. Er warf die Brötchen und die Flasche auf den Fahrersitz und lief in großen Schritten auf mich zu. «Es tut mir ja so leid ... » Er drückte mich an seinen kräftigen Körper und hielt mich lange umschlossen, während sich Tränen in meinen Augen bildeten.

«Hallo, Pierre», sagte ich halbwegs gefasst und löste mich aus seiner Umarmung. Ich legte mein nasses Haar, das durch das Meerwasser und die Sonne sehr hell geworden war, nach hinten, da der Wind es mir ins Gesicht geweht hatte.

«Wie geht es dir?», erkundigte er sich besorgt und zog eine mitleidige Miene.

Sein Bart war ab und seine Haut stark gebräunt. Vermutlich tat ihm die neue Liebe gut. Vielleicht hatte er nun endlich die Frau gefunden, mit der er sich Kinder vorstellen konnte?

«Ganz gut. Du siehst gut aus. Der Bart ist ab … »

«Ja, schon länger. Mir geht es sehr gut. Stell dir vor, ich habe drei Wochen frei und werde den Sommer hier genießen können. Ich hoffe, dass das Wetter mitspielen wird. Hast du schon in der See gebadet?»

«Ja, gerade eben. Das Wasser ist noch kalt, aber herrlich.»

«Wir sehen uns! Du musst mir unbedingt von deinen Verkäufen berichten. Übrigens habe ich dein zweites Buch durch.»

Pierre hatte es eilig, denn seine Neue wartete sicherlich auf die frischen Brötchen, die ich auch gerne mit ihm verdrückt hätte.

Es war an der Zeit, dass ich mir den Schauspieler endgültig abschminkte. Wenn er sich in mich verliebt hätte, hätte er mir das schon längst gezeigt. Mit traurigem Herzen verzog ich mich ins Haus und aß alleine meinen Haferbrei, während Pierre nebenan seine neue Eroberung mit leckeren Brötchen fütterte. Es war nicht leicht, eine einseitige Liebe zu verdauen. So schwer es auch war, ich musste mir endlich eingestehen, dass ich nicht Pierres Traumfrau war.

Um mich von meinem Liebeskummer abzulenken, vertiefte ich mich in mein drittes Buch. Meinen zweiten Roman hatte ich ins Lektorat geschickt und hoffte weiterhin auf gute Verkäufe.

Am Abend sah ich Pierres Begleitung ins Auto steigen. Die neue Frau an seiner Seite war zierlich und trug ein Minikleid und hohe Sandaletten. Ich konnte sie nur für einen kurzen Moment von hinten sehen; ihr dunkles, glänzendes Haar fiel ihr weich über die Schultern bis zum Po. Pierre trug ein weißes Hemd und eine Business Hose und sah wie immer umwerfend aus. Vermutlich ging das frisch verliebte Traumpaar schick essen. Erneut keimte eine herzzerfleischende Eifersucht in mir auf, die mich zum Heulen brachte. Nachdem ich mich etwas gefasst hatte, flüchtete ich mich in ein Buch meiner Lieblingsschriftstellerin, das ich auf der Terrasse bei Kerzenlicht und einem Glas Wein las. Kurz vor Mitternacht hörte ich eine Autotür und leises Gelächter, das durch mein geöffnetes Küchenfenster drang. Da ich gerade in der Küche war, um mir ein Glas Wasser zu holen, warf ich einen Blick in die Dunkelheit und sah im schwachen Licht der Außenbeleuchtung wie Pierre seinen Arm um seine Freundin legte und mit ihr im Haus verschwand. Ich weinte ins Kissen und bat die Macht dort oben, dass sie mir bald einen tollen Mann schickte.

Am nächsten Tag traf ich das turtelnde Pärchen am Strand, obwohl ich gehofft hatte, ihnen nicht zu begegnen. Pierres Freundin war ein wahres Wunder der Natur, die auf den ersten Blick makellos schien. Ihre Haut war wie Alabaster, die Gesichtszüge fein wie bei einem Püppchen und die Proportionen ihres Körpers perfekt. Ich schätzte sie auf Mitte zwanzig. Vermutlich ein Fotomodell oder eine Schauspielerin mit einem wunderschönen Busen, den ich mir auch bald leisten konnte. Die beiden standen händchenhaltend an der Wasserlinie und trauten sich nicht ins Meer. Vielleicht war Pierres Prinzessin bisher nur in der Karibik oder an anderen traumhaften, warmen Orten gewesen? Mir bot sich keine Möglichkeit, den beiden aus dem Weg zu gehen, da ich fror und aus dem Wasser musste. Ich lief direkt auf sie zu. Mit nassen, triefenden Haaren und ohne Schminke sah ich nicht gerade wie eine Wassernixe aus, aber immerhin konnte ich mit meiner schlanken Figur punkten.

«Hi, Viola! Ich habe dich erst gar nicht erkannt. Das Wasser ist ja eisig! Du bist sehr mutig.»

Die beiden standen bibbernd im Wind und trauten sich nur mit den Fußspitzen in die raue Nordsee.

«Das ist Luana! Sie spricht kein Deutsch. Sie kommt aus Portugal», stellte Pierre mir gut gelaunt seine Begleitung voller Stolz vor und dachte vermutlich, dass ich mich mit ihm freuen würde.

«Olá, Luana. Como vai?», begrüßte ich sie freundlich und reichte ihr meine nasse Hand.

Die hübsche Portugiesin trug eine große Sonnenbrille, sodass ich ihre Augen nicht sehen konnte. Sie drückte meine Hand sehr lasch und zeigte ein zaghaftes Lächeln. Sie griff verängstigt nach Pierres Hand, als wäre ich ein Seeungeheuer.

«Du sprichst Portugiesisch», stellte Pierre erstaunt fest und sah mich bewundernd an.

«Nur ein paar Brocken. Dann werde ich mich mal abtrocknen. Euch noch viel Spaß», beendete ich unsere Begegnung und holte mein Handtuch aus den Dünen. Während ich mich abrubbelte, beobachtete ich die beiden. Sie spazierten eng umschlungen am Wasser entlang. Jenny hatten sie, warum auch immer, zuhause gelassen.

Nach dieser schockierenden Begegnung am Strand, die mich zutiefst erschütterte, gab ich Pierre endgültig auf. Ich hatte sehen können, wie verliebt und glücklich er war und hätte mich, wäre ich ein Mann gewesen, auch in die feurige Portugiesin verliebt. Es war an der Zeit, dass ich mich nach anderen Männern umschaute, anstatt meine Zeit mit Hirngespinsten zu vergeuden. Da mir klar war, dass kein Mann vom Himmel fiel oder am Strand angespült wurde, musste ich aktiv werden, was mir jedoch sehr schwerfiel.

Getrieben von dem Wunsch, endlich wieder einen Partner an meiner Seite zu haben, fuhr ich am Abend mit dem Bus nach Westerland; ging Fisch essen und anschließend in eine Bar, die sehr gut besucht war. Alleine fühlte ich mich unsicher und beobachtet, aber stellte mich dieser Herausforderung. Ich nahm auf einem Barhocker am Tresen Platz und zog verlegen an meinem engen, kurzen Rock. Es dauerte nicht lange, da setzte sich ein älterer Typ neben mich. Er machte einen gepflegten Eindruck, aber hatte mit seinem Rasierwasser übertrieben, das gar nicht nach meinem Geschmack war. Zudem war der Mann viel zu alt für mich und trug dicke Warzen im Gesicht, die mich sofort abschreckten. Bevor er mich ansprechen konnte, rutschte ich vom Barhocker und verschwand auf der Toilette. Als ich zurückkam, hatte der Mann bereits eine andere Frau angesprochen. Ich wechselte die Bar und landete in einem Edel Schuppen, in dem sich die High Society von Sylt versammelte. Wieder nahm ich an der Bar Platz und nippte an einem Organgensaft, da ich im Kopf klar bleiben wollte. Die Musik war nicht nach meinem Geschmack und die Luft stickig, sodass ich auch diesen Laden rasch verlassen wollte. Doch bevor ich meinen überteuerten Saft bezahlen konnte, baute sich ein dunkelhaariger Hüne sehr dicht neben mir auf und schaute mir tief in die Augen, als wenn er mich hypnotisieren wollte. Eigentlich war ich müde und hatte keine Lust mehr auf die krampfhafte Männersuche, die ich lieber im Internet fortsetzen wollte, aber als der Fremde seinen Mund zum Sprechen öffnete, war ich angenehm überrascht. Er besaß eine sonore Stimme, die meine Ohren liebkoste; seine Worte waren ausgesucht und ließen mich aufhorchen. Offenbar handelte es sich um ein intellektuelles Wesen aus gutem Hause, bei dem auch noch die Hülle ansehnlich war.

«Guten Abend, darf ich mich zu Ihnen gesellen? Wie ich vermute, sind Sie auch ohne Begleitung hier?»

«Hallo, ja … ich bin … alleine», stotterte ich verlegen und musste gegen die laute Musik anschreien, die mich nervte und jedes Gespräch anstrengend machte.

«Ich bin das erste Mal hier, aber es gefällt mir nicht. Die Musik ist nicht nach meinem Geschmack und viel zu laut und die Getränke sind überteuert und schmecken nicht», sagte er laut und hielt dabei seinen Mund dicht an mein Ohr.

«Da gehe ich mit Ihnen konform. Ich bin auch das erste Mal hier und wollte gerade gehen.»

«Hätten Sie vielleicht Lust, noch ein paar Schritte an der Promenade zu laufen?»

Der Mann machte einen sympathischen Eindruck, sah blendend aus und duftete dezent nach einem herben, frischen Eau de

Toilette, aber da ich stets sehr vorsichtig war und Frauen leider noch immer zahlreich und überall vergewaltigt wurden, schüttelte ich den Kopf.

«Nein, ich bin müde und … »

«Ich kann mir denken, dass Sie in Sorge darüber sind, dass ich Ihnen etwas antun könnte. Das hätte ich an Ihrer Stelle auch, denn es gibt so viele schlechte Menschen. Ich kann Ihnen mein Pfefferspray geben. Würden Sie mich dann begleiten?», ließ er nicht locker und gewann sofort mein Vertrauen und meine Sympathie.

Ich überlegte einige Sekunden und war hin- und hergerissen. Einerseits interessierte mich der Unbekannte, der mein Herz ansprach, andererseits wusste ich nicht, ob die Pfefferspray Dose leer war.

«Überredet!», sagte ich schließlich und hatte ein gutes Gefühl.

Meine Ohren dankten es mir, als wir den Laden verließen. Ich atmete tief die aromatische Seeluft ein und genoss die Stille der Nacht. Da es frisch war, holte ich meinen langen Seidenschal aus der Handtasche und wickelte ihn mehrmals um meinen Hals.

Wir nahmen den kürzesten Weg zur Promenade. Meine Begleitung kannte sich auf der Insel offensichtlich bestens aus. Da noch viele Spaziergänger unterwegs waren, hatte ich keine Bedenken, dass der gebildete Mann über mich herfallen könnte.

«Hier ist das Spray!» Er zog es aus seiner Hosentasche und bot es mir mit einem Lächeln an. «Behalten Sie es! Ich vertraue Ihnen!»

«Das freut mich! Ich bin übrigens Romeo.»

«Ich bin Viola. Leider keine Julia.»

«Schade! Viola, das Veilchen. Ein schöner Name. Machen Sie hier Urlaub?»

Da ich ihn mindestens zehn Jahre älter schätzte, bot ich ihm nicht das du an.

«Nicht direkt. Ich bin für eine längere, unbestimmte Zeit auf der Insel und lebe eigentlich in Hamburg.»

«Was heißt eine längere Zeit, wenn ich fragen darf?»

Wir hatten die Promenade erreicht, auf der noch viele Urlauber unterwegs waren. Die milde Luft und der runde Mond, der die nächtliche Dunkelheit erhellte, lockte die Menschen ans Meer.

«Ein paar Monate. Und Sie machen hier Urlaub?»

«Ich besitze in Kampen ein Haus und bin regelmäßig auf Sylt. Ich komme auch aus Hamburg. Mein Vater hat glücklicherweise vor fünfzig Jahren ein Haus in Kampen gekauft, das ich geerbt habe.»

Was für ein Zufall! Ich blieb stehen und schaute Romeo überrascht an.

«Dann haben wir einige Parallelen. Mein Großvater hat das Haus, in dem ich hier lebe, auch vor ungefähr fünfzig Jahren gebaut. Wir sind gar nicht weit auseinander. Ich wohne in Wenningstedt.»

«Dann sind wir uns bestimmt schon mal über den Weg gelaufen. Vielleicht sogar als Kinder?»

«Das mag sein. Ist es nicht ein herrlicher Abend. So milde Luft ist außergewöhnlich für den Norden. Es ist fast wie auf Mallorca.»

«Ja, es ist ein wunderschöner Abend. Und dann habe ich auch noch das Glück, in so netter und hübscher Gesellschaft zu sein. Ich vermute, dass Sie eine Künstlerin sind?» Wieder blieb ich abrupt stehen und lächelte ihn an.

«Mit Ihrer Vermutung liegen Sie ganz gut. Ich bin Schriftstellerin», sagte ich nicht ohne Stolz.

«Oh, wie interessant! In welchem Genre schreiben Sie?»

«Ehrlich gesagt, bin ich erst seit ein paar Monaten schriftstellerisch tätig. Davor habe ich Bücher verkauft.»

«Haben Sie schon ein paar Seiten geschrieben? Hallo, Peter!» Ein älterer Herr kam uns entgegen und grüßte Romeo.

«Mein erstes Werk habe ich bereits unter die Leute gebracht.»

«Gratuliere!» Er sah mich bewundernd an und zog seine Augenbrauen nach oben.

«Ich habe auf der Insel Ruhe und gute Inspiration. Der Blick aufs Meer ist meditativ und setzt viel Kreativität in mir frei.»

«Ja, das glaube ich. Ich sammle nach anstrengenden Arbeitswochen hier auch immer wieder neue Energie.»

«Was machen Sie beruflich?»

«Ich habe eine kleine IT-Firma.»

«Das ist sicherlich anstrengend, eine Firma zu leiten?»

«Ja, es hängt viel dran, aber es macht auch Spaß.»

Romeo sah etwas südländisch aus und ich vermutete, dass ein Elternteil aus einem südlichen Land stammte.

Wie aus heiterem Himmel begann es leicht zu tröpfeln. Wir hatten uns ein ganzes Stück von Westerland entfernt und drehten um, um in schnellen Schritten den Rückweg anzutreten.

Als wir die Fußgängerzone erreichten, fragte Romeo mich: «Mögen Sie noch etwas mit mir trinken?»

Da er mir äußerst sympathisch war, willigte ich ein. Mit einem Taxi fuhren wir nach Kampen, wo Romeo eine Bar kannte, in der es wesentlich ruhiger zugehen sollte.

Ich kannte die Bar von außen, in der sich die Reichen und Schönen der Insel trafen. Eigentlich hatte ich keine große Lust, den Laden zu betreten, da ich weder reich noch schön war, aber da Romeo sich dort sicherlich zuhause fühlte, ließ ich mich mitnehmen.

Kaum hatten wir die Bar betreten, wurde Romeo von allen Seiten wie ein bunter Hund herzlich begrüßt. Wir tranken Wein und knabberten Nüsse. Romeo interessierte sich für den Inhalt meines Buches, den ich nur grob erzählte. Da es schon sehr spät und wir die letzten Gäste waren, verließen wir die Bar und warteten auf ein Taxi, das mich heimbringen sollte.

«Ich freue mich, dass ich Ihnen begegnet bin. Es war sehr unterhaltsam mit Ihnen», sagte Romeo beim Abschied und wippte mit den Füßen.

Ich nickte und hielt verlegen nach dem Taxi Ausschau.

«Hätten Sie vielleicht Lust auf eine gemeinsame Radtour?», fragte er schüchtern und zog seine Stirn in Falten, als hätte er Sorge, dass ich ihm einen Korb geben könnte.

«Ja, gerne. Ich gebe Ihnen mal meine Nummer.»

Ich zückte mein Portemonnaie, in dem ein paar Visitenkarten steckten, und reichte Romeo eine Karte. Er schaute sich das rosa Kärtchen interessiert an.

«Fein, dann melde ich mich morgen. Ich wünsche Ihnen eine gute Nacht, Viola. Schlafen Sie gut.» Als das Taxi vorfuhr, reichte er mir seine Hand, die warm und weich war. Ich spürte Schmetterlinge im Bauch und dachte, dass ich mit Romeo mitgegangen wäre, wenn er mich gefragt hätte, denn ich sehnte mich nach einer neuen Liebe, die dieses Mal leidenschaftlicher und glücklicher sein sollte als meine letzte.

Am nächsten Morgen wachte ich mit guter Laune auf, denn meine nächtliche Begegnung gefiel mir außerordentlich gut. Ich träumte bereits davon, Romeo noch geschwind vor meinem runden Geburtstag zu heiraten. Offenbar war er Single und ebenfalls auf der Suche nach einer Partnerin. Vor dem Frühstück ging ich im Meer baden und genoss den leeren Strand in der frühen Morgenstunde. Als ich auf der Terrasse frühstückte, hörte ich Luana auf dem Nachbargrundstück lachen, was mir noch immer wehtat.

Ich telefonierte mit meiner Mutter, die den Tod meines Vaters ganz gut verarbeitet hatte, telefonierte mit meiner Schwester, die sich tatsächlich an der Uni eingeschrieben hatte und erhielt eine Nachricht von Romeo: «Das Wetter lädt zum Radeln ein. Habe schon einen Picknick Korb gepackt. Wie sieht es aus? Du kannst mich ja um 12 Uhr abholen. Freue mich! Romeo» Er duzte mich auf einmal! Das war mir sehr recht.

Mein Herz tat einen kleinen Hüpfer und ich freute mich sehr darauf, mit Romeo über die Insel zu radeln, zumal sich das Wetter von seiner besten Seite zeigte. Ich machte mich zurecht; probierte einige Kleider aus, aber fand sie zum Radfahren unpraktisch und schlüpfte schließlich in eine weiße Shorts und eine Bluse, die ich am Bauchnabel zusammenknotete. Ich packte ein paar Haferkekse ein und radelte in bester Stimmung nach Kampen zu Romeo, der vielleicht bald mein Partner war.

Da ich nicht genau wusste, wo Romeo wohnte, ließ ich mich von meinem Handy navigieren und stand nach fünfzehn Minuten vor einem prächtigen, frisch geweißtem Haus auf dem ein mächtiges Reetdach thronte. Die auffällige Friesentür war sicherlich schon viele Male von Touristen fotografiert worden und zierte vielleicht einige Postkarten. Der mit Heckenrosen bepflanzte Friesenwall war akkurat gepflegt und die exotischen Pflanzen im Vorgarten beeindruckten mich. An der weißen Pforte kam ich nicht weiter, da sie abgeschlossen war. Ich stellte mein Rad ab und klingelte. Nach wenigen Sekunden surrte der Türöffner. Romeo stand, mit einer weißen Shorts und einem dunkelblauen Polo-Shirt bekleidet, in der hübschen Friesentür und winkte mir zu. Ein großer Picknickkorb stand bereits neben Romeos Fahrrad.

«Hallo! Ist das nicht das optimale Wetter für eine Radtour?», begrüßte er mich und streckte mir seine Hand entgegen.

«Ja, wie gemacht zum Radeln.» Ich schnüffelte den frischen Duft seines Rasierwassers, der mir gefiel.

«Ich komme sofort!» Er bat mich nicht ins Haus und so warf ich einen neugieren Blick ins Innere dieser riesigen Hütte, die ein paar Millionen wert sein musste. Unser Haus war dagegen eine Hundehütte!

Romeo schloss die Tür ab, zog sich Fahrradhandschuhe an und befestigte den Korb auf dem Gepäckträger seines High-Tech-E-Bikes. Ich besaß nur die alte grüne Gurke meines Vaters, die keinen Motor hatte und mit einer Drei-Gang-Schaltung ausgestattet war, die für die flache Insel ausreichte. Aber dafür hatte ich mir in den letzten Wochen Kondition antrainiert, denn ich fuhr täglich zwanzig Kilometer kreuz und quer über die Insel, sodass ich sicherlich mit dem motorbetriebenen Drahtesel mithalten konnte.

Wir fuhren in einem gemütlichen Tempo nebeneinander her, damit wir uns unterhalten konnten. Es herrschte reges Treiben auf den Radwegen, sodass man ständig ausweichen und aufpassen musste, dass man nicht mit einem anderen Radler kollidierte. Den ersten Stopp legten wir nach einer Stunde ein. Wir fanden eine freie Bank, was nicht einfach war. Romeo öffnete seinen prall gefüllten Korb, in dem alles war, was das Herz begehrte. «Wie wäre es mit einem Schluck Smoothie? Habe ich vorhin noch schnell selbst gemacht. Im Smoothie sind Kohlblätter, Kiwi, Himbeeren … »

Ich war begeistert, denn er legte Wert auf eine gesunde Ernährung. Eine weitere Gemeinsamkeit, die mich verblüffte. Sollte Romeo der passende Deckel sein, der für immer auf dem

Topf blieb?

«Sehr gerne.»

Meine charmante Begleitung hatte sogar richtige Gläser dabei und reichte mir die dickflüssige Masse, an der ich schnupperte. Das Gebräu duftete nicht so gut wie frisch gemahlener Kaffee oder eine geschälte Orange, aber es war gesund, was mir wichtiger war als der Geschmack, denn ich hatte am eigenen Leib erfahren, dass eine gesunde Ernährung nicht nur schlank machte, sondern viele Zipperlein beseitigen konnte. So hatte ich in den letzten Monaten eine sehr reine Haut und glänzendes, dichteres Haar bekommen und fühlte mich viel leistungsfähiger als früher, als ich morgens zwei Brötchen mit Schokoladencreme und mittags Pommes, Pasta oder Pizza in rauen Mengen verschlungen hatte.

Nachdem wir uns gestärkt hatten, fuhren wir weiter in Richtung Norden. Der Wind nahm zu und Romeo schaltete seinen Motor ein, während ich ordentlich strampeln musste. An einem einsamen Strandabschnitt holte er eine Decke aus dem Korb und breitete sie auf dem feinen Sand aus. Sehr ordentlich platzierte er Teller, Besteck und Köstlichkeiten auf der karierten Decke, während ich seine Gesellschaft genoss, in der ich mich außerordentlich wohlfühlte.

Nachdem er aufgedeckt hatte, reichte er mir eine Serviette und wünschte mir guten Appetit. Es gab Wein und frisches Obst, das er bereits in mundgerechte Stücke geschnitten hatte. Ich war entzückt und lachte ausgelassen, als Romeo mir lustige Anekdoten aus seinem Leben erzählte.

Was für ein toller Mann, dachte ich die ganze Zeit über und fragte mich, ob er sich in mich verliebt hatte, genauso wie ich es mich bei Felix und Pierre gefragt hatte.

Als wir unsere Bäuche gut gefüllt hatten und uns müde in den Sand legten, um ein bisschen zu ruhen, begann Romeo auf einmal mir sein Leid zu klagen: «Meine Frau hat mich vor vier Wochen verlassen. Sie ist in unser Ferienhaus nach Ibiza geflohen, weil sie sich bei mir einsam fühlte. Ich arbeite natürlich viel, aber am Wochenende war ich meistens für sie da. Sie ist meine große Liebe und ich will sie auf keinen Fall verlieren. Wir sind seit fünf Jahren zusammen und ich liebe sie so sehr, wie ich noch nie eine Frau zuvor geliebt habe … »

Damit hatte ich nicht gerechnet! Das war ein mächtiger Schlag in meine Bauchgrube! Meine Vermutung, dass Romeo keine Julia hatte und sich für mich interessierte, hatte sich als falsch erwiesen.

Ausgiebig klagte er mir über eine halbe Stunde sein Leid und wollte vermutlich von mir Tipps bekommen, wie er seine Frau zurückgewinnen konnte. Ich biss mir verzweifelt auf die Unterlippe; mich beschlich das dumpfe Gefühl, dass ich für all meine Männerbekanntschaften nur ein Kummerkasten war, in dem man alles reinwerfen konnte. Warum verliebten sich die Männer nicht in mich, sondern schütteten mir nur ihr Herz aus? Was fehlte mir?

Da Romeo nicht mehr aufhörte, von seiner Frau zu schwärmen, machte ich den Vorschlag, unsere Radtour fortzusetzen. Am liebsten wäre ich sofort nach Hause abgedüst, um im Haus einen Urschrei loszuwerden, aber mir fiel kein guter Vorwand ein, um mich rasch aus dieser Tour zu schleichen. Selbst während der Fahrt fragte mich der verlassene Ehemann verzweifelt, ob er seiner Frau hinterherreisen oder ob er ihr einen Brief schreiben sollte. Ich riet ihm dazu, einen netten Brief zu verfassen und wollte das Thema endlich beenden. Romeo bedankte sich und machte einen zuversichtlichen Eindruck, was die Rettung seiner Ehe betraf.

Nach vier Stunden verabschiedeten wir uns freundlich und wünschten uns gegenseitig alles Gute. Frustriert, und mit einem Sonnenbrand im Nacken, erreichte ich erschöpft meine Straße. Jenny stand an der Pforte und steckte ihren Kopf neugierig durch den Zaun. Ich ging zu ihr und begrüßte sie. Kurz danach kam Pierre aus dem Haus, entdeckte mich und ging in schnellen Schritten auf mich zu.

«Hallo, Viola! Wie geht es dir?»

«Danke, sehr gut!», log ich und spürte ein unangenehmes Brennen im Nacken und einen Kloß im Hals.

«Was machen deine Buchverkäufe?»

«Die sind noch immer sehr zufriedenstellend», antwortete ich knapp.

«Das freut mich. Ist das nicht ein herrliches Wetter?»

«Ja, ihr habt Glück. Sonst ist es hier nicht so schön warm.»

«Aber ins Meer gehen wir dennoch nicht.»

«Schade! Es ist so herrlich, aber ich bin es ja auch gewohnt.»

«Luana möchte lieber Shoppen gehen.» Er verdrehte die Augen. Hatte er schon wieder genug von seinem neuen Püppchen?

«Dann viel Spaß!»

Jenny schaute mir traurig hinterher, da sie mich vielleicht lieber mochte als ihr neues Frauchen, das ihr wenig Aufmerksamkeit schenkte.

Am Morgen hatte ich mir noch große Hoffnung gemacht, dass ich einen tollen Romeo am Haken hatte und auf einmal hatte sich alles wieder in Luft aufgelöst. Sollte ich am Abend ein weiteres Mal nach Westerland fahren, um mich nach Männern umzusehen, die mir nicht nur ihr Herz ausschütteten, sondern sich zur Abwechslung mal in mich verknallten?

Jedoch verspürte ich überhaupt keine Lust, mich auf die Pirsch zu begeben. Resigniert dachte ich daran, eine alte Jungfer zu werden, die einen Bestseller nach dem anderen heraushaut, den ganzen Tag aufs Meer starrt und nur von der großen Liebe schreibt, anstatt sie selbst zu erleben. Man kann eben nicht alles im Leben haben!

Den restlichen Tag über lief ich mit hängenden Schultern fluchend durchs Haus, beantwortete ein paar Fanpostbriefe und warf immer mal einen Blick zum Nachbargrundstück. Vermutlich kaufte Luana alle teuren Läden leer, von denen es auf Sylt reichlich gab.

Da ich all die bürokratischen Dinge rund um meine Bücher nicht mehr alleine bewältigen konnte, beauftragte ich eine ehemalige Kollegin, sich um alle Angelegenheiten, die neben dem Schreiben anfielen, zu kümmern. Mareike besuchte mich für zwei Tage auf Sylt, sodass wir ausführlich über ihre

Tätigkeiten sprechen konnten. So war mein Kopf wieder frei zum Schreiben. Mein drittes Buch wurde ein dicker Schinken, in dem es sehr dramatisch zuging; fast wie in meinem eigenen Leben.

Pierre kam weder zu mir rüber noch rief er mich an. Dabei wartete ich auf das Urteil zu meinem zweiten Buch. Luana vereinnahmte ihn sicherlich so sehr, dass er keine Zeit fand, sich bei mir zu melden.

An einem tristen Regentag, an dem die Welt schrecklich düster erschien, saß ich antriebslos am Esstisch und kam mit einem Kapitel einfach nicht weiter, da ich, trotz meines beruflichen Erfolgs, nicht glücklich war und mit meinem Leben haderte. Ich sehnte mich nach einem Partner!

Um mich aufzumuntern, kochte ich mir einen Kaffee und knabberte an einem Stück Mandelkuchen als die Klingel mich aus meinen trüben Gedanken riss. Pierre und Jenny standen pitschnass auf dem Fußabtreter und sahen aus wie zwei begossene Pudel.

«Hallo, Viola! Störe ich?»

«Nein, ich habe gerade eine kleine Schreibblockade, da ist mir Ablenkung ganz recht.»

«Wir sind bei unserem Spaziergang etwas nass geworden.»

«Ich hole euch Handtücher Kommt rein!»

Erst rubbelte sich Pierre trocken, dann nahm er sich den Hund vor, der es nicht mochte und sich lieber schüttelte, sodass der Flurboden nass und sandig wurde, was mich nicht störte, denn ich freute mich grenzenlos über die Besucher, die mir sehr recht kamen.

«Ich habe mir gerade einen Kaffee gekocht und habe auch Kuchen.»

«Nehme ich beides!» Pierre setzte sich seufzend an den Esstisch und machte den Eindruck, als wenn er Kummer hätte. Ich wunderte mich, dass er ohne seine Luana kam. Lag sie in der Badewanne oder hatte sie schon genug von der kleinen Insel, die auch im Sommer ungemütlich sein konnte?

Bevor Pierre etwas sagte, nahm er einen großen Schluck von dem heißen Kaffee und sah mich mit unglücklicher Miene an. Wollte er sich wieder mal bei mir ausweinen, weil man das bei Viola ja so gut tun konnte? Viola hörte stets geduldig zu, gab wertvolle Ratschläge und zudem gab es bei ihr immer etwas Leckeres zu essen.

«Ich … habe einfach kein Glück mit Frauen. Immer gerate ich an die falschen … », begann er in einem jämmerlichen Ton und raufte sich die Haare.

«Ist Luana abgereist?», fragte ich hoffnungsfroh.

«Ja, … sie hat mich ausgesaugt und war so besitzergreifend, dass ich mich total unwohl fühlte und kurz vor dem Ersticken war», schilderte Pierre angewidert und steckte sich ein großes Stück Mandelkuchen in den Mund, der Luana hoffentlich nie wieder küssen würde.

«Das tut mir leid!», versuchte ich betroffen zu wirken und war froh, Pierre und Jenny wieder für mich alleine zu haben.

«Dein Kuchen ist der Hammer. Vermutlich wieder ohne Zucker und ohne Weißmehl?» Pierres Laune verbesserte sich erstaunlich schnell. Kuchen ist oftmals die beste Medizin, auch Kuchen ohne Zucker!

Ich nickte und musste prustend lachen, was Pierre sofort ansteckte und wir lachten beide herzhaft, wie wir es bereits einige Male getan hatten.

«Sie konnte nicht mal backen und kochen!», ließ er weiter Dampf ab. Registrierte er jetzt endlich, welche Vorzüge ich besaß?

«Luana passte nicht zu dir. Du brauchst eine Frau … » wie mich, dachte ich, aber sagte es nicht. «… die nicht nur hübsch und scharf auf deinen Ruhm ist. Magst du noch ein Stück Kuchen?»

Nachdem Pierre sich über seine gescheiterte Beziehung ausgeweint hatte, kam er endlich auf mein zweites Buch zu sprechen. «Es ist … ganz anders als dein erstes Buch, aber … es war wieder ein wahrer Lesegenus. Man ist traurig, wenn man das Buch durchhat und möchte mehr von dir lesen.»

«Das freut mich. Ich bin bald soweit, es zu veröffentlichen.»

«Es ist unglaublich, du schreibst wie am Fließband oder hast du ein Programm, das Bestseller schreiben kann?»

«Ja, du hast es erraten!» Ich musste lachen und stellte fest, wie sehr ich Pierres Gesellschaft vermisst hatte und dass er noch immer fest in meinem Herzen saß.

Während ich daran dachte, was ich noch tun könnte, damit er sich in mich verliebt, griff er unerwartet nach meiner Hand und sagte leise: «Viola, du bist eine so tolle Frau. Warum hast du keinen Freund? Willst du gar keinen Mann an deiner Seite haben? Vielleicht ist es leichter, alleine zu leben? Das wäre vielleicht auch das Beste für mich? Aber ich wünsche mir ja auch sehnlichst Kinder; keine Hundebabys, sondern kleine Wesen, in denen ich etwas von mir wiederfinde. Willst du denn keine Kinder?»

Ich wurde nervös und faltete ein Boot aus der Serviette, die vor mir lag. Was sollte ich ihm sagen? Wie wäre es mit der Wahrheit, riet mir eine laute Stimme, die ich nicht überhören konnte.

«Ich hätte schon gerne einen Partner, aber habe bisher noch nicht den Richtigen gefunden. Du siehst ja selbst, dass es nicht so einfach ist. Kinder hätte ich auch gerne und wenn es geht, möglichst schnell und mindestens zwei. Es ist eine gute Erfahrung gewesen, mal wieder alleine zu sein, aber ich habe festgestellt, dass das Singleleben auf Dauer nichts für mich ist.»

«Dann müssen wir wohl weitersuchen», meinte Pierre, hob die Schultern und verzog sein Gesicht, das Ratlosigkeit ausdrückte. Aber er musste doch gar nicht suchen! Das Gute liegt doch meist so nah!

Ich schwieg betreten und war enttäuscht, dass er mich zwar toll fand, aber nicht auf die Idee kam, diese tolle Frau als Lebenspartnerin in Betracht zu ziehen.

«Ich muss noch etwas arbeiten», beendete ich unser Treffen, da ich es nicht länger ertragen konnte, dass er mich weiterhin als

Kummerkasten missbrauchte.

«Ich werde dann mal … Danke für dein Ohr und den köstlichen Kuchen. Wenn du Zeit hast, kannst du gerne jederzeit rüberkommen. Ich bin ja nun alleine und werde mich wohl morgen schon sehr einsam fühlen.»

«Ich werde mich mal sehen lassen.»

Ich wischte die Spuren meiner großen Liebe auf den Fliesen fort und war unglücklich, auch wenn Luana fort und Pierre somit wieder frei war. Ich musste mich damit abfinden, dass man eine Liebe nicht erzwingen kann und wollte Pierre eine gute Freundin sein, auch wenn es lange dauern würde, meine Liebe zu ihm absterben zu lassen.

Nachdem Pierre fort war, kam die Sonne zum Vorschein, als wenn sie mich trösten wollte. Ich schnappte mir mein Badehandtuch und wollte eine Runde schwimmen gehen, da es meinen Geist ablenkte.

Als ich an Pierres Grundstück vorbeilief, stand Jenny an der Pforte und bellte mich an. Um sie zu beruhigen, ging ich zu ihr und verwöhnte sie mit meinen Händen. Pierre war offenbar im Haus. Ich wartete ein paar Minuten, in denen mich ein ungutes Gefühl beschlich. Er wird sich doch nichts angetan haben? Mein Puls raste und ich sah den schönen Pierre bereits blutüberströmt auf dem hellen Designerteppich liegen. Doch ehe ich diese schrecklichen Gedanken weiterspinnen konnte, erschien er am Küchenfenster, öffnete es und rief mir zu: «Ich versuche gerade deinen Kuchen zu backen.»

«Brauchst du Hilfe?»

«Ja! Ich schaffe es nicht, die Eier zu trennen.»

«Ich komme!»

Jenny und ich rannten wie die Feuerwehr ins Haus. Ich warf mein Handtuch auf den Boden und schaute in die Schüssel, in der ein paar Eier und ziemlich viel Eischale schwamm.

«Du kannst die Schale mit einer Gabel herausfischen und aus den Eiern Rührei machen. Wir brauchen nur das Eiweiß für den Kuchen. Wo sind deine Eier?»

«Wolltest du gerade schwimmen gehen?»

«Ja, willst du nicht auch mal mitkommen? Das Meer wird jeden Tag wärmer.»

«Ich weiß nicht … ich bin ein Weichei.» Pierre lachte über sich selbst und schaute mir bewundernd dabei zu, wie ich geschickt die Eier trennte, als würde ich eine schwierige Operation durchführen.

«Ist ja auch irgendwie doof, wenn ich auf einer Insel lebe und nicht ins Meer gehe.»

«Lass uns den Kuchen in den Ofen stellen und dann gehen wir eine Runde schwimmen», schlug ich Pierre vor und griff nach dem Mixer.

«Überredet! Aber wundere dich nicht, wenn ich eine halbe Stunde brauche bis ich im Wasser bin.»

«Gut, ich werde Geduld mitbringen und verspreche dir, dich nicht nass zu spritzen. Vielleicht nur ein bisschen»

Nachdem ich den Kuchen in den Ofen geschoben hatte, zog Pierre sich um.

Als er in Badehose grinsend vor mir stand, fiel mir auf, dass sein leichter Bauchansatz fort war.

«Du siehst gut aus!», lobte ich seinen sportlichen Körper und hätte mich gerne an seine nackte Brust gedrückt, ihn geküsst und seine Hände auf meiner gebräunten Haut gespürt.

«So sieht man aus, wenn man auf Zucker und Weißmehl verzichtet. Das habe ich dir zu verdanken. Zudem stemme ich regelmäßig Gewichte», erklärte er stolz und schlang sich sein Handtuch um den Hals, genau wie ich es getan hatte.

Ein leichter, warmer Wind fuhr mir durchs Haar, das ich mir während des Laufens zum Strand zum Dutt bündelte.

«Ich fühle mich richtig gut. Sylt ist wie eine Kur. Mein Kopf ist auf einmal so frei. Übrigens habe ich zwei Angebote abgelehnt und werde ab sofort kürzertreten.»

«Das ist vernünftig. Du musst dir Zeit für dich nehmen und mal andere Sachen tun, als immer nur zu schauspielern.»

«Ich möchte noch tausend Dinge tun, für die ich mir bisher nie Zeit genommen habe. Immerhin habe ich die Hälfte meines Lebens schon hinter mir.»

Ich zog meine Flip-Flops aus, legte mein Handtauch ordentlich auf die Schuhe, was Pierre mir nachtat. Auf Zehenspitzen ging er mit hochgezogenen Schultern in das kalte Wasser und schrie dabei.

«Entspann dich mal! Das Wasser ist doch gar nicht so kalt.»

«Warm ist es aber auch nicht. Geh schon mal rein. Ich komme in einer halben Stunde nach.»

Ich war kurz davor, ihn mit Wasser zu bespritzen, ließ es jedoch bleiben und ging bis zu den Schultern in die ruhige See; winkte Pierre zu und gab ihm Zeichen, dass er zu mir schwimmen sollte. Wie immer kraulte ich sehr weit hinaus, da ich eine sichere Schwimmerin war und die Nordsee gut kannte. Das Meer wurde auf einmal unruhig; erst bildeten sich kleine, dann immer größere Wellen, die mir ins Gesicht schlugen. Ich bekam Wasser in die Nase und in die Augen, sodass das Salz auf meinen Augäpfeln brannte. Ich wollte zurückschwimmen, aber bekam einen Krampf in der rechten Wade. Ich versuchte, ruhig zu bleiben, aber spürte, wie Panik in mir aufstieg. Ich sah mich bereits tot neben einem alten, verrosteten Fass auf dem Meeresgrund liegen. Vor Schmerz konnte ich nicht mehr schwimmen und schluckte immer mehr Wasser, sodass ich hustete und anfing, um Hilfe zu schreien. Kein Badegast war in meiner Nähe; niemand hörte mich. Ich sah Pierre nicht mehr. War er fort? Ich hatte das Gefühl, dass ich immer weiter hinausgetrieben wurde und spürte den stechenden Schmerz in der Wade, der einfach nicht nachließ und mich lähmte. Das war mein Ende! «Erfolgreiche Bestsellerautorin in der Nordsee ertrunken!» Diese Schlagzeile würde morgen auf dem Titelblatt der Inselzeitung stehen. Meine Bücher würden nach meinem Tod vielleicht noch erfolgreicher werden? Ich hatte kein Testament geschrieben! Würde Pierre um mich trauern? Würde Felix zu meiner Beerdigung kommen? Skurrile Gedanken schossen mir durch den Kopf, der sich unbedingt über Wasser halten musste.

Als der Krampf endlich nachließ, war ich total erschöpft und schwamm mit letzter Kraft Richtung Ufer. Ich keuchte, weinte und hustete das Wasser aus der Lunge heraus. Pierre war wieder an Land gegangen und hatte sich auf sein Handtuch gesetzt. Er kam angelaufen, als er sah, dass ich hustend und weinend am Boden lag.

«Viola! Was ist passiert?», schrie er entsetzt und berührte meine Schultern vorsichtig.

Ich konnte ihm nicht antworten; mir wurde schwindelig als ich aufstehen wollte und fiel in eine kurze Ohnmacht.

Als ich erwachte, lag mein Kopf in Pierres Schoß. Ich schaute in seine schönen Augen, die mich ängstlich betrachteten. Ich zwinkerte, da die Sonne grell war und ich Sandkörner in den Augen hatte.

«Mein Gott! Was machst du für Sachen?», flüsterte Pierre und streichelte meinen Kopf zärtlich.

«Ich hatte einen Krampf und … »

«Versprich mir, dass du nie wieder so weit rausschwimmen wirst», sagte er ernst.

«Ich weiß nicht, ob ich dir das versprechen kann.»

«Viola, ich … ich möchte dich auf gar keinen Fall verlieren, daher musst du es mir versprechen.»

Ich lächelte ihn an und fühlte mich sehr wohl in seinem warmen Schoß und genoss seine Hände, die noch immer meinen Kopf streichelten.

Ich schloss meine Augen und betete, dass er mich küsste, dass er mich liebte und ich für immer mit ihm zusammenblieb. Ich sah mich mit Pierre vor dem Traualtar, mit Pierre im Kreißsaal, sah Pierre mit unseren Kindern tollen und Pierre und mich als Grauköpfe auf einer Bank auf unserer Insel sitzen.

Während ich meine Augen geschlossen hielt, spürte ich seine Lippen auf den meinen. Träumte ich? Machte er Mund-zu-Mund-Beatmung?

Nachdem er seine Lippen von den meinen gelöst hatte, öffnete ich meine Augen, die sich vor lauter Freudentaumel mit Tränen füllten. Pierre sah mich lächelnd an und streichelte zärtlich über meinen Arm.

«Hast du mich eben geküsst?», fragte ich ihn als wäre ich darüber verwundert.

Er nickte schmunzelnd und küsste mich ein weiteres Mal. Danach legte es sich neben mich in den feuchten Sand und schaute in den blauen Himmel, an dem kein einziges Wölkchen entlang zog.

Er hat mich geküsst, er liebt mich, hallte es in meinem verwirrten Kopf, in dem vor wenigen Minuten noch eine Todesangst geherrscht hatte. War ihm jetzt, da ich mich in Lebensgefahr befunden hatte, bewusst geworden, dass er mich liebte, dass er mich sehr vermissen würde, wenn ich nicht mehr da war?

«Viola, ich … mochte dich vom ersten Moment an richtig gerne … Mit dir kann man sich wunderbar unterhalten, mit dir kann man lachen und viel Spaß haben und du legst weniger Wert auf die ganzen Oberflächlichkeiten, auf die vergängliche Schönheit, die einfach nicht wichtig ist. Ich bewundere deinen Mut, dass du deinen alten Job gekündigt hast und liebe deine Bücher. Und du kannst so toll und gesund kochen. Als Luana weg war, wurde mir erst bewusst, dass schöne Frauen zu viel Energie auf ihr Äußeres legen und dadurch an Attraktivität verlieren. Du bist die perfekte Frau für mich. Ich liebe deine kleine Stubsnase und einfach alles an dir. Und Benny und Jenny mochten dich auch auf Anhieb.» Pierre drehte sich auf die Seite und sah mich auf einmal ganz anders an als sonst. «Ich liebe dich über alles. Ich bin so blind gewesen und habe nicht bemerkt, dass die Frau meines Lebens direkt neben mir wohnt, was ja auch noch überaus praktisch ist. Da stand die tollste Frau, der ich jemals begegnet bin, die ganze Zeit vor mir und ich habe das nicht gemerkt.»

«Wow! Das sind jetzt ziemlich viele Komplimente auf einmal. Bin ich ertrunken und schon im Himmel?», scherzte ich und kann nicht beschreiben, wie glücklich ich nach diesem Liebesgeständnis war.

«Ich kneife dich, damit du siehst, dass du am Leben bist.» Pierre nahm vorsichtig etwas Haut zwischen zwei Finger, während ich übertrieben «Aua!» schrie.

«Pierre, ich muss dir etwas sagen … »

Mit einem ängstlichen Gesichtsausdruck sah er mich an und hatte vermutlich Bedenken, dass ich seine Liebe nicht erwidern würde. Ich ließ ihn zappeln, denn ich hatte auch lange leiden müssen. Leise stöhnend schloss ich die Augen und genoss die Sonne in meinem Gesicht. Meine Haut war bereits getrocknet und ich fühlte mich wohl in meinem Körper, wohl mit meinen einschneidenden Entscheidungen, die mein Leben komplett verändert hatten. Hätte ich nicht den Mut gehabt, meinen alten Job zu kündigen, würde ich noch immer Bücher verkaufen, anstatt welche zu schreiben. Ich war der festen Überzeugung, dass das Schicksal Pierre und mich zusammengebracht hatte;

wenn auch auf größeren Umwegen.

«Was musst du mir sagen?», fragte Pierre mich ungeduldig.

«Ich … ich liebe dich! Und das nicht erst seit heute. Ich weiß, dass sich fast jede Frau in dich verliebt, weil du toll aussiehst und vielleicht auch, weil du berühmt bist und gut schauspielern kannst. Aber ich habe mich in den sentimentalen Pierre verliebt. Du musst bei mir nicht den heiteren Pierre spielen, der rundum glücklich zu sein scheint.» Tränen bildeten sich in Pierres Augen, die in den Sand tröpfelten. Er wusste, dass er sich bei mir nicht verstellen musste, dass er endlich seine wahren Gefühle zeigen und mir jederzeit von seiner traurigen Kindheit erzählen konnte.

Ich legte mich auf seinen kräftigen Körper und spürte, dass wir eins wurden. Ich war mir sicher, dass wir zusammengehörten, dass wir gemeinsam alt werden würden, ohne uns auf die Nerven zu gehen. Meine tiefe Liebe zu Pierre war die ganze Zeit über geblieben und ich hatte bis zu unserem Happyend nicht die Hoffnung aufgegeben, dass wir ein Paar werden.

Zwei Jahre später

«Pierre, kannst du Liam bitte wickeln und Jenny Futter geben.»

«Ja, mache ich sofort. Ist der Dattelkuchen schon im Ofen?»

«Ja, der ist in zehn Minuten fertig. Ich fahre dann jetzt zum Bahnhof.»

«OK!» Pierre streichelte mir über mein kleines Bäuchlein und küsste mich zärtlich. «Fahr vorsichtig!»

«Wie immer!»

Vanessa stieg mit ihren beiden Jungs aus dem Zug und machte einen entspannten Eindruck, obwohl die Kinder quengelten, denn es war heiß und die lange Bahnfahrt hatte sie gelangweilt.

«Du siehst wunderschön aus. Die Schwangerschaft scheint dir gut zu bekommen.»

«Danke, mir geht es auch sehr gut. Wann kommt Lukas?»

«Der kommt erst am Abend. Er kann sich ein Taxi nehmen. Er hat noch an der Uni zu tun.»

Vanessa hatte ihr Studium stramm durchgezogen und ihren Bachelor in der Tasche. Sie arbeitete halbtags in einer Agentur und hatte Lukas während des Studiums kennen und lieben gelernt. Er schrieb an seiner Doktorarbeit und kam mit Jamie und Javier bestens zurecht. Jan nahm seine Jungs jedes zweite Wochenende zu sich und seiner neuen Frau, die er aus Malaysia mitgebracht hatte.

«Wie geht es Mama?», wollte Vanessa wissen und setzte den Jungs Kappen auf, da die Mittagssonne vom Himmel brüllte.

«Ausgezeichnet. Sie hat den Garten neugestaltet und einen Weg zu uns angelegt. Sie hat auch einen Mann kennengelernt, aber nicht verraten, dass ich dir das erzählt habe. Sie ist ihm am Strand begegnet. Er ist Witwer und etwas jünger als sie. Er war bereits einige Male bei Mama zu Besuch. Ich habe ihn aber noch nicht kennengelernt.»

«Das ist doch super! Sie hat mir gesagt, dass sie sich in Großvaters Haus sehr wohlfühlt. Vor allem, weil sie ihren kleinen Sonnenschein gleich neben sich wohnen hat.»

«Ja, es ist alles perfekt, so wie es ist.»

«Und wie geht es Pierre?»

«Er schreibt fleißig an seinem Drehbuch und fliegt in zwei Monaten für eine Reportage nach Afrika. Er ist total happy und freut sich auf sein Mädchen.»

«Und was macht dein neues Buch?»

Ich zeigte ihr meinen rechten Daumen, der nach oben zeigte und schmunzelte.

Für mein viertes Buch hatte ich wesentlich länger gebraucht, da ich nun Mutter war und Frau eines Mannes, der seine Schauspielerei an den Nagel gehängt hatte, um sich Herzensangelegenheiten zu widmen, die ihn zu einem zufriedenen, ausgeglichenen Menschen machten. Nur ab und zu nahm Pierre eine Gastrolle an, wenn er gerade Lust und Zeit hatte.

Ach, ja! Zwei Tage vor meinem dreißigsten Geburtstag heiratete ich Pierre in einer kleinen Kapelle auf Sylt. Wir feierten mit Fischbrötchen und Sekt am Strand. Zum Nachtisch gab es meinen zuckerfreien Dattel-Kuchen. Das Rezept findet ihr im Anhang! Lasst ihn euch schmecken und für euch auch so viel Glück wie ich es hatte.

ENDE

Violas Dattel-Kuchen

Zutaten:

5 Eier

150 g sehr klein geschnittene Datteln

Ausgekratzte Vanilleschote

10 g reiner Kakao

1 TL Zimt

1 Prise Salz

150 g gemahlene Mandeln

150 g gemahlene Walnüsse

2 TL Backpulver

Sonnenblumenöl, Haferkleie

Frische Beeren und Hafersahne

Anleitung:

Die Springform mit etwas Sonnenblumenöl einfetten und mit Haferkleie oder gemahlenen Nüssen ausstreuen.

Trenne vier Eier in zwei Rührschüsseln und gib das fünfte Ei zum Eigelb dazu. Das Eiweiß steif schlagen und das Eigelb mit den Datteln und der Vanille zu einer dicken, cremigen Masse verrühren. Danach Salz, Kakao, Backpulver und Zimt zu der Eigelbmasse geben; verrühren und dann die Hälfte der geriebenen Nüsse in den Teig geben und gut vermixen.

Das Backpulver mit den restlichen geriebenen Walnüssen vermischen und mit dem Eiweiß vorsichtig unter den Teig mengen.

Den Teig in eine Kastenform füllen und 50 Minuten bei 175 Grad Celsius auf mittlerer Schiene backen.

Mit Himbeeren und Hafersahne genießen.

Liebe Leserinnen, liebe Leser,

es freut mich sehr, dass Sie mein Buch gekauft haben. Ich hoffe, dass es Ihnen gefallen hat und Sie noch weitere Werke von mir lesen werden. Über eine Rezension würde ich mich sehr freuen. Wenn Sie Fragen oder Kritik üben möchten, schreiben Sie mir doch einfach: andrea.froh@gmx.de

Alles Gute und liebe Grüße

Ihre Andrea Froh

Meine weiteren Werke:

Paradiesische Dezembertage

Amore mio – mein Herz lässt dich nicht los

Wundervolle Weihnachten

Tränen unter dem Mandelbaum

Ein Haus, 4 Frauen und das Leben

Unruhe in meinem Herzen

Verheiratet bis Weihnachten

Zeit des Schmerzes - Zeit des Glücks

Wechseljahre - Liebeswechsel (Teil 1 und 2)

Charlotte&Johann

Verlogene Liebe

4 Herzen für Paul

Adeus Lissabon

Ihn oder ihn?

B+B=Liebe?

Ein Hundemasseur zum Verlieben

Liebes Lebens Pläne

Ist er bestimmt für mich?

Frau im besten Alter auf Suche

Kanarische Liebeswelle

Felicita im Un-Glück

Adios Alltag, hola Abenteuer

Gesellschaft im Berg

Forbilt

Zucker ade - Tut das wirklich weh?

Schlanker und vor allem gesünder werden

Veggie Kochbuch mit Geschichtenbeilage

Leseprobe aus dem Buch

Zeit des Schmerzes
-
Zeit des Glücks

1. Aufbruch

Fest umklammert hielt ich in meinen schwitzenden Händen ein abgegriffenes Stofftier, dem das rechte Auge fehlte. Das voll besetzte Flugzeug setzte zum Start an und rumpelte über den glatten Asphalt. Ich kniff die Augen zusammen und drückte meinen Kopf in die aufblasbare Kopfstütze. Als sich die Maschine nach wenigen Minuten in der Luft befand, öffnete ich meine Augenlider und blickte durch das dicke Fensterglas in ein wunderschönes Blau, das mit ein paar Wölkchen garniert war. Mein Puls normalisierte sich langsam, aber meine Aufregung hielt an, denn ich wagte einen großen Schritt; den Schritt in ein neues Leben und hatte keine Ahnung, wie es werden würde.

Mein korpulenter Sitznachbar, der einen dicken Kugelbauch vor sich herschob und mir unangenehm nah war, beanspruchte die gemeinsame Armlehne für sich alleine. Seine Atmung ging angestrengt, als würde er unter Asthma leiden. Er hatte mich beim Einsteigen nur kurz begrüßt und versteckte sich seitdem hinter einer Computer Zeitschrift, die er dicht vor seine Augen hielt. Es war mir ganz recht, dass ich keinen redseligen Menschen neben mir sitzen hatte und blätterte unmotiviert in einer Frauenzeitschrift, von dessen Cover mir eine braungebrannte Schönheit entgegenlächelte. Ich hatte keine Ruhe, mich auf einen Artikel zu konzentrieren, da meine Gedanken bereits auf der Insel waren. In der ersten Woche hatte ich viel zu erledigen; vor allem Behördengänge zu machen, die in Spanien nervenaufreibend sein konnten. Ohne fließende Spanischkenntnisse wäre ich nicht nach Mallorca ausgewandert und vor allem nicht ohne größere finanzielle Rücklagen, die mir keine schlaflosen Nächte bereiten würden. Jonas und ich hatten uns regelmäßig eine beliebte Auswandersendung angesehen und uns gewundert, wie schlecht vorbereitet einige Deutsche das

Land einfach wechselten, als wenn sie nur eine Straße weiterziehen würden. Ist es mutig oder naiv, wenn Auswanderer mit wenig Kapital und mit geringen Sprachkenntnissen in die Fremde umziehen? Ich war jedenfalls sehr gut vorbereitet und hatte für alle Fälle sogar meine Eigentumswohnung in Hamburg behalten, um jederzeit in die alte Heimat problemlos zurückzukehren.

Es gab belegte Bagels, die gar nicht schlecht schmeckten, doch nach ein paar Bissen konnte ich nicht mehr essen, da mein Magen rebellierte. Innerhalb des letzten Jahres hatte ich über zehn Kilo abgenommen und sah aus wie ein Magermodel. Ich hätte mich durchaus bei Heidi bewerben können. Mein gesamter Körper hatte gegen den psychischen Schmerz rebelliert, den ich mit professioneller Hilfe etwas lindern konnte. Doch nun war ich dabei, mich zu regenerieren; nach vorne zu schauen und die Vergangenheit zu bewältigen. Ich wollte nicht mehr in meiner Trauer verharren, die mich viele Tage und Nächte unermüdlich begleitet hatte.

«Möchten Sie noch ein Kaltgetränk?», riss mich die freundliche Servicekraft aus meinen Gedanken und lächelte mich mit ihrem künstlichen Lächeln an, das sie jedem Gast zeigen musste, egal wie gut sie drauf war.

«Einen Tomatensaft hätte ich gerne», antwortete ich nach einigen Sekunden und zeigte ein freundliches Lächeln, was mir noch immer schwerfiel, da mein Gesichtsausdruck meinen inneren Gemütszustand ausdrückte.

Als ich aus dem gut gekühlten Flughafengebäude ins Freie trat, schlug mir ein warmer Wind entgegen, der ungewohnt war, denn ich kam aus einem kalten Frühling, der sogar noch Schnee gebracht hatte. Die permanent laufenden Motoren der vielen Busse, die die Touristen auf der gesamten Insel verteilten, verpesteten die Luft und dröhnten in meinen Ohren. Ich zog meinen schweren Koffer hinter mir her und ging in eiligen Schritten zielstrebig in das nahe gelegene Parkhaus, in dem ich meinen Mietwagen abholen konnte.

Kopfschmerzen und Nervosität hatten von mir Besitz ergriffen; mir war, wie so oft in den letzten Monaten, zum Heulen zumute. Ich war kraftlos und fühlte mich schrecklich einsam und hatte keine Ahnung, wie ich alles Anstehende alleine bewältigen sollte. Ich setzte mich für eine kurze Weile auf den Koffer und trank eine kleine Flasche Wasser mit einem Zug leer. Am Schalter der Autovermietung befand sich eine längere Schlange, in die ich mich korrekt einreihte und wedelte mir mit einer Broschüre frische Luft ins Gesicht. Genervt beobachtete ich einen Landsmann, der ein buntes Hemd trug, das bereits seit Jahren aus der Mode war und so viele Knöpfe offenstehen hatte, dass ich seine üppige Brustbehaarung sehen konnte. Er telefonierte dermaßen laut, dass ich das gesamte Gespräch mithören konnte. Nach über einer Stunde saß ich schwitzend in dem kleinen Mietauto, in das mein Koffer nur knapp hineinpasste. Die Strecke bis zu meiner neuen Bleibe kannte ich bereits gut, auch wenn die Finca abgelegen war und nicht Ortskundige an dem unscheinbaren Abzweiger, der auf einen holprigen Weg führte, leicht vorbeifahren konnten. Ein spanischer Radiomoderator kündigte für die kommenden Tage große Hitze an und erzählte von einigen Feuern, die erfolgreich gelöscht werden konnten. Als ich vor dem eisernen Tor meiner Finca stand, die mein neues Zuhause werden sollte, durchströmte mich ein Glücksgefühl, aber gleichzeitig auch eine Traurigkeit, da ich zukünftig allein in dem großen Haus leben musste. Mit einer Funkfernbedienung öffnete ich das Tor, das langsam quietschend seine Flügel ausbreitete. Die Reifen des Wagens wirbelten ordentlich Staub auf, da es seit Wochen nicht mehr geregnet hatte. Aber auf dem Stück Land, das nun mir gehörte, grünte und blühte es üppig, da der Gärtner seine Arbeit ordentlich verrichtet hatte. Endlich war ich angekommen! Nach vielen Wochen der gründlichen Vorbereitung stand ich auf meinem kleinen Stück Land. Ich streckte mich und ging einmal ums Haus herum, um zu sehen, ob alles in Ordnung war. Das Poolwasser sah sauber aus, alle Polster auf den Gartenmöbeln waren neu und die Wege waren gefegt. Ich war erfreut, dass sich alles in einem perfekten Zustand befand, was ich Valentina zu verdanken hatte. Sie war meine Nachbarin und eine unglaublich nette Frau, mit einem großen Herzen und viel Humor. Ein Glücksfall für mich, denn sie kümmerte sich um meine Finca und konnte auch noch ausgezeichnet kochen. Valentina war Ende dreißig und hatte ihren Mann durch einen tragischen Unfall verloren. Er war vor einigen Jahren mit seinem klapprigen Fahrrad in der Nacht auf einer kleinen Straße unterwegs gewesen und wollte seine kranke Schwiegermutter besuchen. Offenbar fuhr er unbeleuchtet und wurde von einem PKW angefahren und einfach liegen gelassen. Juan verstarb mit 35 Jahren auf einer staubigen Straße und wurde erst am nächsten Morgen von einem kleinen Jungen entdeckt. Seit dem Tod ihres Mannes bewirtschaftete Valentina ihre alte, urige Finca ganz allein. Sie vermietete sechs Zimmer in ihrem Haus an ausgesuchte Touristen und baute auf ihrem großen Grundstück Gemüse und Obst an, mit dem sie ihre Gäste versorgte. Manchmal ging sie auch auf den Markt, wenn die Ernte besonders gut ausgefallen war. Valentina und mich verband das gleiche Schicksal, das uns auf uns allein gestellt hatte und uns zu starken Frauen werden ließ.

2. Mein neues Zuhause

Der Haustürschlüssel war unter einem Korb versteckt, in dem frische Zitronen lagerten. Mein Herz pochte wild, als ich den Schlüssel im Schloss bewegte, denn ich war über ein Jahr nicht mehr in dem Haus gewesen und wusste nicht genau, was mich im Inneren erwartete. Zuletzt hatte Jonas die Tür verschlossen und sich unbändig auf unseren Einzug gefreut.

Ein angenehmer Duft von Lavendel stieg mir in die Nase als ich den geräumigen Flur betrat, in dem es herrlich kühl war. Da es stockdunkel war, knipste ich das Licht an und stellte meine Handtasche auf eine alte Kommode. Wir hatten das Haus samt Mobiliar erworben, da es genau unseren Geschmack getroffen hatte. Alle Räume waren hell und freundlich eingerichtet. Die Dekoration war liebevoll ausgesucht und selbst das Geschirr hatte mich entzückt. Dass die Vorbesitzerin Innenarchitektin war, konnte man deutlich erkennen. Ich öffnete die schweren Fensterläden und ging aufmerksam durch die Räume, die sauber und einladend aussahen. Meine Umzugskartons, die vor einer Woche angeliefert worden waren, standen im geräumigen Wohnzimmer, von dem aus man einen schönen Blick auf den Pool hatte. Ich fühlte mich zuhause angekommen, auch wenn ich allein war und meine ehemalige Heimat und meine Familie weit weg waren. Erschöpft ließ ich mich auf einen Sessel fallen und schaute mich um, als hätte ich den Raum zum ersten Mal gesehen. Es war so ruhig, dass ich rein gar nichts vernahm; keinen Autolärm, keine Flugzeuge und kein Geschrei von nervigen Nachbarn. Ich erschrak leicht, als sich plötzlich ein kleines Kätzchen an mein Bein drückte und ich das warme, weiche Fell an meiner nackten Haut spürte.

«Wer bist du denn?», fragte ich leise und nahm das schwarz-weiß gemusterte Tier auf meinen Schoß. Es wehrte sich nicht und ließ sich von mir kraulen. Leise mauzte es, aber sprang nach kurzer Zeit auf den Steinfußboden und trottete in die Küche. Vermutlich war das Tier hungrig, denn es war sehr dünn. Ich folgte dem kleinen Wesen und warf einen Blick in den Kühlschrank, der prall gefüllt war. Es war alles in der Kühlung, was man sich als hungriger Mensch wünschte. Mein Erstaunen war groß und meine Zuneigung zu Valentina wuchs. Was war sie doch für ein herzensguter Mensch. Ich füllte Milch in ein hübsches, handgetöpfertes Schälchen und stellte es vorsichtig auf den Boden. Gierig schlabberte das Kätzchen die kalte Milch bis auf den letzten Tropfen. Danach rannte es zufrieden durch die offene Terrassentür ins Freie. Ich holte mir ein großes Glas gekühltes Wasser und schloss die zweiflüglige Tür auf, die von der Küche in den Garten führte, von wo aus man auf eine kleine Plantage gelangte, auf der sich Zitronen- und Orangenbäume befanden, die bereits reife Früchte trugen. Es war das wahre Paradies, das ich von nun an bewohnen würde, dachte ich freudig und holte meinen Koffer aus dem Auto.

Als ich den Kleiderschrank einräumte, hörte ich ein lautes, kurzes Klopfen. Etwas erschrocken rannte ich in die untere Etage, da ich Angst vor Einbrechern hatte, die es auf der Insel leider auch gab. Die Haustür hatte ich nicht verschlossen, da ich frische Luft ins Haus lassen wollte und ich mich, weit ab vom nächsten Ort, sicher fühlte. Wer würde hier schon rauskommen, um etwas zu stehlen?

«Emma?», hörte ich eine weibliche Stimme rufen, die durch den großen Flur hallte.

Valentina stand an der Treppe und breitete die Arme aus, um mich herzlich zu begrüßen. Tränen bildeten sich vor Freude in meinen Augen und ich wischte sie rasch mit dem Handrücken fort.

Wir lagen uns eine Weile in den Armen und schaukelten leicht hin und her.

«Hast du guten Flug gehabt?», erkundigte sie sich in ihrem gebrochenen Deutsch, das ich so liebte.

«Ja, danke. Du hast das Haus so schön hergerichtet und sogar für mein leibliches Wohl ist gesorgt. Du bist ein Engel, Valentina.»

«Oh nein, kein Engel, nur eine Frau!», sagte sie verschmitzt und zog ihren langen Pferdeschwanz strammer. «Du sollst dich doch wohlfühlen hier und mit deiner Nachbarin zufrieden sein.»

«Habe ich ein Glück! Wollen wir zusammen einen Kaffee trinken?»

Da ich mich an das Alleinsein erst gewöhnen musste, versuchte ich, Leute um mich zu haben, die mich von meiner Trauer ablenken sollten und ich mich lebendig fühlte.

«Tut mir leid, Emma, aber ich muss auf Markt. Aber morgen komme ich vorbei. Soll ich dir mitbringen etwas?»

«Nein, danke. Der Kühlschrank ist ja voll und ich werde selbst mal losfahren.»

Ich war etwas enttäuscht, aber hatte wiederum auch viel zu tun und musste mich an mein Singleleben gewöhnen, was nicht einfach war.

Valentina hauchte mir Küsschen auf die Wangen und duftete

nach Lavendel, das sie zwischen ihre Wäsche legte, da sie Sorge hatte, dass ihr die Motten ihre schönen Kleider zerfraßen.

«Adios, Emma!», verabschiedete sie sich fröhlich und winkte mir zu, als sie die lange Auffahrt in ihren ausgetretenen Flip Flops entlangschlurfte.

Ich ließ mich etwas erschöpft auf einen Schaukelstuhl fallen und betrachtete zufrieden einen alten Olivenbaum, meinen schön bepflanzten Garten und den blauen Himmel, den ich nicht gewöhnt war. Trotz meines schweren Verlustes durchflutete mich ein gutes Gefühl und ich freute mich auf mein neues Leben auf der Insel, das ich mir langsam aufbauen musste.

Nachdem ich mich im kreisrunden Pool erfrischt hatte, kochte ich mir Spagetti mit einer einfachen Sauce, die ich im Freien aß. Danach lag ich müde im Schatten einer alten, knorrigen Olive und fiel in einen tiefen Schlaf, der mir einen Traum bescherte: Jonas stand mit einem kleinen Lederkoffer auf der Terrasse und bewegte sich nicht, als wenn ihn etwas daran hindern würde. «Jonas!», rief ich freudig und rannte auf ihn zu, aber kurz bevor ich ihn erreicht hatte, war er verschwunden.

Leise hörte ich eine Klingel läuten, deren Ton mir noch fremd war. Es war meine Haustürglocke, an die ich mich gewöhnen musste. Benommen setzte ich mich aufrecht hin und schaute mich um; ging ein paar Schritte, sodass ich die Toreinfahrt sehen konnte. Dort stand ein Auto; mein neues Cabrio, das Jonas und ich uns vor einem Jahr ausgesucht hatten. Ich winkte dem Fahrer zu, der in der sengenden Hitze stand und sich mit dem Handrücken den Schweiß von der Stirn wischte. Ich öffnete das Tor mit der Fernbedienung und stellte mich unter den Carport.

«Buen día!», begrüßte ich den Mann, der ein mürrisches Gesicht zog.

«Hola!», begrüßte er mich mit einem abschätzigen Blick. Mochte er keine Deutschen? Er knallte die Wagentür des nagelneuen Cabrios ziemlich kräftig zu, sodass ich zuckte.

Kommentarlos legte er ein paar Papiere auf die Motorhaube und zeigte mir, mit seinem schmutzigen Zeigefinger, wo ich unterschreiben sollte. Ich drückte ihm zehn Euro in die Hand und gab mich ebenso wortkarg wie mein Gegenüber. Vor dem Tor wartete offenbar sein Chef in einem klapprigen Pick-up, der ihn wieder mit nach Palma nahm. Ich setzte mich in das perlweiße Cabrio und nahm bei ausgeschaltetem Motor das Lenkrad in beide Hände. Jonas hatte sich den Wagen ausgesucht und sich so sehr auf die Touren mit dem kleinen Flitzer gefreut. Damit ich nicht wieder Tränen vergoss, stieg ich aus dem Wagen und gab den vielen Kübeln, in die Valentina wunderschöne Blumen gepflanzt hatte, deren Namen ich nicht kannte, reichlich Wasser.

An meinem ersten Tag in meiner neuen Heimat blieb ich auf meinem Grundstück und ging früh schlafen. Die Nacht wurde unruhig, da ich Geräusche hörte, die mir fremd waren und zum Teil Angst einflößten. Schweißgebadet stand ich gegen drei Uhr auf und unternahm einen Kontrollgang durch das Haus, aber wagte mich nicht in den dunklen Garten. Ich löschte meinen Durst und versuchte wieder zu schlafen.

Gegen neun Uhr erwachte ich im Dunkeln, da ich die Fensterläden geschlossen hatte. Ich streckte mich und blieb noch einige Minuten im Bett liegen, um gedanklich meinen Tag zu planen, an dem ich viel zu erledigen hatte. Ich öffnete die knarrenden Läden und betrat den Balkon, auf dem sich eine Sitzgruppe befand, die Valentina mit hübschen Kissen bestückt hatte. Die Sonne stand bereits hoch und brannte mir heiß auf den Schädel. Kein Wölkchen konnte ich entdecken, dafür viele Schäfchen, die ein Bauer gerade auf die Weide getrieben hatte, die direkt an mein Grundstück grenzte. Das Gras war vertrocknet, dennoch fraßen die Tiere eifrig und blökten wild durcheinander. Die Glöckchen, die sie am Hals trugen, gaben ein nettes Geräusch, das beruhigend war.

Auf der großen, überdachten Terrasse deckte ich den langen, rustikalen Kulissentisch mit einer Tasse und einem Teller. Ich kam mir etwas verloren vor und stellte mir vor, wo Jonas gesessen hätte. Ich wünschte mir meine Familie und meine Freunde herbei und genoss das selbstgebackene Brot von Valentina und ihre Erdbeermarmelade, die sie mit Pfefferminzblättchen verfeinert hatte. Da ich in die Stadt musste, um einige Behördengänge zu erledigen, verzichtete ich auf ein Bad im Pool; schlüpfte in ein leichtes Sommerkleid und nahm den Mietwagen, den ich in Palma abgeben musste. Kurz bevor ich starten wollte, rief meine Mutter auf meinem Handy an.

«Mein Liebling! Wie geht es dir?», tröpfelte mir eine zarte Stimme ins Ohr, die mich beinahe zum Weinen gebracht hätte.

«Gut! Hier ist alles bestens. Valentina hat das Haus so schön hergerichtet und den Kühlschrank gefüllt. Ich fühle mich sehr wohl hier. Ich wollte gerade nach Palma. Kann ich dich am Nachmittag anrufen?»

«Am Nachmittag bin ich bei Paula.»

«Dann melde ich mich heute Abend.»

«Heute Abend gehe ich mit Viviane ins Theater.»

«Gut, dann rufe mich doch morgen früh an», wurde ich etwas ungeduldig und spielte mit einer Hand am Lenkrad.

«Nächste Woche bin ich ja schon bei dir. Ich freue mich riesig.»

«Ja, ich mich auch, Mama. Tschüss dann und viel Spaß im Theater.»

3. Glück im Unglück

Nachdem ich bei den Behörden Einiges erledigt hatte, ließ ich mich in einem Café, das abseits der Touristenströme lag, nieder und war ziemlich erschöpft. Ich musste mich an die Hitze gewöhnen, die mich schlapp machte. Durch meine extreme Gewichtsabnahme war ich nicht sehr belastbar und versuchte mich mit viel Sahne und fettem Essen aufzubauen. Als ich meine Nachrichten am Handy las, sah ich eine flinke Hand, die nach meiner Handtasche griff. Im Nu war sie fort und ehe ich reagieren konnte, war der Dieb in der nächsten Gasse verschwunden. Verdammt! Es war sinnlos, dem Täter zu folgen, der sich in der Stadt sicherlich gut auskannte. Wie oft hatte meine Mutter mich gewarnt? Wie oft hatte Jonas mich vor den raffinierten Taschendieben gewarnt, die außerordentlich dreist waren. Ich hätte heulen können, aber blieb relativ gelassen, da mir die Hitze die Kraft raubte. Wenigstens hatte ich noch mein Handy und fünf Euro in der Hosentasche, die für mein bestelltes Wasser gerade ausreichten. Es machte keinen Sinn zur Polizei zu gehen, die den ganzen Tag über Anzeigen von Touristen aufnehmen mussten. Mein Leichtsinn musste bestraft werden. Mir würde es kein zweites Mal passieren, schwor ich mir und nahm ein Taxi bis zu meiner Finca, das ziemlich teuer war. Im Safe hatte ich eine größere Summe Bargeld deponiert, sodass ich den Fahrer bezahlen konnte. Der redselige Mann hatte mir während der Fahrt von seinem Onkel erzählt, der in Hamburg eine Tapas Bar besaß und eine Deutsche geheiratet hatte, die sich von ihm getrennt hatte und mit seinem Bruder nach Mallorca gezogen war, wo sie einen Woll Laden eröffnet hatte. Was gab es nur für unglaubliche Geschichten! Kurz nachdem ich zuhause eingetroffen war und mir überlegte, wie und wo ich meine Dokumente neu beantragen musste, ging die Klingel, die am Tor installiert war. Ich schaute auf die Überwachungskamera, die im Flur hing, und konnte auf dem kleinen Bildschirm einen Sportwagen und einen Mann erkennen, der suchend auf das Grundstück blickte.

«Hallo?», sagte ich skeptisch in die Gegensprechanlage.

«Hallo! Ich habe etwas für Sie», hörte ich eine deutsche Stimme sagen, die nett klang.

«Was haben Sie für mich?», musste ich mich absichern, denn ich hatte an diesem Tag bereits genug Pech gehabt und wollte nicht noch in meiner Finca überfallen werden.

«Ihre Handtasche. Sie sind doch Frau Emma Grube?»

«Ja! Ich öffne Ihnen das Tor, dann können Sie bis zum Haus vorfahren.»

Mein Herz tat einen Hüpfer. Hoffentlich hatte er nicht nur meine Handtasche. Aber da er meine Adresse kannte, musste er auch mein Portemonnaie gefunden haben.

In einem rasanten Fahrstil stoppte der Unbekannte neben meinem Wagen und bremste scharf ab, sodass Staub aufgewirbelt wurde, der mir ins Gesicht flog.

Ich wartete noch immer skeptisch und schaute dem Mann dabei zu, wie er lässig aus seinem Wagen sprang, obwohl er kein Jüngling war. Plötzlich kam mir der Gedanke, dass er der Dieb sein könnte, der mich in meinem Haus ausrauben wollte. Meine Mutter hatte mich, mit ihrer ständigen Ermahnung zur Vorsicht, völlig verrückt gemacht, sodass ich bereits in jedem Menschen einen Betrüger, Dieb oder Vergewaltiger sah.

«Hi! Ist das Ihre Tasche? Sie lag in einem Mülleimer in Palma.»

«Ja, das ist de facto meine Tasche», sagte ich erfreut und hätte den Mann küssen können.

Der ehrliche Finder, der recht ansehnlich ausschaute und mich an jemanden erinnerte, reichte mir meine Designertasche, die Jonas mir zu meinem letzten Geburtstag geschenkt hatte. Er hatte mit seinen großzügigen Präsenten immer meinen Geschmack getroffen und mich, vor allem mit seinem selbstgemachten Schmuck, erfreut.

Ich öffnete mit zittrigen Händen den Reißverschluss der Tasche und kippte den gesamten Inhalt auf die Fliesen, die Valentina gründlich geschrubbt hatte. Neben diversen Kosmetikartikeln fiel auch mein rosafarbenes Portemonnaie heraus. Das Bargeld fehlte, ansonsten hatte der Dieb nichts weiter entwendet. Zum Glück hatte ich meine Kreditkarten nicht mitgeführt, da ich nichts Großes kaufen wollte und auf Nummer sicher gegangen war, als hätte ich etwas geahnt.

«Und noch alles da?», erkundigte sich der Mann, der lässig im

Schatten an der Hauswand lehnte und Schweißperlen auf der Stirn trug.

«Außer dem Geld ist noch alles da. Was für ein Glück! Ich danke Ihnen vielmals.»

Sollte ich ihm einen Finderlohn geben? Ich war etwas durcheinander und dachte darüber nach, ihm einen Hunderter in die Hand zu drücken.

«Hätten Sie vielleicht etwas zu trinken für mich?»

«Oh, entschuldigen Sie! Wie unhöflich von mir. Nehmen Sie doch bitte Platz! Mögen Sie Limonade oder Cola?», stotterte ich und zeigte auf die Sitzgruppe am Pool, die im Schatten lag.

«Kaltes Wasser wäre gut.»

Ich eilte in die Küche und musste kurz überlegen, wo die Gläser standen, da ich mich noch zurechtfinden musste. Mit leicht zittrigen Händen schenkte ich Wasser ein und stellte die etwas voll geratenen Gläser auf ein silbernes Tablett. Es gelang mir nicht, das Tablett so gerade zu balancieren, dass kein Wasser verschüttet wurde. Mittlerweile saß der Mann auf einem Stuhl und war mit seinem Handy beschäftigt.

«So, einmal Wasser», sagte ich als wäre ich eine Bedienung im ersten Lehrjahr.

«Nett haben Sie es hier!»

Er trank sein Glas mit einem Zug leer. Ich betrachtete ihn dabei und fragte mich, woher ich das Gesicht kannte. Der Typ machte einen ziemlich coolen Eindruck und sah so gut aus, dass ich vermutete, dass er eingebildet war und bereits viele Frauen verführt hatte.

«Ich bin erst gestern hier eingezogen.»

«Oh! Wo kommen Sie denn her?», wollte er wissen und nahm seine verspiegelte Sonnenbrille ab, durch die man seine Augen nicht sehen konnte.

«Aus Hamburg», antwortete ich kurz und wollte nicht mehr von meinem Leben preisgeben, da ich mein altes Leben hinter mir lassen wollte, um nicht an die schlimmste Zeit meines Lebens erinnert zu werden.

«Auch eine schöne Stadt.»

«Und Sie leben auch auf der Insel?»

«Leider nur ein paar Wochen im Jahr. Vor fünf Jahren habe ich mir im Süden eine kleine Finca gekauft. Ansonsten lebe ich in München.»

«Schön.»

Ich war unsicher in der Kommunikation, denn ich war es nicht mehr gewöhnt mit einem Mann, der mich so durchdringlich anschaute wie mein Gegenüber, zu reden.

«Ich muss dann mal wieder.»

Er rieb sich seine feuchten Hände an der hellen Leinenhose trocken, bevor er mir die rechte Hand reichte. Sollte ich ihm einen Finderlohn geben? Da er einen gut situierten Eindruck machte und ein teures Auto fuhr, ließ ich es bleiben und begleitete ihn bis zu seinem Wagen.

Als er sich lässig in seinen Flitzer geschwungen hatte, sagte er zu meinem großen Verblüffen: «Möchten Sie mich vielleicht mal besuchen? Ich habe einen interessanten Kräutergarten und kann gut kochen.»

Damit hatte ich nicht gerechnet! Ich war verlegen; meine Wangen glühten und meine Finger kneteten sich gegenseitig.

«Ich habe in den nächsten Wochen sehr viel zu tun, aber ...» Bevor ich ihm eine klare Antwort geben konnte, holte er eine Visitenkarte aus seinem Handschuhfach und drückte sie mir augenzwinkernd in die Hand; startete den Motor, ließ ihn kurz aufheulen und schenkte mir ein freundliches Lächeln, das ich erwiderte. Er gab bereits auf meiner Auffahrt ordentlich Gas, hupte zweimal und ließ mich in einer Staubwolke zurück.

Ich besaß keinerlei Ambitionen einen Mann kennenzulernen, da Jonas noch fest in meinem Herzen saß. Daher legte ich die Visitenkarte in eine Schublade und war froh, dass ich meine Handtasche wiederhatte.

Leseprobe aus dem Buch

Amore Mio

-

Mein Herz lässt dich nicht los

1. Kapitel

«Lass uns die Silberhochzeit noch feiern, da sich alle so sehr darauf freuen. Ich habe von Babette erfahren, dass unsere Freunde schon etwas vorbereitet haben», erklärte ich Mark, der mir den Rücken zuwandte und seinen neu erworbenen, knallroten Sportwagen durchs verschmutzte Fenster bewunderte. Wenn er mich so bewundern würde wie diesen polierten Flitzer, für den er all unser Erspartes hergegeben hatte, wäre ich vermutlich weniger depressiv, dachte ich bitter und kämpfte mit meinen Gefühlen, die in den letzten Monaten so stark schwankten wie das norddeutsche Wetter.

«Gut, wie du meinst. Ich finde es zwar ein bisschen verlogen erst noch so zu tun, als wären wir happy zusammen, aber du willst ja immer alles entscheiden», brummte er und rieb sich sein glatt rasiertes Kinn, das ich schon lange nicht mehr geküsst hatte.

«Was soll das denn nun wieder? Ich will gar nicht immer alles entscheiden. Du zwingst mich dazu, weil du dich davor drückst. Und wenn ich mich dann entschieden habe, meckerst du und wirfst mir vor, dass es die falsche Entscheidung gewesen ist. Du hast es dir schon immer leicht gemacht!», setzte ich ihm entgegen und spürte, wie sehr ich mich aufregte, denn Blut schoss mir in den Kopf, der anfing zu brummen. Ich schloss die Augen, atmete tief ein und aus, um meinen Blutdruck zu senken, der in den letzten Monaten gefährlich hoch war. Das Blutdruckmessgerät hatte ich frustriert in den Keller verbannt, da mir die hohen Werte Bauchschmerzen bereiteten. Meine Ärztin hatte mir bereits vor einem Jahr wütend eine Packung Blutdrucksenker auf den Tisch geknallt, die ich jedoch nicht nahm, da mir die vielen Nebenwirkungen mehr Angst machten als der hohe Druck.

«Das ist doch völliger Quatsch! Ich überlasse dir die Entscheidungen, weil du sonst eingeschnappt bist und ich keine Lust auf weitere Streitereien habe.» Mein Mann, den ich mal so sehr geliebt hatte, wurde laut und bekam einen zornigen Gesichtsausdruck, der ihn hässlich aussehen ließ.

«Pst! Nicht so laut! Sonst hört Adrian uns.» Ich legte meinen Zeigefinger an die bebenden Lippen, die keine rote Farbe trugen, da ich mich für Mark schon lange nicht mehr hübsch machte. An diesem sonnigen Morgen hatte ich keine Lust, über unsere immer gleichen Probleme, zu diskutieren. Wir hatten es in den letzten Jahren nicht geschafft, uns gegenseitig glücklich zu machen, obwohl vor allem ich mich bemüht hatte, mir Marks Kritik zu Herzen zu nehmen und an mir zu arbeiten, aber wir fielen immer wieder in die gleichen Verhaltensmuster zurück, die unsere Partnerschaft nicht rundlaufen ließ. Wir bemühten uns, relativ friedlich, nebeneinanderher zu leben und hielten die Fassade einer intakten Ehe hauptsächlich für unseren Sohn und aus reiner Bequemlichkeit aufrecht. Nach einem heftigen Streit über eine Nichtigkeit, bei dem wir beide so zornig geworden waren, dass wir uns beinahe die Haare ausgerissen hätten, waren wir zu der bitteren Erkenntnis gelangt, dass wir uns trennen mussten, auch wenn mir der Gedanke an eine Scheidung einen Dolchstoß ins Herz verpasste, sahen wir keine andere Lösung.

Nachdem ich mich nach unserem hitzigen Wortwechsel etwas beruhigt hatte und auf meinem Handy Nachrichten las, öffnete unser neunzehnjähriger Sohn die Küchentür und lächelte uns freudig an, da er glücklich mit seinen Eltern und seinem guten Leben war. Von unserer Disharmonie hatte er bisher nichts mitbekommen, denn wir waren gute Schauspieler. In seiner

Anwesenheit rissen wir uns zusammen und spielten das harmonische Paar, um unser Kind nicht unglücklich zu machen oder ihm Schaden zuzufügen, denn wir liebten Adrian über alles; er war das Wichtigste in unserem Leben.

«Guten Morgen. Papa, du bist ja noch da!», wunderte sich Adrian und drückte zunächst mir, danach seinem Vater zarte Küsse auf die Wangen, die bei mir noch ziemlich glühten.

«Guten Morgen, du Superheld! Ich wollte gerade los. Macht euch einen schönen Tag.»

Mark sprang auf, ging zur Tür, nahm die Klinke in die Hand, zögerte, da ihm eingefallen war, dass er mir einen Kuss geben musste, obwohl ihm sicherlich, nach unserem kleinen Disput, nicht danach zumute war. Er küsste mich flüchtig, da Adrian seine Nase in die Tageszeitung gesteckt hatte und strich seinem Sohn über den Kopf, auf dem schönes, dichtes Haar wuchs, in das sich meine Hände gerne verirrten.

Unser wohlgeratener Sohn und ich, die eine schmerzende Traurigkeit zu unterdrücken versuchte, schauten durch das Küchenfenster, um Mark bei seiner Abfahrt zu beobachten. Er warf seine Aktentasche auf den Beifahrersitz und trat im Leerlauf aufs Gaspedal, sodass es laut dröhnte und alle Nachbarn somit Bescheid wussten, dass Herr von Alsen zur Arbeit fuhr.

«Schade, dass ich den Wagen nicht fahren darf», stellte Adrian enttäuscht fest und zog ein lustiges Gesicht, das mich erheiterte und meine Stimmung etwas heben konnte.

«Sei schön fleißig, dann kannst du dir auch bald deinen eigenen Porsche leisten.»

Adrian grinste mich an und löffelte sein Müsli so eifrig, dass ihm die Mandelmilch am Kinn hinunterlief, die er mit seinem Handrücken fortwischte, obwohl auf dem Tisch Servietten lagen. Ich rollte mit den Augen und stöhnte leise. Wieso hatte unsere frühkindliche Erziehung nicht gegriffen? Mit diesen schlechten Manieren konnte er keine Königstochter zur Frau nehmen.

«Und was macht deine Findungsphase?», eröffnete ich das Gespräch, obwohl ich wusste, dass der junge Mann nicht gleich am frühen Morgen mit Fragen, die seine ungewisse Zukunft betrafen, bombardiert werden mochte. Dennoch konnte ich mich nicht zurückhalten, da die Zeit drängte. Bald würden Mark und ich unsere Trennung in die Wege leiten und das Haus verkaufen. Adrian musste endlich einen beruflichen Einstieg finden, damit er in absehbarer Zeit auf eigenen Füßen stand. Die große Umwälzung, die uns allen bevorstand, bereitete mir schlaflose Nächte und gesundheitliche Probleme, sodass ich zu pflanzlichen Beruhigungsmitteln greifen musste.

«Mama, chill mal deine base. Ich habe doch gerade mein Abi gebaut und das war nicht ohne. Dieses G8 hat mich ziemlich gestresst und ich bin noch total ausgebrannt», erklärte mir unser relaxter Sohn mit vollem Mund und schaute mich mit seinen braunen Augen so süß an, dass ich zu geschmolzener Butter wurde.

Trotz meiner grenzenlosen Liebe zu ihm war ich beunruhigt, denn es war mir wichtig, dass Adrian in Zukunft abgesichert war und von uns unabhängig leben konnte.

«Gerade das Abitur gemacht», hatte er gesagt! Das war bereits ein Jahr her! Wie lange brauchte er denn noch, um sich von dem Schulstress zu erholen? Zwei Tage nach dem Abiball war Adrian nach Australien gereist, um ein neues Land, neue Leute und Tiere zu entdecken, um sich in Ruhe zu überlegen, was aus ihm werden kann. Doch die Familie, bei der er leben sollte und das krabbelnde Viehzeug, das auch gefährlich sein konnte, hatten ihn nach nur wenigen Tagen zur Flucht in das sichere Deutschland zurückgetrieben. Nach nur acht Tagen kam er erleichtert zurück und stellte fest, dass es Zuhause doch am schönsten ist.

Gerade hatte ich mich nach dem Trennungsschmerz auf ein Jahr Ruhe eingestellt, da sahen wir unseren weinenden Sohn im fernen Land vorm Computer sitzen, was unser Herz zum Bluten brachte, sodass wir Adrian nicht zum Bleiben bewegten, sondern sofort ein Flugticket buchten, das verdammt viel Geld gekostet hatte.

Seitdem genoss er die Vollpension in dem gehobenen Hotel «Mapa», wie meine Freundin es bezeichnete. Die meiste Zeit verbrachte unser Zögling an seinem Computer, an dem er mit der ganzen Welt vernetzt war. Er hatte zwar Freunde, aber mit denen traf er sich überwiegend nur online, was mir eigentlich ganz recht war, denn ich konnte auf noch mehr orientierungslose Jünglinge, die unseren Kühlschrank plünderten oder die hellen Teppiche mit schmutzigen Schuhen ruinierten, gerne verzichten.

Ich ließ Adrian in Ruhe frühstücken und dachte an die Zukunft, die düster für mich ausschaute.

*

Vor dreißig Jahren waren mein Mann und ich uns auf dem weitläufigen Unigelände, vielleicht durch eine höhere Macht oder auch nur durch puren Zufall, in die Arme gelaufen. Zwei schüchterne Studenten, die sich ganz auf ihr Studium konzentrierten und nicht auf der Suche nach einer Liebe waren. Mark hatte auf einem roten Rennrad gesessen, während ich vertieft in ein Heft starrte, da ich mich auf ein Referat vorbereitet hatte. Als ich den Reifen auf meinem Fuß spürte und der Lenker mir gegen den Arm stieß, schrie ich vor Schreck auf und ließ meine Unterlagen fallen, die der böige Wind mit sich nahm. Der rücksichtslose Raser, der seinen Drahtesel auf dem Campusgelände eigentlich schieben musste, fiel zu Boden und fluchte leise. Seine hellbraune Ledertasche war vom Gepäckträger gerutscht und landete in einer trüben Pfütze. Ich war stinksauer, sodass ich Worte wählte, die ich normalerweise nicht in den Mund nahm. Mein Fuß und mein Arm schmerzten; mein Herz war vor Schreck fast aus der Brust gesprungen und war nur schwer zur Ruhe zu bringen. Mark rappelte sich rasch auf, betrachtete mit hochgezogenen Augenbrauen seine verschmutzte Hose und angelte die fleckige Tasche aus der Pfütze.

«Das Radfahren auf dem Campus ist verboten!», keifte ich wie ein Terrier und jagte schließlich meinen Zetteln hinterher, die sich bereits einige Meter entfernt hatten.

«Tut mir echt leid. Bist du verletzt?», erkundigte sich der junge Mann kleinlaut und rückte seinen Hemdkragen etwas nervös zurecht.

«Nein, aber ich bin stinksauer.» Ich betrachtete mir mit verzogenem Mund meine nagelneuen Treter und wischte mit der Hand über den weißen Stoff, auf dem ein dunkler

Reifenabdruck zu sehen war.

«Sorry! Ich habe es sehr eilig. Bin viel zu spät dran», versuchte er sich zu entschuldigen und klemmte seine alte Ledertasche unter den rechten Arm.

«Dann musst du das nächste Mal früher aufstehen», riet ich ihm und wurde freundlicher, da ich wahrnahm, dass der Student ziemlich gut ausschaute und einen sympathischen Eindruck machte.

«Ja, das werde ich. Soll ich deinen Schuh reinigen?»

«Nein, danke! Fahr mal schnell zu deinem Seminar. Nicht, dass der Prof dir noch den Kopf abreißt. Wäre schade drum.»

«Dann werde ich mal und tut mir echt leid. Falls ich doch noch …»

So war unsere erste Begegnung gewesen, an die ich mich immer wieder gerne zurückerinnerte. Wäre Mark damals nicht in mich hineingefahren, wäre ich nicht mit ihm verheiratet, hätte ich nicht diesen prächtigen Jungen und wäre kurz vor meiner Silberhochzeit nicht unglücklich.

*

Während Adrian in seinem Zimmer verschwand und sich noch immer von der Schulhölle erholte, wartete ich auf meine Freundin Babette, mit der ich mindestens einmal im Monat ausgiebig frühstückte. Babette stand kurz vor ihrem fünfzigsten

Geburtstag und war mit ihrem Thomas seit 22 Jahren verheiratet. Sie führte angeblich eine super glückliche Ehe, die mit Harmonie und Leidenschaft gesegnet war. Ihr einziges Kind, das sie auf den Namen Bennet Manuel Maria getauft hatten, war drei Monate jünger als Adrian und ein wahres Genie, das sich locker mit Einstein messen konnte, wie einige Lehrer behaupteten. Mein Neid auf das Wunderkind kam ab und zu durch, zum Beispiel, wenn Adrian schlechte Noten mit nach Hause gebracht hatte oder wenn ich Bennet beim Hauskonzert bewunderte, seine Pokale in die Hand nehmen musste oder ihm beim Essen zuschaute, bei dem er Knigge Manieren an den Tag legte. Mit unserem Sohn konnte ich weniger prahlen, da er weder ein Musikinstrument spielte noch Olympiaanwärter war oder etwas erfunden hatte. Dafür war Adrian attraktiv, höflich, charmant und strahlte eine große Zufriedenheit aus, die ich bei Bennet nicht erkennen konnte. Während das Supertalent sein Abitur mit einer Traumnote bestanden hatte, hatte Adrian sein Abitur gerade so geschafft.

«Entschuldige, dass ich so spät dran bin. Bennet ist gestern gekommen und hat mir noch eine eigene Komposition auf unserem Flügel vorgespielt. Es war so unglaublich schön und ich musste weinen, da sein Stück so melancholisch und ergreifend war», erklärte sie mir mit glasigen Augen, da der Stolz sie rührte und sicherlich sehr glücklich machte.

Ich konnte es kaum ertragen, mir diese Lobdudelei anzuhören, da unser Sohn gerade nicht sehr aktiv war und ein freiwilliges, asoziales Jahr bei uns im Haus absolvierte. Am liebsten hätte ich Babette den Mund zugehalten und zur Tür hinausgeschoben, denn ich konnte es nicht mehr hören, wie glatt alles bei ihr lief. Natürlich war Bennet ein seltener Wunderknabe und ich mochte ihn, da er nicht überheblich und immer freundlich zu mir war, dennoch kratzte es an meinem Ego, da ich oder wir offenbar einen Fehler in der Erziehung gemacht hatten.

«Die sind für dich!» Babette streckte mir einen bescheidenen Blumenstrauß entgegen und wartete darauf, dass ich ihn ihr abnahm.

«Danke!», sagte ich etwas enttäuscht und legte die Blumen achtlos auf die Kommode, um ihr den leichten Trench abzunehmen.

Im Esszimmer hatte ich unseren rustikalen Esstisch mit dem geerbten Geschirr meiner Großmutter, das mein Mann nicht leiden mochte, gedeckt. Wir besaßen einen sehr unterschiedlichen Geschmack, was vielleicht auch keine gute Basis für eine harmonische Ehe war.

«Und Adrian?», war Babettes erste Frage, mit der ich gerechnet hatte und die mich wie eine Pfeilspitze traf.

«Der ist in seinem Zimmer und arbeitet an seiner Berufsfindung.»

«Und hat er noch keine Idee?»

«Doch, schon, aber er will sich ganz sicher sein. Die Brötchen habe ich selbst gebacken. Sie sind ohne Weißmehl und mit vielen Körnern», versuchte ich von dem leidigen Thema abzulenken und hob den Brötchenkorb an, in den sie ihre Nase steckte.

«Die sehen sehr gut aus. Ich bewundere dich, dass du Brot und Brötchen immer selbst backst. Ich stehe mit Hefe auf Kriegsfuß. Ich habe das ein einziges Mal probiert und das war die totale Katastrophe. Seitdem lasse ich es lieber und gehe zum Bäcker.

Und was sagt Mark dazu, dass Adrian nicht in die Puschen kommt?», ließ sie nicht locker. Ich begann innerlich zu kochen, da sie auf dem leidigen Thema herumritt, vielleicht auch, um mir unsere Unfähigkeit, unseren Sohn in die richtige Bahn zu lenken, vor Augen zu führen.

«Es ist gut, dass Adrian nach der langen Schulzeit mal eine Pause hat, bevor er in die Mühlen des langen Berufslebens gerät. So geht er motivierter und entspannter in sein Studium oder eine Ausbildung. Und Bennet gefällt sein Studium noch?», versuchte ich ruhig zu bleiben und schenkte uns Kaffee ein. Meine Hände zitterten leicht, sodass ein paar Kaffeetropfen auf die weiße Damast Tischdecke fielen, die ich über eine halbe Stunde lang gebügelt hatte.

«Ja, total. Er wollte ja schon mit zehn Jahren Staatsanwalt werden und zieht das Studium bestimmt schnell durch. Es macht ihm viel Spaß.» Wieder begannen ihre Augen zu leuchten und ich spürte, wie ich Babette um ihren Sohn, ihre glückliche Ehe und ihr schönes Heim beneidete.

«Prima! Hat er denn eine Freundin?» Ich schmierte viel zu dick Butter aufs Brötchen, da ich unkonzentriert war.

«Ja, seid ein paar Wochen. Er hat mir ein Foto von Paula gezeigt. Ein hinreißendes Mädchen aus gutem Hause. Sie studiert auch Jura», erzählte Babette gerührt und zückte ihr Handy. «Das ist sie! Ist sie nicht bildhübsch?»

Mir schaute ein dürres, blasses Wesen entgegen, das ich ohne Lesebrille nur unscharf erkennen konnte. Ich musste sofort an eine Magersucht denken und konnte im Gesicht des Mädchens keine Fröhlichkeit entdecken, die Adrian hingegen ins Gesicht gemeißelt war.

«Sehr hübsch! Hat Bennet sie noch nicht mitgebracht?»

«Nein, noch nicht, aber bald. Sie ist sehr beschäftigt. Sie macht Ballett, spielt Geige und …»

Der schrille Klingelton meines Handys unterbrach die überschwängliche Beschreibung dieses knochigen Mädchens, das vielleicht genauso begabt war wie Bennet. Bevor ich Komplexe neben Babette entwickelte, die so viel Glück mit ihrer perfekten Familie hatte und nun auch noch die perfekte Schwiegertochter obendrauf bekam, wurde ich von Mark abgelenkt, auf den ich wütend war, denn auch er war Schuld daran, dass unser Sohn orientierungslos in seinem muffeligen Zimmer hockte, anstatt an einer Uni den Start in ein erfolgreiches Leben zu beginnen.

«Ich sitze hier gerade mit einem Kollegen zusammen, der eine gute Location für unsere Feier hätte. Es ist ein Holzhaus, mitten im Wald, das sehr gut ausgestattet ist. Wir könnten ein Büffet kommen lassen und vielleicht noch Musiker», schlug Mark vor und wartete auf meine Antwort. Ich musste schlucken, denn ich hatte noch das Bild von der mageren Paula im Kopf. Vielleicht sollten wir es mit dieser Lügenfeier einfach bleiben lassen und unsere Familie und Freunde vor vollendete Tatsachen stellen, dachte ich plötzlich und hätte heulen können, da mein Leben, im Vergleich zu Babettes, kaputt und unperfekt schien.

«Bettina! Bist du noch dran?»

«Ja … können wir machen. Ich habe gerade Besuch von Babette und ...»

«Gut, dann bis heute Abend.»

Verwirrt suchte ich die richtige Taste, um das Telefonat zu beenden und spürte, wie eine unangenehme Hitze meinen Körper flutete und meinen Kopf zum Leuchten brachte. Ich verfluchte das Klimakterium, das mir zu all meinem Kummer auch noch körperliches Leid bescherte und mich schmerzlich daran erinnerte, dass ich meine Fruchtbarkeit verlor, was nicht leicht zu akzeptieren war, denn ich hätte gerne noch ein zweites Kind bekommen.

Wir hatten doch besprochen, dass wir unser Ehejubiläum nicht allzu groß feiern wollten, aber nun hatte Mark offenbar die Absicht, ein ganzes Haus zu mieten! Für mich war es eher eine Trauerfeier, während unsere Gäste uns um die vielen gesammelten Ehejahre bewunderten und vermuteten, dass das glückliche Paar noch weitere tolle Jahre vor sich hatte. Natürlich stimmte es mich äußerst traurig, dass wir nach der Feier getrennte Wege gehen würden und ich konnte mir überhaupt nicht vorstellen, nach drei Jahrzehnten plötzlich ein Singleleben zu führen, aber wir mussten diesen Schritt tun, da wir beide in unserer Ehe unzufrieden waren, uns nur noch quälten und verletzten.

Babette sah mich fragend an und wartete darauf, dass ich ihr den Inhalt des Telefonats erzählte, was ich nicht tat, denn die Feier war noch nicht in trockenen Tüchern und mich beschlichen auf einmal große Zweifel, das Schmierentheater überhaupt durchzuziehen.

«Möchtest du noch ein Brötchen?», versuchte ich unberührt zu wirken, obwohl mein Herz raste und meine Gedanken düster waren. Mein Leben stand kurz vor der Sprengung und ich hatte keine Ahnung, wie es danach aussehen wird.

«Die schmecken total lecker. Kannst du uns mal welche backen?

Ich bezahle sie dir auch.» Babette nervte und ich wollte alleine sein, um zu heulen und mich meinem Schmerz hinzugeben.

«Kann ich machen, aber du musst mir dafür nichts geben», sagte ich großzügig und griff entschlossen nach dem dritten Brötchen, da essen meinen Frust ein wenig betäuben konnte. Daher hatte ich in den vergangenen Jahren meine weiblichen Rundungen ausgebaut, die mir jedoch nicht gefielen.

2. Kapitel

Mark kam erst nach acht Uhr aus dem Büro zurück, da ihn nichts, außer vielleicht meinem warmen Essen, nach Hause drängte. Früher hatte ich mich auf meinen Mann gefreut, war ihm freudig entgegengeeilt, um ihn zu küssen, ihm zu zeigen, wie sehr ich ihn vermisst hatte. Diese Zeiten waren leider schon länger vorbei. Nun gab es nur noch ein müdes «Hallo!» und einen kühlen Begrüßungskuss, der nur für unseren Sohn inszeniert wurde.

In der Küche aßen wir zu dritt Abendbrot und machten auf heile Familie, was mir jedoch von Tag zu Tag schwerer fiel. Wenn Adrian nicht gewesen wäre, hätten wir uns vermutlich nur noch angeschwiegen oder lauthals gestritten oder wären bereits längst getrennte Wege gegangen.

«Papa, kann ich mir ein neues Handy kaufen? Mir fehlen nur 500 Euro. Kannst du mir die abdrücken?», fragte Adrian seinen Vater ohne Umschweife und setzte seinen Dackelblick ein, den er bereits als Kleinkind angewendet hatte. Es hatte all die Jahre gut funktioniert.

«Taugt das denn was?» Mark kaute auf einem Fleischstück herum, das kein Fleisch war, sondern eine Jackfrucht, die nur die Konsistenz von Fleisch hatte.

«Ja, das ist abfetzmäßig. Ist das Fleisch, Mama?», erkundigte sich Adrian mit verzogenem Mund, der mich zum Lachen brachte.

«Kannst du mit uns bitte in unserer altertümlichen Sprache sprechen», bat ich den Dackel, denn ich hatte keine Lust, seine Worte erst aufwändig zu googeln.

«Sorry! Also das neue Handy ist einfach mega», übersetzte er lächelnd und legte den Fleischersatz etwas angewidert auf seinen Tellerrand.

«Ja, wenn das mega ist, dann kaufe es dir. Aber dafür hilfst du deiner Mutter mal im Garten, dann können wir uns den Gärtner sparen.»

«Ich küss dein Auge!», jubelte Adrian und freute sich mächtig, denn er liebte die neueste Technik, die er sich von seinem üppigen Taschengeld jedoch nicht leisten konnte.

«Nein, bitte nicht!» Mein Mann verzog das Gesicht und schob seinen halbvollen Teller zur Seite.

«Schmeckt es dir nicht?», wollte ich wissen und ärgerte mich darüber, dass er Adrian so viel Geld geben wollte, ohne es mit mir abzusprechen. Gut, er verdiente das Geld, aber ich machte dafür seit Jahren den gesamten Haushalt und hatte zudem unseren Sohn mehr oder weniger alleine betreut und durchs Abi gebracht.

«Ich habe keinen Hunger», brummte Mark und stürzte seine Cola hinunter, die mir schon lange ein Dorn im Auge war, denn dieses ungesunde Getränk ist für den Körper ein gefährlicher Zucker-Tsunami, der auf Dauer krank macht. Aber Mark wollte von dieser Gefahr nichts wissen und aß generell nur das, was ihm schmeckte und nicht das, was der Körper braucht. Die Ernährung war in den letzten Jahren zwischen uns zu einem großen Thema geworden, das heftige Dispute ausgelöst hatte. Ich konnte nicht verstehen, dass Mann sich mit Technik oder Informatik bis ins kleinste Detail auseinandersetzt, jedoch von der Funktionsweise des eigenen Körpers keinen blassen Schimmer hat.

Seitdem ich unser Essen auf fleischarme Kost umgestellt hatte, aß Mark nur noch wenig, da ihm meine Gemüsemischungen nicht schmeckten. Ich vermutete, dass er nach der Arbeit Currywürste oder Hamburger in sich hineinstopfte, denn er nahm nicht ab, sondern zu und trug eine stattliche Kugel vor sich her, über die ich mich in Zukunft nicht mehr aufregen musste.

Während Mark in seinem Arbeitszimmer verschwand, setzte ich mich frustriert vor den Fernseher und schaute mir meistens Liebesfilme an, die mich in eine heile Welt entführten und mich etwas von meinen Problemen ablenkten. Werde ich eine neue Liebe finden? Kann ich mit einem anderen Mann glücklich werden? Ich konnte mir nicht vorstellen, einen anderen Mann an meiner Seite zu haben, ihn zu küssen oder mit ihm intim zu werden.

Da ich nicht in den Schlaf finden konnte, knipste ich genervt das Licht wieder an und las in einem Buch: «Mein neues Leben nach der Trennung». Mark kam weit nach Mitternacht ins Bett und schlief sofort ein. Ich spürte kein Verlangen mehr nach ihm, hatte kein Interesse mit ihm zu kuscheln, ihn zu küssen oder mit ihm zu schlafen. Immer wieder hatte ich versucht, die alten Gefühle für ihn auszugraben, aber es war mir nicht gelungen. Das Feuer war offenbar endgültig erloschen; ich musste ein ganz neues entfachen, mit einem anderen Mann, der mir Liebe schenken und in mir Liebe auslösen konnte.

Am Wochenende hatten Mark und ich endlich Zeit, beim Frühstück über unsere allerletzte Hochzeitstags Feier zu reden. Ich saß in einer ausgebeulten Leggings, mit ungekämmtem Haar und ohne Make-up mit hochgezogenen Beinen am Küchentisch und schlürfte an meinem heißen Kaffee. Mark hatte, wie gewöhnlich, sein Tablet neben sich liegen und las Nachrichten. Ich betrachtete ihn traurig; studierte sein Gesicht, an dem ich jede Pore, jeden Mitesser und jeden Altersfleck kannte. Wie alt er geworden ist! Seine grauen Haare waren dünner, seine Zähne gelb vom vielen Kaffeekonsum und seine Haut hatte an Spannkraft verloren. Der Bauch hing über der ausgebeulten Lieblings Jeans, die einen unmodernen Schnitt besaß und nicht mal als Kleiderspende taugte. Mark biss in sein Brötchen und krümelte aufs Tablet; wischte mit der Hand die Krümel auf den Boden und schaute danach zu mir, da er bemerkte, dass ich ihn beobachtete.

«Was ist?», fragte er gereizt und warf das angebissene Brötchen auf den Teller, da ich ihm offenbar den Appetit verdorben hatte.

«Nichts! Was soll sein? Alles super! Es macht richtig Spaß, mit dir zu frühstücken. Du redest kein Wort, starrst die ganze Zeit über in das doofe Ding und krümelst den Boden voll.»

«Es ist doch vorbei mit uns! Jeder kann jetzt tun, was ihm Spaß macht. Und ich habe jetzt Lust, Nachrichten zu lesen während ich esse.»

«Gut! Und ich habe jetzt Lust, Shoppen zu gehen.»

Ich war wütend über seine Art und Weise, wie er mit mir die letzten Wochen unserer Ehe umging. Es hätte auch durchaus harmonischer ablaufen können. Mark hätte nett und charmant sein können. Ich knallte meine volle Tasse auf den Tisch, sodass sie überschwappte und Flecken auf der hellen Tischdecke hinterließ. Wortlos verließ ich trampelnd die Küche, um Mark meinen Unmut über seine Reaktion zu zeigen. Auf der Treppe kam mir Adrian mit seinem eingemeißelten Grinsen entgegen. «Hi, seid ihr schon durch mit Frühstück? Hast du mir meine Mohnbrötchen besorgt?»

«Papa ist noch nicht durch und ja, ich habe dir deine dämlichen Brötchen besorgt», schrie ich gereizt und ging schnurstracks weiter. Obwohl ich mich vor unserem Sohn bisher immer zusammengerissen hatte, schaffte ich es an diesem Morgen nicht, meine Beherrschung zu bewahren, was vielleicht auch auf meine hormonelle Lage zurückzuführen war.

«Hast du deine Tage? Ach ne, die kriegst du ja nicht mehr. Habt ihr euch gestritten?», rief Adrian mir hinterher und feixte.

«Frag deinen Vater!», rief ich laut und knallte die Schlafzimmertür hinter mir zu.

Wir traurig mein Leben war! Ich warf mich theatralisch aufs Bett und landete auf einem dicken Buch, das unter meiner Decke lag. Ich brachte keine Tränen hervor, was ich komisch fand. Hatte ich schon zu viele Tränen über unsere missglückte Ehe vergossen, sodass sie nun versiegt waren? Konnte man unsere Ehe denn überhaupt als missglückt betiteln? Schließlich haben wir es ziemlich lange und ziemlich gut miteinander ausgehalten. Wir haben zahlreiche, schöne und lustige Stunden miteinander verlebt; vor allem mit unserem Sohn, der uns so viel Freude bereitet hat. Natürlich wäre es toll gewesen, wenn wir bis zum Ende durchgehalten hätten, aber nur zusammenzubleiben, weil man zu bequem ist, sich zu trennen, war für uns keine Option. Wir beschreiten vielleicht nicht den leichtesten Weg, werden aber hoffentlich glücklicher werden als wie es die letzten Jahre waren.

Ich raffte mich - trotz einer bleiernen Trägheit - irgendwie auf, tauschte die Leggings gegen einen kurzen Rock, schminkte mich, hüllte mich in eine mächtige Duftwolke und verließ, ohne mich von den Männern zu verabschieden, unser Haus, in dem in ein paar Monaten vermutlich andere Leute lebten.

Es tat gut, durch die Einkaufsstraßen zu bummeln, sich schöne Kleider anzusehen, in Ruhe einen Kaffee zu trinken und dabei Paare zu beobachten, über deren Schicksal ich spekulierte. Einige machten auf mich keinen glücklichen Eindruck und ich versuchte, zu erraten, welche Probleme sie haben könnten.

Nach drei Stunden trat ich den Heimweg an, obwohl ich keine Lust auf Marks Gesicht hatte, das mich nicht mehr anlächelte. An meinen Händen baumelten drei prall gefüllte Tüten, die mich einen Zeigertick glücklich stimmten.

Mein Mann hockte, wie jedes Wochenende, in seinem Zimmer und tat Dinge, die er mir schon lange nicht mehr erzählte. Kaum hatte ich den Flur betreten, kam Adrian mir stürmisch entgegengeeilt, als wenn es in der oberen Etage brennen würde. «Mama, wo bist du denn gewesen? Warum hast du nicht gesagt, dass du Shoppen gehst und so lange wegbleibst?», warf er mir atemlos vor und zeigte sogar mal ein ernstes Gesicht.

«Ich habe Papa doch gesagt, dass ich in die Stadt gehe.» Ich stellte meine Tüten ab, hing meinen Mantel seelenruhig auf einen Bügel und schaute in Adrians schönes Gesicht, das mich dazu einlud, seine Wangen zu streicheln.

«Was gibt es denn heute zu essen? Ich habe ziemlichen Hunger.»

«Dann hättest du dir doch eine Pizza reinschieben können.»

«Ja, hätte ich, aber ich dachte … Habt ihr euch gestritten?»

«Nein! Ich hatte heute einfach mal Lust, einkaufen zu gehen. Dein Vater hat ja immerzu zu tun.»

«Kochst du mir denn noch etwas?» Seine Dackelaugen fixierten mich.

«Ja, gut! Wie wäre es mit einem Gemüseauflauf?»

«Das wäre super! Danke, Mama. Du bist die beste Mutter auf diesem Planeten.» Das ging runter wie Öl und tat meinem Ego gut. Wenigstens einer, der meine Dienste schätzte und mich liebte.

Während ich gedankenverloren Möhren schabte, kam Mark zu mir in die Küche. Er druckste herum; hatte schon immer Probleme gehabt, die richtigen Worte zu finden, wenn es um persönliche Angelegenheiten ging.

«Lass uns die letzten Wochen nicht noch streiten. Schon gar nicht vor dem Jungen. Er soll nicht darunter leiden», stammelte er und ließ sich schwer auf dem Küchenstuhl nieder.

«Wir haben uns doch nicht gestritten. Ich habe nur das getan, wozu ich Lust hatte.»

«Wir wollten doch noch über die Hütte sprechen. Mein Kollege würde nur 300 Euro Miete nehmen. Wir müssen sie natürlich sauber hinterlassen und könnten noch eine Putzfrau kommen lassen.»

«Wenn du es möchtest, können wir es machen.» Ich biss in eine dicke Wurzel und spürte, dass mein Backenzahn schmerzte. Verdammt! Zu dem psychischen Leid gesellte sich nun auch noch der körperliche Verfall. Willkommen im Alter!

«Du sollst aber auch damit einverstanden sein. Wollen wir uns das Haus morgen vielleicht mal ansehen?»

«Mir ist es ziemlich egal, wo wir feiern. Wir machen es ja nur für unsere Gäste.» Ich schob den Gemüseauflauf in den Ofen und drückte mit dem Zeigefinger gegen meine Wange, hinter der sich der schmerzende Backenzahn befand. Hoffentlich wollte der sich nicht auch von mir trennen…

Printed in Germany
by Amazon Distribution
GmbH, Leipzig

20360014R00183